KB152995

이강백 희곡전집

천구백구십오년부터 천구백구십팔년까지의 작품들

여섯 번째 묶음

이강백 희곡전집

천구백구십오년부터 천구백구십팔년까지의 작품들

여섯 번째 묶음

평민사

이강백 희곡전집
여섯 번째 묶음
차례

지은이의 머리글 _ 7

영월행 일기 _ 21

뼈와 살 _ 91

느낌, 극락(極樂)같은 _ 167

들판에서 _ 237

수전노, 변함없는 _ 261

지은이의 머리글
1995년부터 1998년까지의 작품들에 대하여

여섯 번째 희곡집을 내놓는다. 이 책에 묶은 세 편의 장막희곡과 두 편의 단막희곡은 1995년부터 1998년 사이에 발표했던 작품들이다. 이 기간 동안 행운의 여신이 찾아왔다고 할까, 극작가로서 나는 노력한 것보다 더 많은 혜택을 누렸다. 중학교 교과서에 단막희곡「들판에서」가 실린 것도 이 기간이었고, 예술의 전당이 마련하는 오늘의 작가에 선정되어 〈이강백 연극제〉를 했던 것도 이 기간이었으며, 서울연극제에서 세 번 연속 희곡상을 수상한 진기록을 남긴 것도 이 기간이었다. 노력한 만큼 대가를 받는 것은 당연한 일이다. 하지만 노력한 것보다 더 많은 대가를 받은 경우 그것은 반드시 갚아야 할 빚이다.

「영월행 일기」는 1995년 제19회 서울연극제에서 공연했다. 〈극단 쎄실〉이 채윤일 씨가 연출을 맡았고, 조당전 역을 김학철, 김지향 역은 이화영, 고서적 동우회원들 역에는 김종칠, 장우진, 최대웅 씨 등이 맡아 열연하였다. 초연일자는 1995년 10월 3일부터 10월 15일, 극장은 문예회관 소극장이었다. 이 연극에는 등장인물 못지않은 역할을 당나귀가 하는데, 그 당나귀는 김희숙 씨가 제작했다. 1998년 〈이강백 연극제〉에서 「영월행 일기」가 재공연될 때 보니까 연출가 채윤일 씨는 그 당나귀만을 남기고 배우들을 모두 바꿨다.

「영월행 일기」의 처음 제목은 「네 가지 맛」이었다. 단맛, 신맛, 쓴맛, 매운맛, 이와 같은 중요한 맛들을 연극적으로 표현하고 싶다는 생각을 오래 전부터 갖고 있었으나 구체화시키지는 못했다. 그러다가 똑같은 곳을 몇 번이나 다녀와야 하는 인물들이 떠올랐고, 그 반복되는 과정에서 매번 각기 다른 감정을 느끼는 방법을 고안했다. 처음 초고에는 등장인물이 남녀 둘뿐이었다. 몇 번인가 작품을 수정 보완하면서, 현재의 인물들이 과거의 여행을 재현하는 형태를 취하게 되었는데, 이때 고서적 동우회원들을 추가하였다. 이렇게 해서 과거의 인물과 현재의 인물, 과거의 시간과 현재의 시간, 과거의 공간과 현재의 공간이 서로 겹치는 구조가 되었다. 결국은 단맛, 신맛, 쓴맛, 매운맛은 영월에 유폐당한 단종의 얼굴 표정들-무표정, 슬픈 표정, 기쁜 표정, 죽음으로 바뀌었다. 하지만 맛에 대한 아쉬움이 남은 탓인가, 언젠가는 다시 한번 그 네 가지 맛에 대해 희곡을 쓸 작정이다.

「영월행 일기」의 초연 팸플릿을 보면, 관객에 대한 나의 불만이랄까 우려가 솔직하게 드러나 있다. 나는 요즘의 관객들이 그전의 관객들보다 극작가에게 적대적이라고 썼다. 극작가의 입장만을 강변하는 듯한 글이지만, 왜 적대적이라고 하는지 이해를 돕기 위해 팸플릿에 쓴 글 가운데 일부를 인용하면 다음과 같다.

"지나간 60년대, 70년대 연극은 비록 빈약하였으나 관객의 만족도는 상당히 높았었다. (중략) 그런데 90년대의 연극은 양적으로는 예전과 비교할 수 없을 만큼 확대되어 있다. 초대형 뮤지컬이 자주 공연될 정도로 무대의 규모도 커졌으며, 소위 말 중심의 문학적 연극은 쇠퇴하고 다양한 시각적 요소와 청각적 요소가 결합된 공연적 연극이 무대를 차지하였다. 그럼에도 불구하고 관객의 만족도는 오히려 낮아져서, 관객의 상상력에 문제가 있는 것 아니냐는 논의를 빚고 있다. 이와 같은 역비례 현상은 무엇 때문일까. 물론 그 책임은 극작가를 포함한 연극을 만드는 사람에게 있다. 관객의 상상력을 확대시켜 줄 만한 작품을 내놓았다면 관객이 어찌 소극적으로 가만 있겠냐는 것이다. 하지만 관객에게도 책임이 전혀 없지 않다. 시각과 청각의 현란한 잔치 시대, 즉 멀티미디어 시대에 살고 있는 오늘의 관객은, 가만히 앉아 있어도 포식시켜 주는 것에 익숙해져 있다. 그래서 연극을 보러 극장에 와서도 입만 벌린 채 먹여 주기를 바라는 것은 아닌지 자성해 볼 필요가 있다. (중략) 관객이 적극적으로 먹을 것을 찾아 먹고 심한 경우엔 없는 것마저 만들어 먹는 관객은 존재하지 않는 것일까. 관객이 연극의 소비자가 아닌 연극의 생산자가 될 때, 다시 말해 관객이 풍부한 상상력을 발휘하면서 무대에 적극 개입할 때, 극작가와 관객의 적대관계는 우호관계로 전환된다. (중략) 「영월행 일기」는 바로 그러한 극작가와 관객의 행복한 보완관계를 꿈꾸면서 썼다. 극작가가 상상해낸 조그만 것을 무대의 배우가 좀더 크게 상상해 보고, 관객은 배우의 그것을 더욱 크게 상상해 보는…… (중략) 결국 '상상해 본다'는 것은 '원형질을 본다'는 것과 같다. 극작가의 상상력과 관객의 상상력은 그 원형질로부터 나오는 것이며, 상상력이란 우리 모두의 공통된 원형질을 확인해 보는 능력이다."

「뼈와 살」은 〈극단 현대극장〉의 김의경 선생이 제작을 맡아 1996

년 10월 5일부터 14일까지 문예회관 대극장에서 막을 올렸다. 연출은 김철리 씨, 무대미술은 김준섭 씨, 출연에는 이종국, 강정윤, 임홍식, 이현순, 이희연, 오복현, 윤주일, 정선옥, 곽수정, 신현실, 강신일, 박성준, 김지태 씨 등이었다.

〈극단 현대극장〉은 우리 연극계에서 가장 명망있는 극단들의 하나로서, 그 극단에서 공연할 기회를 나는 오래 전부터 바랬었다. 연출가 김철리 씨와 무대작업을 함께 하고 싶다는 희망 역시 오래된 것이다. 「뼈와 살」이 탈고될 즈음, 나는 김의경 선생에게 공연 기회를 타진하였다. 김의경 선생은 김철리 씨 연출을 포함한 나의 제안을 흔쾌히 받아 주었다. 그때가 1995년 11월이었던가, 연말이 가까웠을 때였다. 우리 연극계의 관행대로라면 공연이 임박해서야 조급하게 희곡을 정하고, 연출을 맡기며, 배역진을 구성한다. 그것에 비해 미리 여유있게 희곡과 연출을 정했다는 것은 잘 만들어 보자는 의욕이 컸기 때문이다.

하지만 「뼈와 살」의 공연결과는 기대만큼은 잘 되지 않았다. 그 원인으로서, 내 생각에는, 소위 관행이란 것을 거역하기 어려웠다. 김의경 선생과 나는 「뼈와 살」을 서울연극제 기간을 피해서 공연해 보자고 합의했었다. 하지만 연극공연이란 작은 돈으로 되는 일이 아니다. 그래서 제작비의 일부나마 보조해 주는 서울연극제에 「뼈와 살」을 출품하였고, 그러자니 연극제 기간내에 공연하는 다른 극단들과 여러 가지를 경합해야 했다. 예를 들자면 배우들이 그렇다. 능력있는 배우들의 수효에는 한계가 있다. 더구나 어떤 등장인물에 적합한 배우가 있어도 이미 그가 다른 작품에 출연을 약속했다면 어찌할 방법이 없다.

연출가 김철리 씨는 「뼈와 살」의 배역을 거의 젊은 배우들로 구성하였다. 소위 풍부한 경험을 가진 능력있는 배우들을 포기하고, 비록 무대 경험이 부족할지라도 열심히 연기할 배우 쪽을 택한 것이다. 그 젊은 배우들은 최선을 다했다. 그러나 「뼈와 살」의 초연은 거칠었고, 설익었다.

훌륭한 희곡은, 누구나 상식적으로 알고 있듯이, 공연을 해보면 점차 진행될수록 극적 힘이 강력하게 증가한다. 이 강력한 힘은 갈등에서 생겨나는데, 갈등이 제자리에 멈춰 있지 않고 정점을 향해 달려갈 때 가속적으로 증가된다. 미숙한 희곡은, 무대 위에서 그와 같은 극적 힘이 생기지도 않고 증가되지도 않는다. 그 이유는 갈등의 정점이 없기 때문이다. 그렇다면 「뼈와 살」은 어떤가. 갈등의 정점이 보이지 않는다. 그것은 이미 지났다. 즉, 갈등의 정점을 지나온 뒤가 「뼈와 살」의 세계인 것이다. 연출을 맡은 김철리 씨는 「뼈와 살」의 대사들이 "치열하지 않다. 조탁(彫琢)되어 있지 않다."라고 나에게 말하였다. 치열하지 않다는 것은 연극적 힘이 약하다는 뜻이겠고, 조탁되어 있지 않다는 것은 깎을 곳을 깎지 않아 두루뭉실한 상태라는 뜻일 것이다. 나는 그의 말을 이해한다. 그러나 동의하지는 않는다. 왜냐하면, 「뼈와 살」은 갈등의 정점을 앞에 두지 않고 뒤에 뒀기 때문이다.

김철리 씨는 내가 뒤에 둔 것을 앞으로 자리를 옮겨 연출하였다. 예를 들자면, 처음 시작부터 나는 영자가 남편의 자식이 아닌 효식의 자식을 임신했음을 관객에게 알려주고 있다. 그것을 김철리 씨는 관객이 나중에 알도록 바꿨다. 갈등을 좀더 치열하게 증폭시키려면 미리 알려주는 것보다 나중에 알 수 있게 하는 것이 효과적이다. 극작가와 연출가의 생각이 확연히 달랐던 것은 제10장이다. 제10장에서, 나는 영자가 낙태약이 담긴 그릇을 들고 조용히 흐느껴 우는 모습으로 족하다고 생각했다. 효식과의 만남을 통해 남편 문신은 갈등을 해소한 다음이다. 조용조용히, 말로써 문신은 영자를 달랠 수 있다고 난 생각했다. 김철리 씨는, 제10장을 갈등의 정점으로 만들었다. 영자에게 적극적 행동을 요구해서, 그녀가 뱃속의 아이를 지우기 위해 가파른 언덕에서 몸을 던져 데굴데굴 구르도록 했다. 결국 남편 문신은 말로써는 그녀를 달랠 수 없으므로, 한바탕 맞붙어 몸싸움을 벌여야 했다.

나는 「뼈와 살」의 초연 팸플릿에 이렇게 썼다. "나이 들어 세상을 바라보니, 무엇인가 하나씩은 모자라게 되어 있다. 「뼈와 살」의 등장인물인 문신, 효식, 영자는 삼각관계인데, 영자가 하나만 더 있었어도 문신과 효식은 균형이 맞아 행복했을 것이다." 그리고 나는 이런 말을 덧붙였다. "아직 더 나이가 들지 않아 그런지 왜 균형이 안 맞도록 되어 있는지는 모르겠다. 더 살아 보면 그 까닭을 알 수 있을 것 같기도 하고, 더 살아 봐도 그것만은 알지 못할 것 같기도 하다. 작가는 자신의 생애를 살아가며 체험되는 것을 남에게 들려주는 사람이다. 앞으로 내가 말할 수 있는 것은 「뼈와 살」 같은 세계이다. 이 세계가 온통 젊은 관객들뿐인 극장에서 어떻게 받아들여질지 사뭇 두렵고 궁금하다."

그렇다. 나는 인생을 이렇게 정의한다. 인생은 불균형한 것, 그 불균형을 균형있게 맞추려고 하는 것이 인생이다. 이와 같은 생각이 반영된 희곡이 「뼈와 살」이며, 그 다음 희곡인 「느낌, 극락같은」에서는 좀더 구체화된다.

「느낌, 극락같은」을 쓰기 시작한 것은 1996년 9월이었다. 그때 나는 9월 11일 서울을 떠나 10월 5일 돌아오는 일정으로 폴란드, 체코로 여행을 갔었다. 「뼈와 살」의 공연 첫날은 10월 5일 귀국하는 날이었다. 그러니까 「뼈와 살」이 아직 공연되기도 전에 「느낌, 극락같은」을 쓰기 시작했던 것이다. 그리고 바로 그것이 두 희곡의 동세계성, 혹은 등거리성을 증빙한다고 하겠다.

「느낌, 극락같은」은 1998년 5월 22일부터 6월 14일까지, 〈이강백 연극제〉의 신작 공연으로 예술의 전당에서 초연되었다. 그리고 같은 해 서울연극제 공식초청작으로 선정되어 9월 18일부터 9월 24일까지 문예회관 대극장에서 재공연되었다. 연출은 이윤택 씨, 극단은 그가 이끄는 〈연희 거리패〉였다. 함묘진 역에는 신구, 동연 역 이근, 서연 역 조영진, 함이정 역 김소희, 조숭인 역을 이승헌 씨가 맡았다. 그리고 여러 형태의 불상(코러스)들은 박소연, 이현아, 송정화, 강왕수, 장재호, 유정화, 정재성, 강태환, 변혜경, 박현희, 박수정, 박지연, 김정민, 장현정, 김수영, 류진 씨들이 수고했다. 안무는 이명미 씨, 무대미술은 김수진 씨, 신체연기지도는 하용부 씨였다.

연출가 이윤택 씨는 「느낌, 극락같은」을 받아들고 고민했다고 한다. 등장인물은 겨우 다섯 명, 그런데 공연장소는 예술의 전당에서 두 번째 큰 규모인 토월극장이 배정되었다. 그 넓은 무대에 다섯 명 모두를 등장시켜도 휑하게 비어 보일 것은 뻔했다. 그러자 이윤택 씨는 「느낌, 극락같은」의 텍스트에 나오는 불상들을 물체(오브제)가 아닌 살아있는 인간(배우)들로 대체하였다. 아마 그 어떤 국보급 불상을 무대 위에 올려놓아도 살아있는 몸이 만든 불상만큼 아름답지 못할 것이다. 그는 한걸음 더 나아가, 그 살아있는 불상들의 코러스로써 여러 가지 스펙터클한 장면들을 구성하였으며, 텍스트에 없는 암묵적인 스토리를 엮어 나갔다. 이러한 연출에 힘입어 「느낌, 극락같은」은 토월극장의 무대를 압도하였다. 만약 다섯 명의 등장인물이 대사에만 의존했더라면 그곳은 극락은커녕 수면대왕(睡眠大王)이 지배하는 지옥이 되었을 것이다.

하지만 귀에만 들리는 연극이 아닌 눈에 보이는 연극으로 만든 연출가에게 감사하면서도, 극작가로서의 불만이 전혀 없었던 것은 아니다. 연출가는 시각적인 것들이 존재할 공간과, 그것이 진행될 시간을 마련하기 이해서 희곡 텍스트에 있는 것들을 일부 잘라내거나 변형시켰다. 그 결과 「느낌, 극락같은」을 통해서 내가 말하려고 했던 것은 단순화되거나 모호해졌다.

연출가와 배우들은, 텍스트를 자르기 전에 우선 작가가 말하려고 하는 것을 충실히 알아야 한다. 알고서 잘라낸 것과 알지 않고 잘라낸 것의 차이는 매우 크다. 그 차이는 잘라낸 부분의 의미를 알고 연기하는 배우의 표현과 잘라낸 의미를 모르는 채 연기하는 배우의 표현에서 아주 다르게 느껴진다. 나는 이윤택 씨에게 희곡 텍스트의 복원과 충실한 이해를 강력히 요구했다. 마침 그 요구 장면이 극장에 와있던 평론가들과 기자들의 눈에 띄었고, 이윤택 씨와 나의 불화설이 문학성과 공연성 싸움으로 포장되어 삽시간에 퍼져 나갔다.

예술의 전당 토월극장에서의 초연이 있은 지 3개월 후, 「느낌, 극락같은」은 문예회관 대극장에서 재공연하였다. 그 3개월 사이에 「느낌, 극락같은」은 놀랍게 변하였다. 배우들은 각자 자기의 역할이 무엇인지를 정확히 파악하고 있었다. 초연 때, 모르고서 막연히 표현하는 미심쩍은 데가 말끔히 가셔졌다. 이윤택 씨와 나는 둘 다 만족했다. 그것은 연극에 있어서의 문학성과 공연성이 상호보완적이어야 한다는 것을 재삼 일깨워 줬다.

　〈이강백 연극제〉의 심포지엄에서 연극평론가 안치운 씨는 '연극성과 희곡의 허무주의'라는 주제 발표를 하면서 다음과 같은 의견을 표명했다. "등장인물이 하나의 진리로 환원 가능한 것이 「느낌, 극락같은」이다. 함묘진(은 '이 세상에 나만큼 불상에 대해서 잘 아는 사람이 없다.'는 자부심으로). 동연(은 부처의 완벽한 형태로)은 존재하는 각자의 진리와 같다. 인물들이 진리로 환원 가능하다는 것은 이강백 희곡이 아직도 근대적 내면의 가치를 중요한 것으로 여기고 있다는 것에 저항하지 않는다. 아니 그래야만 한다는 쪽에 아직은 있다. 인물과 진리는 하나의 동일성을 이루고 있다. 인물들은 작가가 내세우는 진리에 일치하는 나머지, 희곡은 그 논리적 추론을 과정으로 삼지 않는다. 그러므로 인물들끼리의 구분은 확연하게 드러난다. 이 점은 이강백 희곡 분석에 있어서 관점과 해석의 다양성을 가로막는다.

　이강백 희곡에서 타자는 방해물 같다. 제목 뼈와 살처럼, 내용과 형식처럼. 그러므로 이강백 희곡은 늘 같은 자리에서 맴돈다. 타자가 부정됨으로써 희곡의 세계는 늘 변함없고, 모순 없는 역사를 지니게 된다. 희곡에서 진리 없이 늘 같은 표상으로 재생산된다. 그러나 삶의 현실은 늘 변한다. 이강백 희곡의 알레고리 수법 혹은 진리의 담지자들이 주류를 이루는 것은 스스로 만든 희곡의 독창성과 같은 함정에 빠져 그의 희곡이 타자를 상대하고 있지 못하기 때문이다. 그의 희곡에서 진보라는 것을 찾아보기 힘든 것은 이런 이유 때문일 터이다. 인물들은 자신의 신념에 대하여 한 치의 의문을 지니지 않는다. 타자의 존재에 의해서 위험한 불안은 있어도 그것의 존재를 인정하고 상대화하지 않기 때문이다."(『이강백 연극제 기념논문집』, 예술의 전당 발간, 1998. p53-54.)

안치운 씨의 '연극성과 희곡의 허무주의'에는 내 비위를 건드리는 구절들이 몇 개 있다. 예를 들자면, 내 희곡들이 거의 초연으로 끝났다든가, 희곡을 공연하기 위해 직접 극단을 찾아나선다든가 하는 구절들이다. 그것은, 초연으로 끝난다는 것은 희곡으로서의 가치가 없다는 인상을 준다는 점에서, 또 직접 극단을 찾아나선다는 것은 마치 장사꾼처럼 작품을 팔려고 안달하는 모습을 연상시킨다는 점에서 오해를 불러일으킬 여지가 큰 문장들이다. 지방극단과 대학극단을 포함한다면, 내 희곡들은 가장 많이 재공연된다. 그리고 대개 극단이 극장 대관이라든가 배우 섭외 때문에 최소한 1-2년 전에 미리 극작가에게 작품을 의뢰한다. 물론 「뼈와 살」의 경우처럼 내가 먼저 극단에게 공연을 자청할 때도 있다. 그러나 누가 먼저 공연을 제의했느냐는 사실 중요한 의미가 있는 것은 아니다.

하지만 괜히 쓸데없이 집어넣은 것 같은 그러한 몇 구절을 제외한다면, 안치운 씨의 '연극성과 희곡의 허무주의'는 내가 크게 공감하는 매우 탁월한 평론이다. 「뼈와 살」, 「느낌, 극락같은」의 희곡과 함께 반드시 안치운 씨의 그 평론을 읽어 주기 바란다.

　단막희곡 「들판에서」는 1996년에 썼다. 한국교육개발원은 문교부의 국정교과서 개편작업을 맡고 있었는데, 중학교 3학년 1학기 국어 교과서에 실릴 희곡을 나에게 의뢰해 왔다. 「들판에서」가 최종 채택될 때까지 여러 단계의 평가를 거치면서 여섯 번이었던가 일곱 번을 가다듬었다. 중등 교육은 이제 의무교육처럼 되었으므로, 우리나라 국민으로 태어났다면 그 누구나 청소년 시기에 「들판에서」를 읽고 자랄 것이다. 그들에게 꼭 한마디하고 싶은 말, 다른 말이 아닌 꼭 해야 할 말, 나는 그 말을 하고 싶었다. 여러 단계의 평가에 참여했던 편찬위원들과 교육학자 및 교사들은 내가 하고 싶은 말에 대해서, 그 말이 국민의 보편적 가치에 어긋난다고 판단하지 않았다. 그런데 우리 사회에서 영향력을 가진 어느 극우단체가 「들판에서」를 용공적인 작품이라고 주장하였고, 검찰이 자체 조사에 나서는 웃지 못할 일이 벌어졌다. 그후 그 일은 유야무야해졌으나 완전히 불씨가 꺼졌다고는 생각되지 않는다. 참으로 유감스러운 일이다. 나는 「들판에서」가 우리 나라의 청소년들에게 충분히 받아들여질 수 있다고 믿으며, 또한 받아들여져야 한다고 믿는다. 1997년부터 「들판에서」는 정식으로 국정교과서에 포함되어 있다.

　「수전노, 변함없는」은 1998년 현대문학 9월호에 게재되었다. 이 작품을 쓰게 된 동기는 이렇다. 1998년 2월로 기억되는데 문예회관 소극장에서 권성덕 씨가 주연하는 몰리에르의 「수전노」를 보았다. 아주 재미있었다. 그것을 보면서 오래 전에 묵혀 두었던 메모가 떠올랐다. 1984년에 발표했던 「봄날」의 아버지 역시 매우 인색한 사람이다. 「봄날」의 아버지를 스케치했던 메모가 남아 있었는데, 그것에 살을 붙여 단막희곡으로 만든 것이 「수전노, 변함없는」이다. 이 단막희곡은 아직 공연되지 않았다. 몇 편의 단막희곡들을 더 써서 함께 공연해 볼 생각이다.

「영월행 일기」는 제19회 서울연극제 희곡상과 제4회 대산문학상 희곡상을 수상하였고, 「뼈와 살」은 제20회 서울연극제 희곡상을 수상하였다. 제21회 서울연극제는 서울세계연극제에 흡수되어서, 이 때는 기존 작품들 중에 여덟 편을 선정해서 공연하였다. 「봄날」이 그 중 하나였다. 「느낌, 극락같은」은 제22회 서울연극제 희곡상과 연출상, 작품상 등 5개 분야에 걸쳐 수상하였다. 제22회를 끝으로 서울연극제는 강연 방식에서 비경연의 축제 형식으로 바뀐다. 서울연극제의 마지막 희곡상을 내가 받은 셈이다.

이 여섯 번째 희곡집을 내면서, 혼자 쓰는 시인이나 소설가와는 달리 극작가란 여러 사람들과 함께 쓴다는 것을 다시 한번 깨닫는다. 연출가, 배우, 평론가, 무대미술가 및 극장관계자들, 관객들에게 진심으로 감사한다. 그들이 아니었다면 단 한 편의 희곡도 쓸 수 없었을 것이라고 단언한다. 또한 일회적으로 사라지는 공연 뒤에 희곡이 활자로 남게 해주는 평민사에도 깊이 감사한다. 평민사는 내가 평생 동안 쓰는 작품을 출판해 오고 있다. 그에 대한 나의 보답은 일곱 번째 희곡집, 여덟 번째 희곡집…… 열 번째 희곡집일 것이다. 최선을 다하고 싶다.

끝으로, 이 희곡집에 실린 희곡들은 최종적인 텍스트임을 밝힌다. 「느낌, 극락같은」은 연극협회에서 발간하는 『한국연극』(1998년 5월호)에 게재한 바 있는데, 편집자의 실수로 초고가 인쇄되었다. 초고와 재고의 내용이 디스켓 한 장에 들어있었는데, 순번을 혼동했던 것이다. 재고는 『'98 한국 대표 희곡선』(연극협회)에 게재되었고, 다시 그것을 일부 손질하여 이 책에 실었다. 이런 경우 텍스트가 3종류나 되는 셈이다. 하지만 언제나 그렇듯이, 내 희곡은 『이강백 희곡전집』에 있는 것이 최종본이다.

영월행 일기
(寧越行 日記)

· **등장인물**
 조당전
 김시향
 염문지
 부천필
 이동기

· **시간**
 현대

· **장소**
 조당전의 집

조당전은 고서적 수집과 연구에 상당한 업적을 쌓은, 그 분야에서는 인정받은 전문가이다. 나이는 마흔 살, 이목구비가 뚜렷한 얼굴과 약간 마른 체격, 아직 미혼이다. 그는 고서적 연구 동우회 회원들과 빈번한 모임을 갖고 있다. 염문지, 부천필, 이동기 등은 그 동우회 회원들이다. 그들 중에는 대학에서 고문헌학을 강의하는 교수도 있고, 박물관 고문서 담당 직원도 있다. 김시향은 고서적 연구 동우회 회원이 아니다. 그녀는 고문자들을 해독하지 못한다. 그렇지만 그녀는 풍부한 상상력의 소유자로서, 나이는 서른 살, 한창 아름다움이 무르익은 모습, 기혼이다.
조당전의 집 서재는 고서적 연구 동우회 모임 장소로 쓰인다. 고서적들을 넣어 둔 고풍스런 책장들이 나란히 세워져 있다. 서재 가운데에 회의용 원탁과 여러 개의 의자들이 자리 잡고 있다. 오른쪽에는 높지 않은 문갑이 있고, 전화기와 녹음기 등이 문갑 위에 놓여 있다.
서재 뒤편에는 다른 방으로 통하는 미닫이 형식의 문이 있다. 그 미닫이문은 두 쪽이며 양옆으로 여닫게 되어 있는데, 그 문이 열리면 다른 방의 내부가 보인다.

서재의 천장은 채광과 환기를 위해 둥근 돔 형태의 유리창으로 되어 있다. 아침, 낮, 저녁에 따라 그 유리창으로 들어오는 햇빛은 강약이 달라진다.

이 연극의 등장인물들 못지않게 중요한 역할을 하는 것은 당나귀와 소년 형상이다. 당나귀와 소년 형상을 만드는 데 있어서 주의할 점은, 너무 구체적인 형태여서는 안 된다는 것이다. 당나귀는 타고 다닌다는 기능성을 살려 바퀴를 달아야 하고, 소년 형상은 몸체를 추상적으로 하되 얼굴 표정만은 뚜렷이 강조할 필요가 있다.

제1장

천장의 둥근 유리창으로부터 정오의 강렬한 햇빛이 수직으로 쏟아진다. 조당전, 책장으로 가서 『영월행 일기』를 꺼낸다. 고서적 연구회 회원들이 원탁에 둘러앉아 있다. 조당전은 그들에게 꺼낸 책을 가지고 간다.

조당전 자네들은 내 기분을 알 거야. 난 이 책을 본 순간 가슴이 뛰었어. 쿵, 쿵, 쿵, 심장의 요란한 박동소리가 내 귀에 들릴 정도였지!

염문지 알아, 우리도 안다고. 우연히 길을 가다가 금덩이를 주운 기분일걸.

부천필 그 이상일지 몰라. 깊은 바다 속에 들어가 보물을 건진 기분, 아니면 하늘 위로 올라가 별을 따온 기분 말이야.

이동기 하지만 흥분하면 안 돼. 차분하게 마음을 가라앉히고 이 책이 진짜인지 확인하자구.

부천필   어디 의심스러운 데가 있나?

이동기   이런 희귀한 고서적일수록 위조된 것이 많아. 지난번 내가 구입한 그 책들, 황보인과 김종서의 문집들이 모두 가짜였거든.

조당전   그래서 난 꼼꼼히 살펴봤어. (제목을 읽는다.) 『영월행 일기』…… 몇 군데 얼룩졌지만 이 정도면 상태도 양호하고…… (책을 펼친다.) 책 내용은 영월을 오가며 쓴 일기인데, 연대를 보니깐 조선왕조 7대 임금인 세조 3년이야. 세조 3년을 서기로 환산하면 1457년이지. 그러니까 무려 오백 년 전에 쓴 책인데, 더욱 놀라운 건 이 일기의 글자들을 봐. 한문 아닌 순전히 한글로 썼다는 거야.

염문지   그 일기를 쓴 사람이 누구지?

조당전   음, 신숙주의 하인이야.

염문지   신숙주의 하인……?

이동기   바로 그 점이 의심스럽잖아? 세조 3년 때 한글로 쓴 일기책이라…… 한글은 그 당시엔 집현전 학자들 사이에서나 사용했던 글자인데, 그런 글자로 전혀 학식 없는 종놈이 한 권의 일기를 썼다니 믿을 수가 있겠어?

조당전   하지만 이 일기를 쓴 인물은 무식했던 건 아냐. 비록 신분은 미천했으나 성품은 지혜로웠어.

염문지   영리한 종놈이 소위 언문을 배워 일기를 썼다…… 글쎄, 그럴 가능성이 있다고 하기에는 뭔가 미심쩍고…… 전혀 가능성이 없다고 하기에도 또 뭔가…….

부천필   신숙주의 하인이라면 그럴 가능성은 충분해. 신숙주는 한글을 만든 학자 중 하나였으니까, 자기 집 하인에게 그 글자를 배워 익히도록 했을 거라구.

염문지 듣고 보니 그럴 수도 있겠군.

이동기 가짜일수록 그럴듯하게 꾸미는 거야. 잘 생각해 봐. 신숙주의 하인이 오백 년 전에 쓴 일기, 그것도 순전히 한글로 쓴 최초의 일기라니…… 이 책은 가짜가 분명해.

부천필 그렇게 서둘러 단정을 내리면 안 돼.

이동기 (원탁에서 일어나 뒤로 물러나며) 누군가가 기막히게 머릴 써서 만들었군! 굉장히 희귀한 서적으로 보이도록, 그래서 비싼 값으로 팔아먹으려고 만든 거라구!

부천필 자넨 이 책을 읽어 보지도 않았잖아?

이동기 읽을 필요가 없지!

부천필 자세히 읽고 나서 판단해야지, 안 그래?

조당전 사실은 내가 자네들한테 부탁하고 싶은 것도 바로 그거야. 우리가 이 책의 내용을 검토해 보면서, 객관적으로 입증할 다른 자료들을 찾는 거야. 만약 그런 자료들이 발견된다면 이 책은 진짜가 틀림없거든.

부천필 좋아, 난 기꺼이 동의하겠어.

염문지 (잠시 생각한다.) 나도 동의하지.

조당전 (이동기에게) 자네는?

이동기 (고개를 내젓는다.) 그럴 필요 없다니깐!

부천필 이 친구는 잔뜩 화가 났어. 지난번 산 책들이 모두 가짜였기 때문에 그런 거야.

조당전 화 좀 풀고, 날 도와줘.

이동기 이 책의 출처는 어디야?

조당전 내 단골 서점.

이동기 인사동의……?

조당전 음.

이동기	누군가 팔아 달라고 서점에 내놓은 것이겠지. 문제는 그 누군가인데, 확실한 신원을 알고 샀나?
조당전	아니…….
이동기	왜?
조당전	서점 주인이 신원은 밝힐 수 없다고 했거든.
이동기	정체불명한테 산 거로군…… 책값은 얼마나 줬는데?
조당전	750만 원.
이동기	750만 원이나……?
조당전	싸게 산 거야.
이동기	맙소사! 이런 가짜 책 한 권에 그 많은 돈을 주다니!
조당전	난 진짜라고 믿어.
이동기	들었겠지, 자네들? 이 책을 연구한다는 건 시간 낭비야!
염문지	(이동기에게 말한다.) 자네가 양보해. 우리 고서적 연구 동우회 회칙에 의하면, 회장은 회원들의 의견을 조정할 권한이 있어. (손바닥으로 원탁을 두드린다.) 회장인 나는 『영월행 일기』를 우리의 연구 대상으로 삼을 것을 결정한다!
이동기	그렇다면 한 가지 조건을 붙여야겠어.
염문지	그게 뭔데?
이동기	가위로 이 책을 한 조각 잘라 달라는 거야. 화학 처리를 해보면, 이 책의 종이가 옛날에 만든 것인지 최근에 만든 것인지 확실하게 판명돼. 어쨌든 내 조건은 그래. 진짜인 경우에만 연구할 가치가 있지 가짜라면 그럴 가치가 없어.
조당전	(원탁에서 일어서며) 옳은 말이야.
염문지	어딜 가려구?
조당전	가위를 가져 오겠어.

조당전, 문갑으로 가서 서랍을 열고 가위를 찾는다.

부천필 (이동기에게) 자넨 너무 심하군.

이동기 왜? 확실히 하자는 게 잘못이야?

부천필 입장을 바꿔 놓고 생각해 봐. 자네가 이런 희귀본을 구해서 기분 좋아하고 있는데, 가위로 잘라내라…….

조당전, 가위를 들고 원탁으로 되돌아온다. 그는 『영월행 일기』를 조심스럽게 펼쳐 가면서 살펴보더니, 글자가 없는 공백 부분을 한 조각 잘라낸다. 그러다가 그는 손가락 피부가 가위에 잘리는 상처를 입는다.

조당전 이건 꼭 내 살점이야.

염문지 아프겠는데…….

부천필 어어, 피가 흐르잖아!

조당전 괜찮아, 종이를 자르다가 다쳤어. (잘라낸 종이를 이동기에게 준다.) 언제쯤 알 수 있나, 결과는?

이동기 글쎄, 며칠 후면 알 수 있겠지.

조당전 결과가 나온 뒤 우리 다시 만나세.

염문지 장소는?

조당전 여기, 우리 집에서.

염문지를 비롯한 고서적 연구 동우회 회원들, 원탁에서 일어선다. 그들은 한 사람씩 조당전과 악수를 하고 나간다. 이동기는 다소 냉담하게, 염문지는 중립적인, 부천필은 우호적인 감정을 나타낸다. 조당전을 그들을 문 앞까지 배웅하고 원탁으로 되돌아와서 앉는다.

그는 가위로 잘라낸 『영월행 일기』를 아픈 상처처럼 어루만진다. 가위에 다친 왼손 손가락에서 핏방울이 떨어진다. 그는 손수건을 꺼내 상처를 싸맨다. 무대조명, 암전한다.

제2장

천장의 둥근 유리창은 어둡다. 두 개의 의자가 너댓 걸음의 거리를 두고 놓여 있다. 조당전과 김시향, 그 의자에 앉아 서로를 마주 바라본다. 전등 불빛이 그들을 각각 나눠 비춘다.

조당전　왜 말씀이 없으시죠?

김시향　(침묵한다.)

조당전　나를 만나러 오신 용건을 말씀해 보세요.

김시향　저어…… 알고 계실…….

조당전　잘 안 들립니다.

김시향　(고개를 들고 약간 목소리를 높여 말한다.) 제가 왜 왔는지는…….

조당전　편안히 말씀해 보세요.

김시향　제가 왜 왔는지는 선생님께서 이미 아실 거예요…….

조당전　글쎄요, 내가 뭘 알지요?

김시향　선생님, 저는 『영월행 일기』 때문에 왔어요…… 무척 오래 된 책이어서 비싼 값을 받을 수 있겠구나…… 그래서 인사동의 한 고서점에 팔아 달라 은밀히 부탁했었죠…… 그런데…… 선생님께서 그 책을 사가셨더군요.

조당전　(긴장하는 태도가 되며) 내가 샀습니다만?

김시향	(다시 목소리가 낮아진다.) 그 책을…… 되찾고 싶은…….
조당전	안 들립니다. 좀더 크게 말씀하시지요.
김시향	그 책을 되찾고 싶어요.
조당전	『영월행 일기』를 되돌려 달라구요?
김시향	네…….
조당전	그렇다면 헛걸음을 하셨군요. 다른 물건이야 사고 판 다음 되물릴 수도 있겠습니다만 고서적은 그럴 수가 없습니다. 일단 거래가 끝나면 판 사람이 누구이며 산 사람은 누구인지 그것마저 불문에 붙이기 마련이죠.
김시향	고서점 주인 역시 같은 말씀을 하셨어요. 그 책을 사신 분을 알려 달라고 하니까 어쩌나 심한 역정을 내시던지…… 여러 날 애원해서 간신히 알아냈죠. 선생님, 부탁합니다. 만약 제가 그 책을 되찾지 못하면 저는 정말 큰 곤경에 빠지게 되요.
조당전	안 됩니다. 되돌려 드릴 수는 없어요.
김시향	그 책은…… 제가 훔친 거예요.
조당전	도둑질한 물건이다, 그겁니까?
김시향	(고개를 끄덕인다.)
조당전	장물을 팔면 법에 걸린다, 그 정도의 상식쯤은 알고 있습니다. (의자에서 일어나 고서적을 넣어 둔 책장으로 간다.) 이 책들을 보세요. 여기 가득 차있는 고서적들은, 감옥을 두려워했다가는 모을 수가 없는 겁니다.
김시향	하지만 제가 어디에서 훔쳤는지 아신다면…… 놀라실 거예요.
조당전	어디에서 훔쳤는데요?
김시향	저희…… 집…….

조당전	안 들립니다.
김시향	(목소리를 높여 말한다.) 저희 주인집에서 훔쳤어요.
조당전	주인집이라니요?
김시향	네, 그 책은 제 주인 것이에요. 저는 겁이 나서 고백했죠. 책 판 돈은 이미 써버렸다구요. 저희 친정집 부모님이 남의 빚보증을 잘못 서서 그걸 대신 갚아야 했거든요. 주인은 무섭게 화를 내며 고함을 질렀어요. "몸을 팔아서라도 반드시 그 책을 찾아오라!" (의자에서 일어나 윗옷을 벗는다. 어깨와 가슴의 일부가 드러난다.) 제 몸을 보세요, 선생님. 제가 750만 원의 가치가 있을까요?
조당전	글쎄요…….
김시향	대답해 주세요.
조당전	유감입니다만 나는 오늘날의 인간을 볼 줄 몰라요. 혹시 옛날의, 그러니까 수백 년 전 인간이라면 얼마든지 부르는 값을 주고 살 텐데요. 실례지만 지금 나이가 얼마나 되십니까? 삼백 살? 사백 살? 오백 살?
김시향	선생님, 제 말은 농담이 아니에요.
조당전	최소한 백 년 이상은 되셔야 합니다. 그래야 골동품적 가치가 있거든요.
김시향	(의자에 주저앉는다.) 실망인데요…….
조당전	어떤 것을 기대하셨죠?
김시향	(침묵한다.)
조당전	말씀해 보세요.
김시향	(벗었던 윗옷을 입으며) 선생님은 제 말을 전혀 듣지 않으셨어요!
조당전	아뇨, 들었습니다.

김시향	아예 처음부터 들을 마음이 없으셨던 거죠!
조당전	난 지금까지 귀담아 들었어요. 부인께선 낮은 목소리로, 알아듣기 힘들게 시작했었죠. (원탁으로 가서 그 위에 놓여 있는 『영월행 일기』를 집어든다.) 이 책이 무척 오래된 것이어서 비싼 값을 받을 수 있겠구나, 그래서 인사동의 고서점에 내놓았는데, 사간 사람이 나왔다…… 그리고는 부인은 약간 목소리를 높여서 이 책을 되돌려 달라 하셨습니다. 난 거절했지요. 다른 물건이야 되물릴 수도 있겠지만 이런 고서적은 안 된다구요. 그랬더니 부인은 옷을 벗으시고는 자신의 몸값이 얼마쯤 되겠느냐 물으셨어요.
김시향	하지만 가장 중요한 게 빠졌군요.
조당전	뭐가 빠졌어요?
김시향	두려움이죠.
조당전	두려움……?
김시향	선생님은 제가 지금 얼마나 두려워하고 있는지 모르세요. 그 책을 찾아가지 않으면…… 제 주인은 저를 죽일 거예요.
조당전	죽이다뇨?
김시향	네, 그분은 충분히 그럴 수 있어요.
조당전	부인의 주인은 누구시죠? (원탁 위의 『영월행 일기』를 펼쳐본다.) 사실은 나도 그분이 누구신지 궁금했습니다. 이런 희귀본을 갖고 계셨던 분이라면, 고서적에 대한 전문 지식이 굉장하실 텐데요?
김시향	그분은 고서적을 전혀 읽지 못해요.
조당전	읽지 못한다……?
김시향	그분에겐 고서적은 다만 값비싼 골동품, 옛날 청자라든가

그림이라든가 그런 것들 중의 하나일 뿐이에요.

조당전 다른 골동품들도 많다면, 부인은 왜 하필 이 책을 훔쳐 파셨습니까?

김시향 모든 건 제 주인의 소유물이에요. 제가 다른 것을, 도자기나 그림을 훔쳐 팔았어도 주인께선 분노하실 걸요.

조당전 그렇겠군요.

김시향 하지만 그분은 모든 것의 겉모양만 가졌을 뿐 속내용은 조금도 갖지 못했어요. 그 책도 그렇죠. 어떤 내용인지 알지도 못하면서 그냥 갖고만 계셨어요.

조당전 그러니까 더욱 궁금하군요. 모든 것의 형태만 가진 주인, 내용은 전혀 갖지 못한 그분은 누구십니까?

김시향 저의 남편이십니다.

조당전 네?

김시향 저 역시 그분의 소유물이구요.

문갑 위의 전화기가 울린다. 조당전, 김시향에게 잠시 기다려달라는 몸짓을 하고 문갑으로 가서 전화를 받는다.

조당전 여보세요? 아, 자넨가! 음…… 음…… 그 종이를 화학적으로 분석한 결과…… 제발 애태우지 말고 결과를 말해줘. 음……『영월행 일기』가 진짜라는 판명이 났군! 고맙네, 알려줘서! 그래, 우리 집에서 모두 만나세!

조당전, 통화를 끝낸다. 김시향은 그 사이 의자에서 일어나 원탁으로 가 있다. 그녀는『영월행 일기』를 가져 가려는 듯 집어든다.

조당전	우리가 어디까지 이야기했죠?
김시향	저는 남편의 소유물, 그분은 주인이시고 저는 종이에요. 그분 관심은 오직 저의 겉모습…… 마음속이 어떤지는 조금도 아시려고 하질 않아요. 선생님, 저를 살려 주세요. 저에겐 이 책이 필요해요.
조당전	부인…… 그 책을 이리 줘요.
김시향	(떨리는 손으로 『영월행 일기』를 조당전에게 돌려준다.) 죄송해요, 선생님…….
조당전	부인 심정을 이해 못하는 건 아닙니다. 하지만 이젠 집으로 돌아가시지요.
김시향	선생님…….
조당전	오늘은 더 이상 말씀하셔야 소용없습니다.
김시향	그럼…… 내일은요?
조당전	내일이라뇨?
김시향	내일도 안 된다면 모레 다시 오죠.
조당전	부인…….
조당전	이번 주에는 전혀 시간이 없습니다. 화요일엔 박물관 자문회의, 수요일은 전국 고서적 협회 정기 총회, 목요일과 금요일은 강의…… 꽉 차 있어요.
김시향	다음 주에는요?
조당전	글쎄요, 다음 주 수요일은 오후가 비어 있습니다만…….

조당전, 자신의 말이 의외라는 듯 놀란 표정이 된다. 김시향은 그 표정의 변화를 놓치지 않는다.

김시향	오후 몇 시쯤이죠?

조당전　세 시부터 다섯 시 사이…… 그런데 또 헛걸음만 하실 텐데요.

김시향　고맙습니다, 선생님. 다음 주 수요일 오후 세 시에 다시 와서 뵙지요!

　김시향, 조당전에게 고개 숙여 인사하고 나간다. 무대 조명, 암전한다.

제3장

　서재 가운데를 차지했던 원탁과 의자들은 구석으로 옮겨져 있다. 조당전은 넓어진 공간에서 당나귀 모형을 조립하는 중이다. 당나귀 몸뚱이에, 머리와 꼬리, 네 다리를 끼워 넣는다. 당나귀 다리에는 끌고 다니기에 편리한 바퀴를 부착한다. 출입문을 두드리는 소리가 들려온다. 조당전은 작업을 계속하면서 문을 향해 외친다.

조당전　들어오세요! 문은 잠겨 있지 않습니다!

김시향　(출입문을 열고 들어온다.) 안녕하세요, 선생님!

조당전　미안합니다. 이걸 만드느라 문을 열어 드리지 못했어요.

김시향　(조당전이 만들고 있는 것을 살펴보며) 이게 뭐죠?

조당전　당나귀입니다.

김시향　(소리 내어 웃는다.) 당나귀요……?

조당전　네, 당나귀처럼 안 보입니까?

김시향　글쎄요, 볼수록 우습게 생겼군요!

조당전　(당나귀 옆에 놓여 있는 『영월행 일기』를 집어들며) 여기 이 책에 씌여 있는 대로 만든 것이죠. (책을 펼쳐 읽는다.) "신숙주 대감의 하인인 나는 걷기로 하고, 한명회 대감의 여종은 당나귀를 타기로 하였다. 당나귀는 작은 몸매에 비해 두 귀가 유난히 크고, 털은 잿노랑색이며, 어깨와 다리에 줄무늬가 있는데, 꼬리는 길다. 당나귀의 온순하면서도 영리한 눈은, 사람 마음을 훤히 꿰뚫어 보는 듯하다."

김시향 이 책에 그런 당나귀가 적혀 있다니, 저는 처음 들어요.

조당전 이 당나귀를 타세요.

김시향 제가…… 타요?

조당전 네.

김시향 왜 당나귀를 타야 하죠?

조당전 부인께서 다녀가신 후 나는 많이 생각해 봤어요. 그리고는…… 결심했지요. 이 책을 부인의 남편께 되돌려 드리기로요.

김시향 고맙습니다, 선생님.

조당전 그러나 이 책의 형태만을 되돌려 드립니다.

김시향 형태만이라뇨?

조당전 내용은 우리가 갖는 것이죠.

김시향 무슨 말씀이신지……?

조당전, 문갑 위에 있는 녹음기의 작동 버튼을 누른다. "꼬끼오―" 새벽을 알리는 울음 소리가 들린다.

조당전 어서 당나귀에 올라타요. 그럼 부인과 나는 『영월행 일기』의 내용을 알게 됩니다.

김시향, 머뭇거릴 뿐 타지 않는다. 조당전은 김시향을 강제로 부축해서 당나귀에 올려 태운다.

조당전   새벽닭이 울었잖아! 더 이상 망설일 시간이 없어!

김시향   선생님도 타세요!

조당전   둘이 타면 무거워서 당나귀는 달리지 못해!

조당전, 바퀴 달린 당나귀의 고삐를 잡고서 달리기 시작한다. 그의 걸음은 점점 빨라지고 호흡은 가빠진다.

김시향   멈춰요!

조당전   안 돼!

김시향   멈춰 줘요, 제발!

조당전   안 된다니까!

김시향   어지러워 견딜 수가 없어요!

조당전   참아! 참으라구!

조당전, 더욱더 빨리 달린다. 김시향은 끌려가는 당나귀를 부둥켜안고 비명을 지른다. 조당전은 지쳐서 비틀거린다. 그는 걸음을 멈추고 가쁜 숨을 몰아쉰다.

조당전   헉헉…… 숨이 가빠…… 잠시 쉬자구…… 그런데 여긴 어디일까?

김시향   우린 맴을 돌았어요. 방 안을 빙빙 돌다가 제자리에 멈춘 거예요.

조당전   아니야. 굉장히 멀리 온 거야.

김시향	제 소지품이 없어요!
조당전	없다니…… 뭐가?
김시향	제가 갖고 있던 모든 것을요! 당나귀를 타기 전까지는 분명히 있었거든요!
조당전	정말 아무것도 없어?
김시향	없다니까요!
조당전	이런…… 달리는 동안에 떨어뜨린 모양인데……
김시향	(당나귀에서 내려와 주위를 살펴본다.) 저기 핸드백이 떨어져서 열린 채 있군요. 화장품들은 튕겨져 나가 있고 손거울은 깨졌어요. (흩어진 물건들을 주워 핸드백에 담는다.) 아까 멈춰 달라고 했을 때 멈췄으면 이런 일이 없을 거예요.
조당전	그땐 멈출 상황이 아니었어.
김시향	선생님은 저를 당나귀에 태웠던 때부터 반말을 하시는군요.
조당전	(『영월행 일기』를 펼쳐서 한 대목을 가리킨다.) 그게 궁금하거든 이걸 읽어 보라구.
김시향	난 옛날 글자는 못 읽어요.
조당전	그렇다면 내가 읽지. "영월을 가는 동안 우리는 부부 행세를 해야 했다."
김시향	부부라니요?
조당전	사람들 눈에 이상하게 보이지 않도록 하라는 거야. (책을 읽는다.) "상전께서는 말씀하셨다. 너희에게 당부하는 이 일은 지극히 은밀한 것이니, 아무도 알지 못하게 하라.
김시향	도대체 무슨 일인데요?
조당전	영월에 유배시킨 임금, 단종을 살펴보고 오라는 거야. 임금과 대신들, 그런 높으신 분들께서야 직접 가서 볼 수는

없고, 양반 출신을 보내자니 이해관계에 따라 본 것을 왜곡시킬 염려가 있기 때문에, 그래서 우리 같은 하찮은 종놈과 종년을 뽑은 거지. (책을 읽는다.) "너희 둘을 함께 보냄은 혹여나 혼자 잘못 보지 않도록 하기 위함이다. 그런즉 너희는 영월에서 본 것만을 사실대로 말하여라. 그리하면 너희가 바라는 것을 상으로 주리라." (책을 덮고 김시향에게 묻는다.) 임자는 뭘 바라겠어?

김시향   글쎄요…… 뭐가 좋을까…….

조당전   내가 바라는 건 오직 한 가지, 자유야.

김시향   자유……?

조당전   종살이에서 풀려나는 것, 이 세상에 그것보다 더 좋은 건 없어! (당나귀를 끌고 와서 김시향 앞에 세운다.) 자, 그만 쉬고 가자구!

김시향, 잠시 망설이다가 당나귀에 올라탄다. 조당전은 당나귀를 끌고 간다.

김시향   제발 천천히 가요. 어지러워 혼났어요.

조당전   영월은 멀고도 멀어. 가는 데만 4백 리, 오는 데만 4백 리, 합쳐서 8백 리 길이지.

김시향   정말 까마득하네!

조당전   지루하거든 경치를 구경해.

김시향   경치라니요?

조당전   8백 리 길이 모두 볼거리야.

김시향   제 눈엔 아무것도 안 보여요.

조당전   마음의 눈으로 봐.

김시향   (침묵한다.)

조당전   옛날 어릴 적 기억나? 따뜻한 봄이 되면 아이들은 참 좋아했었지. 풀과 나무마다 파릇파릇 새싹이 돋고, 예쁜 꽃들이 피었어. 추운 겨울 동안 집 안에만 웅크리고 있다가 밖에 나와서 보게 되는 그 환한 풍경, 마치 봉사가 눈을 뜬 순간처럼 신기하고 놀라웠지. 아, 저기 나비 좀 봐!

김시향   (두 손으로 눈을 가리며) 노랑나비예요? 흰나비예요?

조당전   왜 눈은 가리고 묻지?

김시향   옛날 어른들이 말씀했었죠. 그해 처음 노랑나비를 보면 운이 좋고, 흰나비를 보면 운이 나쁘대요.

조당전   그렇다면 가만히 눈을 떠봐.

김시향   (가렸던 손을 떼고 허공을 바라본다.) 어머나, 노랑나비네! 한두 마리가 아니에요! 여기도 노랑나비! 저기도 노랑나비! 온통 노랑나비 떼가 우리를 둘러싸고 있어요!

조당전   임자, 처음엔 내키지 않더니 이젠 흥이 났군.

김시향   선생님은요, 선생님도 흥이 나셨으면서!

조당전   날 선생이라고 부르면 안 돼.

김시향   그럼 어떻게 부르죠?

조당전   임자라 불러.

김시향   임자……?

조당전   당신이라 부르든가.

김시향   (웃으며) 호호호, 당신…….

조당전   이놈 당나귀도 신이 난 모양이야. 연신 코를 벌름거리면서 꼬리를 흔들어대는군.

조당전, 끌고 가던 당나귀를 멈춰 세운다.

조당전	두 갈래 길인데…….
김시향	영월은 어느 쪽이죠?
조당전	동쪽이야, 강원도는.
김시향	저기, 남쪽 길은요?
조당전	저기 남쪽 길로 가면 전라도나 경상도가 되겠지.
김시향	(두 손을 합장하고 머리를 조아린다.)
조당전	뭘 비는 거야?
김시향	당신도 빌어요. 어느 쪽 길로 가야 좋을까…….
조당전	아까 우린 행운의 징조, 수많은 노랑나비들을 봤었잖아?
김시향	그것만 가지곤 부족해요.
조당전	임자는 마음이 약하군.
김시향	우리, 이렇게 해요. 당나귀 고삐를 놓는 거예요. 저 두 갈래 길에서, 당나귀가 동쪽 길로 가면 우리도 그쪽 길로 가고, 당나귀가 남쪽 길로 가면 우리도 그쪽 길로 가요.
조당전	(당나귀의 고삐를 놓는다. 그리고는 당나귀의 엉덩이를 힘껏 밀어붙인다.) 가라, 당나귀야! 우리 운명이 너한테 달렸다!

당나귀, 밀려 나간다. 김시향은 당나귀에 탄 채 두 발로 바닥을 박차면서 달린다. 조당전은 그 뒤를 쫓는다. 김시향은 붙잡히지 않으려 달아나고, 조당전은 그녀를 붙잡으려 한다. 마치 놀이처럼 계속되던 그 광경은 조당전이 당나귀의 고삐를 붙잡음으로써 끝난다.

조당전	잡았다, 잡았어!
김시향	(웃음이 섞인 비명을 지른다.) 당나귀가 동쪽으로 왔어요? 남쪽으로 왔어요?
조당전	동쪽으로 왔어!

김시향	(흘러내린 머리카락을 쓰다듬어 올리면서) 어찌나 빨리 달렸는지 정신이 없군요.
조당전	(김시향의 손을 잡아 제지하며) 아냐, 그냥 둬!
김시향	네?
조당전	발갛게 상기된 얼굴, 흘러내린 머리카락, 흐트러진 옷자락 사이로 엿보이는 뽀얀 가슴…… 임자 모습이 참 아름답군.
김시향	부끄럽게…… 가슴은 왜 봐요…….
조당전	내가 종살이에서 풀려나면, 그땐 임자와 혼인하겠어.
김시향	저는 주인이 있는 몸이에요.
조당전	임자도 자유를 달라고 해.
김시향	말도 안 되는 소리 말아요. 그런데 선생님은…… 당신은 결혼하셨어요?
조당전	아니.
김시향	어째서 안 했지요?
조당전	난 사랑 없이는 결혼 안 해.
김시향	사랑 없이도 사람은 결혼해서 살 수 있어요.
조당전	내가 임자를 사랑한다면?
김시향	제발 그런 소리 말아요! 무서운 우리 주인이 저도 죽이고 당신도 죽일 거예요!

조당전, 말없이 당나귀를 끌고 간다.

김시향	이렇게 몇 날 며칠을 가는 거죠?
조당전	아무리 빨라도 엿새나 이레는 걸려.
김시향	(동요를 부르듯이) 해가 뜨고 해가 졌다, 달이 뜨고 달이 졌

다, 하루가 지났다…… 해가 뜨고 해가 졌다, 달이 뜨고
달이 졌다, 이틀이 지났다…… 해가 뜨고 해가 졌다, 달이
뜨고 달이 졌다, 사흘이 지났다…….

조당전   그동안 여주, 원주, 제천을 지났으니까 이젠 영월에 다 왔
어. (『영월행 일기』를 펼쳐 읽는다.) "우리는 영월 읍내에 도착
해서 포목점을 찾아가 옷감과 실을 샀다."

김시향   왜 사죠, 그런 걸?

조당전   떠돌이 봇짐장수로 꾸며야 했거든. "다른 가게에 들러서
는 가위와 바늘도 샀다."

조당전, 당나귀를 문갑 앞으로 끌고 간다. 그는 문갑 안에 준비해
둔 봇짐을 꺼내더니 굵은 띠로 묶어서 등에 짊어진다.

조당전   내가 진짜 장사꾼으로 보여?

김시향   글쎄요…….

조당전   단종 눈엔 그렇게 보여야 할 텐데…….

조당전, 다시 당나귀를 끌고 간다.

조당전   이제 조금만 더 가면 청령포야.

김시향   청령포……?

조당전   음, 단종이 갇혀 있는 곳이지. (『영월행 일기』를 읽는다.) "영
월의 청령포는 이 세상에서 가장 외진 곳, 험준한 절벽이
뒤켠을 가로막고, 평창강이 굽이굽이 앞켠과 옆켠을 막아
흐르니, 날개 달린 짐승이 아니고서는 감히 빠져나갈 엄
두조차 내지 못하였다."

김시향	정말 지독하네!
조당전	얼마나 괴롭고 쓸쓸할까? 임금 자릴 빼앗긴 것도 억울할 텐데, 왕비마저 강제로 이별당하고 홀로 떨어져 지내야 한다니…….
김시향	저길 봐요! 강물이 보여요!

조당전, 당나귀를 멈춘다.

조당전	저 강을 어떻게 건너간다……?
김시향	나룻배가 있는지 찾아보세요.
조당전	배는 보이지 않아, 한 척도.
김시향	그럼 어떻게 건너가죠?
조당전	뭔가 방법이 있겠지. (『영월행 일기』에서 인용한다.) "청령포 지키는 군사들이 강물 위에 외나무 다리마냥 부교(浮橋)를 가설해 놓았는데, 겨우 한 사람이 오고 갈 정도였다." 임자, 당나귀에서 내려. 내가 먼저 저 다리를 건너갈 테니까, 임자는 나중에 건너와.
김시향	싫어요.
조당전	그럼 순번을 바꾸지. 먼저 임자가 건너가고 다음은 내가 어때?
김시향	싫다니까요. 저는 당나귀를 탄 채 건너가겠어요.
조당전	그랬다간 다리가 무너져!
김시향	우리가 무사할 운명이라면 다리는 안 무너져요.
조당전	맙소사, 이번에도 운명을 시험해 보겠다는 거야?
김시향	노랑나비는 흔해요. 그런 것으로 우리 운명을 믿을 수는 없죠. 두 갈래 길도 그래요, 당나귀가 남쪽 길 아닌 동쪽

길로 갔다는 건 순전히 우연일 수 있거든요. 하지만 이번에는 달라요. 당나귀를 탄 채 저 다리를 무사히 건너가면, 그건 우리가 아무 탈 없으리라는 징조예요.

조당전 차라리 당나귀를 타고 물 위를 달려가지 그래?

김시향 그 방법도 좋죠!

조당전 그런 엉뚱한 기적은 바라지 마! 임자는 저 다리를 건너갈 마음이 없는 거야. 건너갈 마음만 확실하면 기적 따윈 바랄 필요 없는 거라구. 노랑나비는 우연이 아냐. 임자 마음이 노랑나비를 보려고 했기 때문에 그게 보였던 거야. 두 갈래 길도 그래. 임자 마음이 두 갈래 길에서 동쪽을 정했기 때문에 당나귀가 그 동쪽 길로 갔던 거지. (의자를 가져와서 당나귀의 고삐를 묶는다.) 당나귀는 여기 다리 앞에 묶어 두겠어. 임자는 마음대로 해. 다리를 건너갈 마음이 있거든 당나귀에서 내려서 건너가고, 그럴 마음이 없거든 여기 남아 있으라구.

김시향 좋아요, 그럼. (당나귀에서 내려온다.) 걸어서 건너가죠. 하지만 당신이 먼저 가요. 당신이 아무 탈 없이 건너가는 걸 본 다음에야 저도 다리를 건너가겠어요.

조당전, 조심스럽게 다리를 건너간다.

조당전 건너와! 임자 차례야!

김시향 전 못 해요!

조당전 못 한다니……?

김시향 무서워서 다리를 못 건너간다구요!

조당전, 봇짐을 묶었던 굵은 띠를 풀어 들고 다리를 되돌아간다.

조당전   이 띠를 꼭 붙잡고 건너와!

조당전은 앞에 가고, 띠를 잡은 김시향이 뒤따라간다. 그녀는 중간
에서 균형을 잃고, 다리 아래로 떨어진다.

조당전   띠를 붙잡아! 놓치면 죽어!
김시향   어서 끌어당겨요!

조당전, 띠를 끌어당긴다. 강물에 떠내려가던 김시향은 그 띠를 붙
잡고 안전한 강가로 끌어올려진다.

조당전   임자 옷이 물에 다 젖었어. 신발은 벗겨져서 물결 따라 흘
러가잖아!
김시향   저런, 내 신발!
조당전   그래도 목숨은 건졌으니 다행이군!
김시향   그 책을 보세요, 제가 물속에 빠졌다고 적혀 있어요?
조당전   (『영월행 일기』를 뒤적인다.) 아니, 그런 건 없어.
김시향   호호, 우스워라! 그럼 괜히 빠졌네! (맨발로 앞장서서 걸어
간다.)
조당전   맨발로 걸어?
김시향   맨발이 어때요? 봄날 포근포근한 땅을 밟는 감촉이 좋잖
아요!
조당전   하하, 임자는 정말 귀여운 계집종이야!

봇짐을 지고 걸어가던 조당전, 긴장하면서 멈춘다.

조당전   가만 있어 봐…….

김시향   왜요?

조당전   창과 칼을 든 병사들이야. 그런데…… 우릴 보고서도 못
         본 척 비켜 주는군.

김시향   뭔가 내통이 되어 있는 모양이죠?

조당전   으음…… 그런 모양인데.

조당전과 김시향 나란히 바짝 붙어서 걸어간다. 조당전이 다른 방
으로 통하는 미닫이문 앞에서 걸음을 멈춘다.

조당전   여기, 숲속에 조그만 기와집이 있군.

김시향   기와집요……?

조당전   아무도 안 계시느냐고 여쭈어라!

김시향   이상해요…… 인기척이 없어요…….

조당전   봇짐장수 왔노라고 여쭈어라!

김시향   아무 응답이 없군요.

조당전   우리 함께 저 대문을 열어 보자구.

조당전과 김시향, 긴장하면서 조심스럽게 미닫이문을 양쪽으로 밀
어 젖힌다. 그러자 그 뒤의 공간이 보인다. 하얀 석고 덩어리처럼
무표정한 얼굴의 소년 형상이 의자 위에 앉아 있다.

김시향   누군가 있어요…….

조당전   그래…… 쫓겨난…… 어린 임금이야…….

김시향	전혀 움직이질 않는데요…….
조당전	얼굴엔 아무 표정도 없어…… 아무 표정도…….

조당전과 김시향은 뒷걸음으로 물러선다. 무대조명, 서서히 암전한다.

제4장

저녁 무렵, 조당전과 고서적 연구 동우회 회원들이 서재 가운데의 원탁에 둘러앉아 있다. 그들은 여러 종류의 고서적들을 원탁 위에 쌓아 놓고 뒤적이면서 『영월행 일기』의 내용을 객관적으로 입증할 수 있는 자료들을 찾는 중이다.

이동기	신숙주 문집에는 없어. 아무리 찾아봐도 자기 집 하인을 영월로 보냈다는 기록이 없다구.
부천필	자넨 아직도 『영월행 일기』가 가짜라고 의심하는군?
이동기	한명회의 자료들도 뒤져 봤는데, 여종을 보낸 기록이 없어.
부천필	비밀로 했던 일, 기록을 안 했을지도 몰라.
염문지	글쎄…… 어쨌든 객관적인 입증이 필요해.
조당전	신숙주의 하인과 한명회의 여종이 영월을 처음 다녀왔던 때는 세조 3년 봄, 그러니까 사월 초순이었어. (원탁에 놓인 고서적들 중에서 두터운 책 한 권을 펼친다.) 이건 『세조실록』(世祖實錄) 중에서 그때에 해당되는 기록이야. 세조 3년 사월 열여드레 날, 눈에 띄는 대목이 있어. 모두들 이리 와서

이걸 좀 보게.

조당전의 주위로 친구들이 모여든다.

조당전 어전회의 기록이야. "신하들이 임금 앞에서 무표정한 얼굴에 대해 논쟁하였다⋯⋯."

이동기 이런 짧은 구절로는 논쟁 내용이 뭔지 알 수 없잖나?

조당전 구체적인 내용은 다른 자료에 있어. (원탁 위의 고서적들 중에서 필사체본 한 권을 펼쳐 놓는다.) 이건 그 당시 대사헌이었던 양성지의 『해안지록』(解顔之錄)이야. 얼굴을 해석한 기록이다 그런데, 어전회의 내용이 대화체로 자세히 적혀 있지. (부천필에게) 자넨 신숙주의 발언을 읽어 주게.

부천필 (신숙주의 발언 대목을 읽는다.) "전하, 영월에 다녀온 자들이 말하기를, 노산군의 얼굴에는 아무 표정이 없었다 하나이다."

조당전 노산군이 누군지는 다들 알겠지?

부천필 단종 아닌가!

조당전 단종을 평민으로 낮춘 다음 붙인 이름이 노산군이지.

부천필 (계속해서 읽는다.) "무릇 인간의 얼굴이란 감정이 있어야만 표정이 있는 법, 노산군의 무표정은 아무 감정도 없음이니, 전하께선 괘념하지 마옵소서."

조당전 (이동기에게) 한명회는 자네가 읽게.

이동기 "아니 되옵니다, 전하. 인간이란 요사스러운 것, 마음속 가득히 원한을 품고서도 능히 얼굴로는 무표정하게 감출 수가 있사옵니다. 전하께선 노산군의 무표정에 속지 마옵시고, 반드시 그를 죽여 화근이 되지 않게 방비하소서."

부천필 "전하, 노산군의 무표정이 두려워 그를 죽이시면 만백성의 비웃음거리만 될 뿐이옵니다. 오히려, 그를 살려둠으로써 전하의 인자하심을 칭송받으시옵소서."

염문지 세조는 내가 읽어야겠군. "경들의 주장이 이토록 다르니 짐 또한 무표정을 판단하기 곤혹스럽구나.

이동기 "노산군의 무표정은 위험하나이다. 지체 마시고 그를 죽이소서!"

부천필 "노산군의 무표정은 위험하지 않사옵니다. 그를 살려 두소서!"

이동기 난 한명회의 의견에 동감이야. (원탁의자에서 일어나며) 도대체 무슨 생각을 하고 있는지 알 수 없는 얼굴은 위험해.

부천필 난 신숙주가 옳다고 봐. 얼굴에 아무 표정이 없다고 해서 죽여 버리면 이 세상에 살아남을 사람이 몇 명이나 되겠어?

이동기 이 세상이라니? 지금 우린 오백 년 전 세상을 다루고 있는 거야.

부천필 이건 요즘 세상 문제이기도 해! 요즘 사람들을 보라구! 세상이 뭐가 잘못돼서 그런지 사람들 얼굴에 아무 표정이 없잖아!

염문지 어어, 점점 언성이 높아지는데!

이동기 어째서 자넨 요즘 사람들까지 들먹거리나?

부천필 (의자에서 일어나 이동기와 마주서서) 우리가 고서적을 연구하는 이유가 뭐겠어? 과거의 문제를 참조해서 현재의 문제를 풀자는 것 아냐?

이동기 과거와 현재를 혼동하지 마! 과거는 과거의 시각으로 봐야지, 현재의 시각으로 보면 오류만 생겨!

염문지 (『해안지록』에서 세조의 마지막 발언을 찾아 읽는다.) "경들은 들으라! 영월로 다시 사람을 보내 노산군의 표정을 살펴 오도록 하라!"

염문지, 의결권을 가진 회장으로서 손바닥으로 원탁을 세 번 두드린다. 이동기와 부천필은 다시 원탁의자에 앉는다.

조당전 어쨌든 자네들도 인정할 거야. 『영월행 일기』는 『세조실록』과 일치하고 그건 또 『해안지록』과도 연관돼 있어.

염문지 그래, 그건 인정하지. (부천필과 이동기를 번갈아 바라보며) 그런데 이 사람들 얼굴 좀 봐. 둘 다 잔뜩 화가 난 표정이잖아. 진짜 성낼 사람은 나야! 골치 아픈 세조, 바로 나라구!

무대조명, 암전한다.

제5장

조당전, 당나귀를 세워 놓고 손질한다. 그는 가끔씩 손길을 멈추고 출입문과 손목시계를 번갈아 바라본다. 문갑 위의 전화기가 울린다. 조당전은 당나귀를 끌고 문갑으로 가서 전화를 받는다.

조당전 네, 그렇습니다. 떠날 준비를 해놓고서 기다리는 중인데요, 왜 이렇게 늦는 거지요? 들어오기가 싫다니요? 무슨…… 무슨 영문인지…… 거긴 어딘데요? 길 건너 주유

소라면 우리 집 앞까지 다 오신 것 아닙니까? 여보세요, 내 말 듣고 있습니까? 어서 들어오세요. 집에 들어와서 자세한 말씀을 하셔야지, 싫다고만 하고는 돌아가 버리면 안 됩니다!

조당전, 수화기를 내려놓는다. 전혀 예상 못했던 일에 난감한 표정이 되더니, 당나귀에 거꾸로 올라탄다. 당나귀의 머리가 조당전의 뒤쪽에 있고, 꼬리가 조당전의 앞쪽에 있다. 그는 당나귀를 거꾸로 타고 실내를 왔다갔다한다. 잠시 후 문 두드리는 소리가 들린다. 조당전은 당나귀를 타고 달려가 출입문을 열어준다.

조당전　들어오세요!

김시향　(망설이면서 들어오지 않는다.)

조당전　어서요!

김시향　(머뭇거리며 안으로 들어온다. 한복 치마저고리에 두루마기 차림이다.)

조당전　(당나귀에서 내린다.) 도대체 무슨 일이죠?

김시향　제발 그만…… 저는 선생님과 장난하고 싶지 않아요.

조당전　장난이라뇨?

김시향　선생님은 장난만 하셨어요. 저를 당나귀에 태워서는 이리저리 끌고 다니기만 하셨거든요.

조당전　그건 『영월행 일기』의 내용을 알기 위해서 했던 겁니다.

김시향　아뇨, 내용을 알기 위해서라면 그 책을 읽어 주시는 것으로 충분하잖아요?

조당전　당신은 뭔가 오해하고 있군요.

조당전, 고서적들을 넣어 둔 책장으로 간다. 그는 『영월행 일기』를 꺼내 든다.

조당전 이 책을 보세요. 이 책은 오백 년 전 과거의 책입니다. 지금은 사용하지 않는 옛날 글자들로 씌여 있지요. 물론 나는 이 옛 글자들을 읽을 수는 있어요. 그러나 읽는다는 건 내용의 참맛이랄까, 생생한 느낌을 맛보지는 못합니다. 내가 당신을 당나귀에 태우고 다녔던 걸 장난이라 생각지 마세요. 그건 이 책의 과거 내용을 현재의 생생한 감정으로 맛보기 위해섭니다.

김시향 글쎄요…… 그게 가능할까요? 선생님과 저는 지금, 그러니까 현재의 사람들인데요…… 어떻게 과거를 생생하게 맛볼 수가 있겠어요?

조당전 과거와 현재는 겹쳐 있죠. 마치 두 장의 사진처럼, 현재의 우리 모습은 과거의 우리 모습을 닮은 거예요. 더구나 감정은 변함이 없죠. 옛날의 짜디짠 소금은 지금 맛보아도 짜디짜고, 옛날의 달디단 꿀은 지금도 달디단 맛이듯이. (당나귀를 가리키며) 자, 저 당나귀를 타고 영월로 갑시다!

김시향 잠깐만요, 저는 그렇게 한가하지 않아요!

조당전 네……?

김시향 선생님, 저는 하루라도 빨리, 아니 단 한시간이라도 어서 그 책을 제 주인께 갖다 드리고 싶어요. 사실은 선생님…… 전 겁이 나 죽겠어요. 지난번 선생님 댁을 다녀갔던 날, 저의 주인은 몹시 성난 얼굴로 저를 기다렸다가, 도대체 어딜 갔다 오느냐고 물으셨어요.

조당전	그래서 뭐라고 대답했습니까?
김시향	저는…… 그냥 백화점엘 다녀온다고 거짓말을 했어요.
조당전	솔직하게 대답해야 합니다. 그럴 때는, 이 책의 내용을 우리가 알고 난 다음엔 반드시 되돌려 드리겠다, 그렇게 솔직하게 말하세요.
김시향	하지만 그런 말을 제 주인이 믿겠어요?
조당전	거짓말은 오히려 그분의 의심만 키울 뿐이죠.
김시향	그래요…… 의심만 커져요. 오늘은 한복을 곱게 차려 있고 친척집 결혼식에 간다면서 집을 나왔는데요…… 뭔가 이상해요…… 제 뒤를 쫓아오는 것만 같은…… 지금도 감시당하는 기분이에요.
조당전	따라오고…… 감시한다…….

조당전, 허공을 향해 누군가에게 들으라는 듯이 큰소리로 말한다.

조당전	좋습니다! 우리를 감시하면서 무슨 말이든 다 엿들어도 좋아요! 그런데, 한 가지 묻겠습니다. 이 책을 언제쯤 되돌려 받기를 원하십니까? 지금 당장 되돌려 받고자 하시면, 이 책의 형태만 갖게 되실 뿐입니다. 그러나, 나중에 받을 요량으로 우리를 느긋하게 지켜봐 주신다면, 이 책의 내용마저 알게 되는 겁니다. 그럼 결국엔 형태와 내용 둘 다 소유하시는 것이지요. 자, 무엇을 바라는 겁니까? 형태만 되돌려 받기를 원하시면 침묵을, 내용까지 되돌려 받기를 원하시면 응답을 하십시오. 응답 방법은 저희 집 전화번호 824-8169번, 지금 곧 전화를 걸어 주십시오!

문갑 위의 전화기가 울린다. 김시향은 깜짝 놀란 표정이 된다.

김시향 어떻게 전화기가 울리죠?

조당전 놀랄 것 없어요. 남편께선 우리 대화를 도청하고 계십니다.

김시향 (문갑으로 뛰어가서 수화기를 든다.) 여보세요…… 여보세요…… 전화가 끊겼어요.

조당전 그분의 뜻은 분명해요. 오늘도 우리더러 영월을 다녀오라는 겁니다.

김시향 도청장치는 어디 있어요?

조당전 부인의 귀고리일 수도 있고, 목걸이일 수도 있죠.

김시향 (다급하게 귀고리와 목걸이를 떼어낸다.)

조당전 그것만이 아닙니다. 손가락의 반지일 수도 있고…… (반지를 빼려 하는 김시향을 제지하며) 그냥 두세요.

김시향 (낮은 목소리로) 선생님은 두렵지 않아요?

조당전 나도 두렵습니다. 그분은 무서운 힘을 가지신 분…… 어젯밤 나는 그분을 봤었지요. 텔레비전 뉴스를 보고 있었는데, 어떤 분이 높은 단상에서 두 주먹을 불끈 쥐고, 국가에 대해서, 민족에 대해서, 굉장한 연설을 하더군요. 단상 밑에서는 수많은 사람들이 열광적인 박수를 치고 있었구요.

김시향 (자신의 입술 위에 손가락을 대고) 쉿, 말조심해요.

조당전 (낮은 목소리로 묻는다.) 내 짐작대로 그분이 부인의 주인 맞아요?

김시향 쉿, 당나귀나 끌어 와요.

조당전, 당나귀를 끌어다가 김시향 앞에 세운다. 김시향은 두루마기를 벗어서 장옷처럼 둘러쓰고 당나귀에 올라탄다. 조당전은 당나귀 고삐를 잡고서 느릿느릿 걸어간다.

김시향 오늘은 왜 이렇게 걸음이 느려요?

조당전 기분이 안 좋아서 그래. 우리가 잘못 본 것도 아닌데, 또 갔다 오라니…….

김시향 그 무표정한 얼굴?

조당전 그 무표정 때문에 죽여야 한다느니, 살려야 한다느니, 높으신 양반들끼리 싸움이 붙었다는군.

김시향 닭싸움이나 소싸움이 아니거든 관심 갖지 말아요. 괜히 높은 양반들 싸움에 끼어들어 봤자 좋을 게 없어요.

조당전 하지만 우린 본의 아니게 이미 끼어들었는걸.

김시향 이번에 가서 봐도 그 얼굴이 무표정하면 어쩌죠?

조당전 그러면 갔다 와서 또 가야 하겠지!

김시향 또 가서 무표정하면요?

조당전 다시 또 가야겠지!

김시향 아이구, 지겨워라! 도대체 뭣 때문에 그 얼굴이 무표정할까요?

조당전 글쎄…… 아마 두려움 때문이겠지. 임자도 그렇잖아. 임자가 무서운 주인을 말할 때는 얼굴에 표정이 없어.

김시향 제 얼굴이 그래요?

조당전 내 얼굴도 그렇구. 사람이란 누구나 두려우면 표정이 없어요. 처음 난 그 얼굴을 보러 갈 때는 마음이 가벼웠어. 나하고는 아무 상관없는 얼굴인지 알았고…… 단 한 번만 보고 오면 되는 줄 알았지. 그랬는데 그게 아냐……

이젠 몇 번이나 다녀와야 하는지도 모르겠고…… 언제쯤이나 나는 이런 종 노릇에서 풀려날지 그것도 모르겠어…….

조당전, 의기소침한 모습으로 느릿느릿 당나귀를 끌고 간다. 김시향은 둘러썼던 두루마기를 접어서 당나귀의 목에 걸쳐 놓는다.

김시향   우리 노랑나비를 찾아봐요. 지난번엔 수많은 행운의 징조들을 봤었잖아요.

조당전   한 마리도 없어, 지금은…….

김시향   그럼 흰나비는요?

조당전   흰나비도 없어!

김시향   왜요?

조당전   모든 꽃이 시들었거든.

김시향   설마…… 그럴 리가…….

조당전   어느덧 봄은 지나가고 지금은 여름이야. 나무마다 풀마다 이파리만 시퍼렇게 무성하지. 저길 봐. 징그러운 벌레들이 나비 대신 날아다니고, 흉측한 독버섯들이 꽃 대신에 돋아나 있잖아!

김시향   당나귀를 멈춰요!

조당전, 당나귀를 멈춰 세운다.

김시향   이 길이 지난번 우리가 갔던 길이에요?

조당전   그래, 똑같은 길이야.

김시향   똑같은 길인데 왜 이렇게 달라요?

조당전	임자, 저기 두 갈래 길이 보여?
김시향	네, 보여요.
조당전	임자가 운명을 시험했던 것 기억날 거야. 그땐 당나귀가 동쪽 길로 갔었지. (당나귀의 고삐를 놓는다.) 이번엔 내가 운명을 시험해 봐야겠어.
김시향	어리석은 짓 말아요.
조당전	어리석다니?
김시향	지난번엔 어느 쪽이 영월로 가는 길인지 몰랐었죠. 하지만 이제는 당나귀도 알고, 저도 알고, 당신도 알아요. (당나귀를 앞으로 가도록 하며) 이걸 보세요, 그냥 둬도 당나귀가 동쪽 길로 가요. 심드렁하게, 우리 운명엔 아무 흥미도 없다는 듯이, 느릿느릿 졸면서 가고 있어요.

조당전, 당나귀의 꼬리를 잡아당긴다.

김시향	그냥 가게 놔둬요!
조당전	안 돼! 되돌아와!
김시향	왜 끌어당기는 거예요?
조당전	이 당나귀가 너무 건방지잖아! (당나귀를 멈춰 세워 놓고 꾸짖는다.) 이놈아, 뭐가 어째? 다 아는 길이라고 심드렁하게 졸면서 가? (당나귀의 양쪽 뺨을 때린다.) 이 건방진 놈아, 정신 차려! 정신을 바짝 차리고 우리 운명에 흥미를 가져!
김시향	제발 그만 때려요!
조당전	(당나귀를 뒤로 끌어당겨 놓는다.) 자, 가봐! 저 두 갈래 길 중에서 어느 쪽으로 우리가 가야 좋은지 시험해 보라구!
김시향	결과는 뻔할 텐데요?

조당전	이놈이 뻗대기는…… 얼마나 더 맞으려고 이래!
김시향	(두 발로 힘껏 바닥을 걷어차서 당나귀가 달려가게 한다.) 가요! 간다구요!

조당전, 당나귀가 달려가는 쪽을 바라보더니 커다란 목소리로 외친다.

조당전	이번엔 뭔가 잘 될 모양이야! 당나귀가 동쪽으로 가고 있어!
김시향	기막혀라! 이 길로 갔다가 큰 봉변을 당할지 모르겠네!

조당전, 당나귀를 뒤쫓아와서 고삐를 붙잡는다. 김시향은 화가 난 듯 조당전을 외면한다.

조당전	어디 좀 봐, 임자……
김시향	(얼굴을 돌린 채) 싫어요.
조당전	지난번 이 길을 달려왔을 때, 임자 얼굴은 발갛게 상기되어 있었지. 검은 머리카락은 물결처럼 흘러내리고…… 열린 옷자락 사이로 뽀얀 젖가슴이 보였어.
김시향	(머리를 쓸어 올리고 옷자락을 여미며) 쉿, 조용히.
조당전	임자는 언제 봐도 아름다워.
김시향	(화난 감정이 풀린 듯 조당전을 바라보며) 제발 좀 목소리를 낮춰요.
조당전	난 일기에 내 느낌들을 써놓았지. (손에 들고 있는 『영월행 일기』를 펼쳐 읽는다.) "내 비록 영월 가기가 심난하여도 중단 못함은 아름다운 자태와 동행함이다." 이렇게 글자로 써

놓으면 언제 읽어도 느낌이 되살아나거든.

김시향 쓴 것들은 모두 지워 버려요. 당신은 그 글자들 때문에 큰 화를 당할 거예요.

조당전 "무심하게 한 말이었으리라. 내가 써놓은 글자들로 인해 큰 화를 당하리라는 그 말은 무슨 근거가 있지는 않으리라. 그러나 간혹 무심하게 한 말이 용한 점술가의 예언보다 더 적중할 때가 있다. 영월로 가는 길은 험난하기만 한데, 아름다운 자태는 내 마음을 지워 버려라 한다."

조당전, 당나귀를 끌고 간다. 사이. 그는 문갑 옆에 당나귀를 멈춰 세운다.

조당전 어느덧 4백 리 길…… 영월까지 다 왔어.

김시향 다시 봇짐장수로 꾸밀 거예요?

조당전, 문갑 위에서 굵은 띠로 묶여진 봇짐을 꺼내 걸머진다.

김시향 강은 어디 있죠? 지난번엔 강을 건너갔었잖아요?

조당전, 문갑 위의 녹음기를 작동시킨다. 강물이 흐르는 소리가 들린다. 조당전은 당나귀를 끌고서 강가에 다가가 흘러가는 강물을 바라본다.

조당전 강물에 내 얼굴이 비쳐 보이는군…….

김시향 (당나귀에서 내려와 조당전 옆에 서서 강물을 바라본다.) 그 옆에 제 얼굴도 있군요.

조당전과 김시향, 말없이 강물을 바라본다.

김시향 무슨 생각을 해요, 우리 얼굴을 바라보면서……?

조당전 강 건너의 그 얼굴…….

김시향 그 얼굴이 보여요?

조당전 우리 얼굴과 겹쳐 보여. 점점 그 표정이 달라지는군.

김시향 어떻게요?

조당전 아주 슬픈 표정이야…….

김시향 하염없이 강물만 바라보고 있을 거예요?

조당전 어쨌든…… 다리를 건너가야겠지…….

조당전, 당나귀를 끌고 다리 쪽을 향해 간다. 김시향은 그를 따라간
다. 그들은 부교(浮橋) 앞에 말뚝처럼 박혀 있는 출입금지 표지를
발견한다.

조당전 그런데 여기 다리 앞에 웬 비석이 세워져 있군. 금표비(禁
標碑)라, 뭘 금지시킨다는 걸까? (씌여 있는 글자를 소리 내어
읽는다.) "동서 삼백 척, 남북 사백구십 척 이내에는 일반
의 출입을 금한다." 지난번엔 이런 걸 못 봤잖아?

김시향 우리가 그냥 지나쳤을지도 몰라요.

조당전 우린 괜찮아. 밀명을 받았으니 금지를 무시하고 건너가
자구.

김시향 이번엔 제가 먼저 건너가죠!

김시향, 강물 위에 위태롭게 놓인 다리를 성큼성큼 건너가기 시작
한다.

김시향	흔들흔들, 재미있네요!
조당전	조심해! 빠지면 죽어!
김시향	지난번보다 훨씬 강물이 불어났어요!
조당전	여름장마가 져서 그래!

김시향, 다리를 건너간다. 그녀는 되돌아서서 조당전을 향해 외친다.

김시향	이젠 당신 차례예요!
조당전	(당나귀에게) 너는 여기 있거라!

조당전, 봇짐을 어깨에 둘러맨다. 그는 한 발 한 발 곡예사가 줄을 타고 가는 동작으로 조심스럽게 건너간다.

김시향	빨리빨리 건너와요!
조당전	봇짐이 무거워!
김시향	겨울 옷감 몇 필인데 무거워요?
조당전	실도 있고, 바늘도 있고, 가위도 있어!

조당전, 다리를 건너온다.

김시향	그까짓게 뭐 무겁다고 엄살을 떨어요?
조당전	임자가 짊어져 봐!
김시향	내려놔요. 제가 머리에 이고 갈 테니.

조당전, 봇짐을 내려놓는다. 김시향은 봇짐을 머리에 이고 날렵하게 걸어간다.

김시향	가벼워라! 덩실덩실 춤도 추겠네!
조당전	그만, 그만…… 지금은 춤출 때가 아냐.

김시향이 앞장서고, 조당전이 그 뒤를 따라간다. 사이. 그들은 미닫이문 앞에 다가서서 멈춘다. 김시향이 팔꿈으로 조당전의 허리를 쿡 찌른다.

김시향	기와집의 대문 앞에 다 왔어요. 당신이 불러 봐요.
조당전	음…… 음…… 목이 잠겨서…….
김시향	불러요, 어서.
조당전	지난봄에 왔었던 봇짐장수, 다시 왔다고 여쭈어라…….
김시향	그렇게 불러시는 들리지 않이요, 크게, 크게 외쳐요!
조당전	지난봄에 왔었던 봇짐장수, 다시 와서 문안드리오!
김시향	더 크게요!
조당전	난 더 크게 부를 테니깐, 임자는 그 봇짐 속에 든 물건들을 모두 꺼내서 문 앞에 늘어놔!

김시향, 미닫이문 앞에 봇짐을 풀어 물건들을 꺼낸다. 적색, 녹색, 황색의 옷감들과 실과 바늘과 가위를 책장 앞에 나란히 늘어놓는다. 조당전은 무릎 꿇고 아뢴다.

조당전	지난번엔 황망하여 저희 물건 보여 드리지도 못하고 되돌아갔었습니다. 하지만 이번에는 가득 풀어 놓았사오니 구경하여 주십시오.
김시향	아무 반응이 없어요.
조당전	구경하시라고 문을 열어 드려.

김시향, 미닫이문에 다가가서 조금씩 열어젖힌다. 다른 방의 내부가 보인다. 의자에 앉은 소년 형상의 얼굴은 지극히 슬픈 표정이다. 야 윈 뺨에는 피눈물이 흘러내린 흔적이 역력하고, 입술은 통곡을 삼 키는 듯 일그러져 있다.

김시향　슬픈 표정이에요, 이번에는…….
조당전　울고 계셔…… 피눈물을 흘리고 계셔…….
김시향　어떻게 하죠? 문을 닫을까요?
조당전　너무나 슬픈 표정이신데…….
김시향　봇짐을 싸겠어요.
조당전　아냐, 그냥 둬. (소년 형상을 향해 말한다.) 이왕 가져 온 물건 이니 놓고 갑니다. 부디 사양 말고 받아 주십시오.

조당전, 미닫이문 앞에 진열했던 물건들을 안으로 넣어 준다. 김시 향도 거들어 준다.

김시향　남자한테 저런 물건들이 무슨 소용 있어요?
조당전　아무 소용 없을까……?
김시향　옷감과 가위, 실과 바늘, 여자라면 쓸모 있겠죠.
조당전　그래도 우리 물건이 뭔가 위로가 되었으면 좋겠는데…… 세상에 태어나 저런 슬픈 얼굴은 처음 봤어.
김시향　저 역시 처음 봐요.

조당전과 김시향, 슬픈 얼굴로부터 큰 충격을 받은 듯하다. 무대조 명, 암전한다.

제6장

조당전, 원탁에 앉아 『영월행 일기』와 다른 고서적들을 대조해 보고 있다. 출입문이 열린다. 염문지를 비롯한 고서적 연구회 회원들이 들어온다. 염문지는 보석함처럼 생긴 상자를 갖고 있다.

조당전 어서들 오게!

염문지 자네 집 앞에 수상한 자동차가 있는데.

이동기 안테나가 달렸어, 기다란.

조당전 나도 알고 있어.

부천필 안다구? 알면서도 그냥 둬?

조당전 기분은 나쁘지만…… 쫓아내면 또 다른 방법을 사용하겠지. (원탁에 앉기를 권하며) 자, 다들 앉게.

조당전의 친구들, 경직된 태도로 원탁에 앉는다.

조당전 저녁식사는 했나?

염문지 저녁이야 먹었지.

조당전 나한테 좋은 술이 있는데…… 기분 전환으로 어때?

염문지 무슨 술인데?

조당전 옛날 영월에서 만든 술이야.

조당전, 고서적 책장으로 다가간다. 그는 고서적들 뒤에 감춰두었던 도자기 형태의 술병과 조그만 잔들을 꺼내 와서 친구들에게 술을 따라 준다.

조당전   마셔 봐, 맛이 기가 막혀.

부천필   색깔도 곱군.

조당전   향기도 좋아.

조당전과 친구들, 술맛을 음미하듯 조금씩 마신다.

조당전   자, 한 잔씩 더……

이동기   영월은 물이 좋아서 술이 좋은 거야.

부천필   자넨 영월에 가봤었나?

이동기   아니.

부천필   가보지 않고 술 좋은 건 어떻게 알아?

이동기   술맛을 보면 물맛도 알지. 그런데 자넨 영월에 가봤어?

부천필   가보진 않았지. 하지만 영월은 세상에서 가장 외로운 곳, 슬픈 곳이야. 이 술맛을 느껴 봐. 그런 외로움, 슬픔의 맛이 나잖아.

이동기   자네 혀가 잘못된 모양이군, 난 한 잔 다 마셨어도 그런 맛을 못 느꼈어.

염문지   요즘 자네들은 이상해. 영월만 나오면 사사건건 싸워.

조당전   『영월행 일기』 때문이겠지.

염문지   그래, 그 책 때문이야. 사실은 나도 이상해졌어. 자네들, 내가 이런 걸 가져 왔다고 놀라지 말게.

염문지, 상자 뚜껑을 열고 그 속에서 조선왕조 시대의 옥새를 꺼낸다.

염문지   옥새야! 옛날 나랏님들이 쓰시던 진짜 옥새라구!

조당전　이걸 어디에서 구했나?

염문지　쉬잇, 묻지 말아.

부천필　합법적으로 구한 것이 아닌가 본데…….

이동기　어쨌든 굉장하군. 이런 옥새를 손에 넣으려면 큰돈이 들걸?

염문지　그 빌어먹을 자식이 너무 비싼 값을 요구했어! 그 자식이야 어디에서 슬쩍 훔친 물건일 텐데, 나에겐 제값을 다 받아먹으려고 했거든! 아이구 이런! 내가 흥분해서 소리를 질렀잖아!

조당전　괜찮아. 옥새 들고 큰소리치는데 말릴 수 없지.

　　　염문지, 옥새를 높이 들었다가 원탁 위에 쾅 눌러 찍는다.

염문지　눈을 크게 뜨고 바라봐! 죽느냐, 사느냐가 이 도장 찍기에 달렸어!

부천필　이럴 땐 이렇게 말해야 하겠군. "고정하소서, 전하!"

염문지　(조당전에게)『세조실록』은 찾아났나?

조당전　노산군 표정에 대한 두 번째 어전회의 기록이야. (두툼한 『세조실록』을 펼쳐 놓는다.) "세조 3년 팔월 열이틀 날, 노산군의 슬픈 표정에 관한 어전회의가 열렸다." (또 한 권의 고서적인 『해안지록』을 펼쳐 놓는다.) 구체적인 회의 내용은 여기 『해안지록』을 참고하자구.

염문지　어디야, 내가 읽을 곳이? (조당전이 손가락으로 가리키는 대목을 낭독한다.) "영월에 다녀온 자들이 뭐라더냐? 여전히 아무 표정이 없다 하더냐?"

이동기　(한명회의 발언 구절을 읽는다.) "신, 한명회 아룁니다. 노산군의 표정이 달라졌다 하옵니다."

염문지 "무표정이 달라졌다……?"

이동기 "노산군의 얼굴은 슬픈 표정이라 하나이다. 자고로 간악
한 자는 표정을 바꾸는 법, 무표정도 믿지 못하였거늘, 어
찌 슬픈 표정을 믿을 수 있으리이까? 노산군의 슬픈 표정
은 세상 사람들의 동정을 사서 역모를 꾀하려는 술수임
이 분명하옵니다."

부천필 "전하, 통촉하옵소서. 노산군의 슬픈 표정을 역모술수라
함은 합당하지 않나이다."

이동기 (부천필에게 힐난하는 어조로써 말한다.) "대감은 어찌 그렇게
도 노산군을 감싸시오? 일찍이 노산군을 동정하여 성삼
문, 하위지, 박팽년 등이 역모를 꾀하다가 형장의 이슬로
사라졌었소. 노산군은 그 먼 영월에 유배당하고서도 제
버릇 고치지 아니하고 슬픈 표정을 지어 또다시 역모의
무리를 모으려는 것이오!"

부천필 (이동기를 마주 바라보며 말한다.) "대감, 영월이란 어디이옵니
까? 이 세상의 가장 외진 곳이 영월이외다. 노산군은 그
곳에 홀로 유폐되었거늘, 어찌 세상 사람들이 그의 얼굴
을 볼 수 있으며, 어찌 그를 동정할 수 있겠소이까?"

염문지 "판단은 짐이 한다. 경들은 서로 다투지 말라!"

이동기 "전하, 영월이 멀고 외진 곳이라 한들, 그곳 역시 전하의
땅이나이다."

염문지 "그것도 짐의 땅임을 누가 모른다 하는가?"

이동기 "전하의 땅에 사는 자가, 더구나 지난번 모반 때 전하의
은덕으로 목숨을 구한 자가 슬픈 표정을 짓는다니 무슨
해괴한 짓이옵니까! 이는 도저히 용납해선 안 될 줄 아옵

니다."

염문지 "들고 본즉 경의 말이 옳도다!"

이동기 "전하, 노산군의 슬픈 표정을 반역죄로 다스리소서! 그 슬픈 얼굴을 가만 두시면 제왕의 위엄을 업신여기는 자들의 모반이 끊이지 않을 것이옵니다!"

염문지 (옥새를 허공 위에 높이 들어올린다.) "노산군을 죽여라!"

부천필 "황공하오나, 전하, 재삼 숙고하여 주옵소서. 슬픈 표정을 반역죄로 처형하시면, 전하께서는 도리어 제왕의 위엄을 잃게 되나이다!"

염문지 "제왕의 위엄을 잃는다……"

부천필 "노산군의 슬픈 표정은 다만 그의 외로운 심사를 나타낸 것일 뿐 결코 역모지사는 아니옵니다. 하온데 전하께서 그 외로운 마음마저 용납 못하시고 죽여 버리시면, 이는 제왕의 위엄을 지나쳐 제왕의 포악이 되옵니다."

염문지 "짐에게 그 슬픈 표정을 견디란 말인가?"

이동기 "주저 마옵소서, 전하! 어서 속히 그를 처형하소서!"

부천필 (원탁의자에서 뒤로 물러나며) 살인자 같으니!

이동기 뭐라구?

부천필 더 이상 저런 자와 상대 못하겠어!

염문지 어어, 왜들 이래?

이동기 저 친구가 나를 욕하잖아! (부천필에게 다가가서 따지듯이) 살인자라구? 날 어떻게 보고 하는 소리야?

부천필 자넨 그냥 책을 읽는 게 아냐!

이동기 난 적힌 대로 읽었어!

부천필 아주 잔인한 감정을 드러내며 읽었다고!

조당전 (이동기와 부천필 사이를 떼어 놓으며) 진정해. 실감나게 읽다

보니까 그런 오해가 생긴 거야.

이동기 오해라니, 천만에! 저 친구는 정말 나를 잔인한 인간으로 아는걸!

염문지 흥분하지 말고들 앉아! 어쨌든 결정을 내야지, 옥새를 든 채로 있자니까 팔이 아파 죽겠어.

조당전 (부천필에게) 자네가 먼저 사과해!

부천필 (이동기에게 손을 내밀며) 미안하네, 괜히…….

이동기 진심으로 미안한 거야?

부천필 자네를 한명회와 혼동했어. 하지만 자넨, 나를 신숙주와 혼동했는지, 무섭게 치켜뜬 눈으로 노려보더군.

이동기 내가 자네를 노려봤다고?

부천필 그래, 내가 신숙주를 읽을 때마다 무섭게 째려봤어. 허튼 소리 하지 말라, 너 같은 샌님은 차라리 입을 닥치고 있어라, 그런 시선이었지.

부천필과 이동기, 각자의 의자에 돌아와서 앉는다.

염문지 원래 강경파와 온건파는 대립하게 되어 있다고. (옥새를 원탁 위에 내려놓는다.) 어이구, 팔이야! 한명회와 신숙주도 그렇지. 한명회가 신숙주를 보기엔 말만 할 뿐 결정은 전혀 않고, 신숙주가 한명회를 보기엔 생각 없이 그저 행동만 하는 것 같거든.

이동기 (부천필에게) 난 자네 사과는 안 받아.

부천필 그렇다면 미안할 필요도 없군.

이동기 날 오해해도 좋아. 나는 한명회야!

염문지 (내려놓았던 옥새를 다시 집어들고) 우리가 어디까지 읽었더라……?

이동기 　"전하, 노산군의 슬픈 표정을 반역죄로 다스리소서!"

염문지 　그건 이미 읽었던 것 같은데!

부천필 　"노산군의 슬픈 표정은 다만 그의 외로운 마음을 나타낸 것일 뿐 결코 역모 행위는 아니옵니다."

염문지 　그것도 이미 읽었어. (『해안지록』에서 세조의 발언을 찾아내 읽는다.) "짐은 결정을 유보한다! 다시 영월로 사람을 보내 노산군의 표정을 살펴 오도록 하라!"

조당전 　또 나는 영월에 가야 하는군!

염문지 　책을 봐. 언제 가게 될지.

부천필 　(원탁의 자기 잔에 술을 따라 마시며) 여봐, 영월에 가거든 이런 술 한 병 가져 와.

조당전 　그러지.

부천필 　그 말투가 뭔가, 주인한테?

조당전 　네, 구해 드리겠습니다.

이동기 　내 것도 가져 와. 한 병이 아니라 열 병쯤…….

조당전 　알겠습니다.

염문지 　난 많을수록 좋아. 당나귀 허리가 휘어지게 실어 와.

조당전 　날 완전히 종처럼 부려먹을 모양이군! 좋아, 그 대신 나도 부탁이 있어.

부천필 　(웃으며) 뭔데?

조당전 　(잠시 머뭇거린다.)

이동기 　말해 봐, 어서.

염문지 　어떤 부탁이야?

조당전 　친구로서 꼭 들어주게. 그런데 누가 엿듣지 않도록, 여기 종이에 내 부탁을 적겠어.

조당전, 원탁 위에 있는 종이에 글자를 쓴다. 친구들이 조당전의 등 뒤에 모여와 종이 위에 써나가는 글자들을 바라본다. 무대조명, 서서히 암전한다.

제7장

아침. 조당전, 당나귀 고삐를 잡고 서 있다. 그 앞에는 김시향이 마주 서 있다. 천장의 둥근 유리창으로 햇살이 쏟아져서 바닥에 밝은 원반 형태를 만든다.

조당전 일찍 오셨군요, 오늘은.

김시향 네.

조당전 (당나귀를 가리키며) 그럼 타실까요?

김시향 아직은요…… 저희 주인께서 궁금한 게 있다고 선생님께 꼭 여쭤 보라 하셨어요.

조당전 뭐를요?

김시향 첫째는 친구분이 자랑하신 옥새, 그게 진짜예요?

조당전 글쎄요, 내 친구는 진품이라고 주장하더군요.

김시향 저의 주인께선 그걸 갖고 싶으신가 봐요.

조당전 하지만 옥새는 모조품이 너무 많아요. 너도 나도 가지려고 하니까 마구 가짜를 만들어내는 거죠. 황학동 골동품 시장에 가면 진품과 구별할 수 없는 옥새들이 수두룩해요.

김시향 그리고 또 하나…… 선생님이 친구분들께 뭘 부탁하셨는지 알고 싶으시답니다.

조당전 아, 그건요…….

김시향 말씀 대신 종이에 쓰셨다면서요?

조당전 그랬었죠. (당나귀에 타도록 손짓하며) 당나귀를 타요. 그 궁금증은 우리가 영월에 가면 저절로 풀리게 돼요.

김시향, 당나귀에 타지 않고 밝은 원반의 테두리를 따라 걷는다. 조당전은 당나귀의 고삐를 잡은 채 그대로 서 있다.

김시향 『영월행 일기』엔 뭐라고 씌여 있죠? 우리가 세 번째 영월로 갈 땐, 날씨는 어떻고 풍경은 어땠는지 알려 주세요.

조당전 (『영월행 일기』를 펼쳐 든다.) 지금은 시월이야. 하늘은 청명하면서 대기는 찬 기운이 감돌고…….

김시향 (두 팔을 벌리고 심호흡을 하면서) 아, 그래서 걷는 기분이 상쾌하군요!

조당전 이미 추수가 끝난 들녘에는 허수아비 떼만이 바람에 흔들리고 있다는군.

김시향 이번에는 당신이 당나귀를 타요.

조당전 내가?

김시향 저는 두 번이나 탔었거든요.

조당전 그렇다고 내가 탈 수는 없지. 남자는 당나귀를 타고, 여자를 걸어가게 한다…… 사람들이 뭐라고 하겠어? 바보 같은 놈이라고 손가락질 하며 웃어댈걸!

김시향 여긴 한적한 들판, 허수아비밖엔 없어요.

조당전 그럼 허수아비들이 웃어댈 거야.

김시향 웃든지 말든지 당신이 타세요. 저는 기분 좋아 잘도 걸어가는데, 당신은 발병이 났는지 걷지를 못하잖아요.

조당전, 한숨을 쉬면서 바닥에 주저앉는다.

김시향   어머나, 주저앉기까지 하시네!

조당전   (침묵한다.)

김시향   얼굴은 핼쓱하고…… 몸 전체가 아픈 거예요?

조당전   (침묵한다.)

김시향   (조당전의 곁에 와서 나란히 앉으며) 이러다간 영월에 못 가요.

조당전   난 무슨 병인지 모르겠어. 이상해…… 눈앞에 이상한 환각이 보여. 바로 이 길을 내가 이미 수천 번 수만 번 다녀온 것 같기도 하고…… 이게 무슨 착각인가, 환상인가, 정신을 차려야겠다 하면서도 영원히 빠져 나갈 수 없는 길을 갔다가는 돌아오고…… 돌아왔다간 또 가는 것 같아…….

김시향   사실은…… 저도 같은 느낌이 들어요.

조당전   임자도……?

김시향   네.

조당전   그래, 우린 동행자니깐…….

김시향   하지만, 저는 이렇게 저 자신을 타일러요. 냉정해라, 냉정해. 냉정하지 않으면 이 길 때문에 미치게 된다…….

조당전   낮이나 밤이나 나는 무서운 꿈을 꾸지. 당나귀를 끌고 이 길을 가는 내가 보여. 이 길의 끝, 막다른 저쪽에는 한 얼굴이 있고…… 나는 온몸에 진땀을 흘리면서 다가가는 거야. 그랬다가…… 얼굴을 바라본 나는 섬뜩 놀라 되돌아오지…… 길의 이쪽 끝, 막다른 곳에는 나를 기다리는 자들이 있는데…… 어떤 표정을 봤느냐 다그쳐 묻고…… 나는 내가 본 표정을 말하면서 결과가 어떻게 될지 몰라 두려워지고…… 너무나 무서운 꿈이어서 소스라치게 놀라 깨어나면…… 또 다른 무서운 꿈…… 저기, 영월 가는 길이 보여…….

김시향 (조당전을 위로하듯 그의 뺨을 어루만지며) 무서운 꿈 꾸지 말아요. 우린 그 얼굴과 상관없어요. 그 얼굴이 무슨 표정을 짓든지, 우리에겐 아무 책임이 없다구요.

조당전 아무 책임이 없다…….

김시향 우린 종이에요. 가서 보라면 보고, 와서 말하라면 말하고, 단순한 도구일 뿐이죠.

조당전 난 그렇게 생각 못해. 남들이 우리를 종처럼 도구처럼 대우하는 것도 억울하고 분한데, 우리가 우리 자신을 그렇게 인정하란 말인가…… 아냐, 난 죽어도 종 노릇은 안 할 거야!

김시향 당신은 너무 잘난 척해서 탈이에요!

김시향, 옷을 훌훌 털고 일어선다. 그녀는 당나귀의 고삐를 잡아끌어 온다.

김시향 여기 있다가 해 저물어요, 어서 올라타요.

조당전 (당나귀 위에 올라탄다.) 미안하다, 당나귀야. 이번엔 네 신세를 져야겠구나.

김시향, 고삐를 잡아당기지만 당나귀는 움직이지 않는다.

김시향 당나귀가 끄떡도 않네!

조당전 내 몸이 무거운가……?

김시향   당신 머리 속의 생각이 무거워서 그래요.

조당전   그럼 내 머리 속의 뇌를 빼내야겠군.

김시향   당신 뱃속의 자존심도 무겁죠.

조당전   내 오장육부를 몽땅 빼내야겠어! 훌훌 가볍게 다 빼내야 당나귀가 나를 싣고 갈 모양이야!

> 조당전, 두 손으로 머릿속과 뱃속에 든 것을 빼내던지는 동작을 한다. 김시향, 당나귀 고삐를 잡아끌고 간다.

조당전   성난 놈, 웃는 놈, 샐쭉 토라진 놈, 히죽히죽 제정신이 아닌 놈, 가을 들판엔 온갖 허수아비들이 다 모여 이 얼굴을 흔들흔들, 저 얼굴을 흔들흔들, 얼굴 자랑이 한창인데, 당나귀 타고 가는 어떤 놈은 얼굴 들기 창피한 듯 고개 꺾어 푹 숙였네.

> 김시향, 당나귀를 끌고 가면서 조당전의 자조적인 말을 흉내낸다. 그러나 그녀의 말은 오히려 흥겹게 들린다.

김시향   머릿속이 텅 빈 년, 창자가 쏙 빠진 년, 윗도리 아랫도리 홀랑 벗은 년, 드넓은 벌판에는 온갖 허수아비들이 다 모여 이 몸뚱이 보아라 저 몸뚱이 보아라 몸매 자랑이 한창인데, 당나귀 끌고 가는 어떤 년은 제가 제일 잘난 듯이 네 활개를 치고 가네.

조당전   임자…….

김시향   왜 불러요?

조당전   내 소리보다 임자 소린 더 구성져.

김시향 당신은 아직 뇌와 창자들이 덜 빠져서 소리가 구성지질 않아요.

김시향, 당나귀를 끌고 가다가 멈춰 세운다.

김시향 두 갈래 길에 왔어요.
조당전 이번엔 동쪽 아닌 남쪽 길로 가지.
김시향 남쪽으로요?
조당전 영월로 가지 말고, 우리 함께 다른 데로 도망치자구!
김시향 도망치면 안 될걸요.

문갑 위의 전화기가 요란하게 울린다. 김시향, 문갑으로 가서 수화기를 들고 말한다.

김시향 네, 네, 염려 마세요. 반드시 저희는 동쪽 길로 가겠어요.

김시향, 되돌아와서 당나귀의 고삐를 잡는다.

김시향 그것 보세요. 우리더러 딴짓 말라는 경고예요.
조당전 우린 도망칠 수도 없군.
김시향 당나귀가 당신보다도 영리해요. 벌써 눈치 빠르게 동쪽 길로 가고 있잖아요.
조당전 처음부터 이놈은 영월 가는 길로만 갔어.
김시향 미련한 놈이나 엉뚱한 길로 가죠.
조당전 마치 내 욕을 하는 것 같군.
김시향 당나귀 칭찬을 한 거예요.

조당전 그러지 말고, 직접 나한테 욕을 해봐.

김시향 욕을 하라니요?

조당전 주저할 것 없어. 날 위해서 욕을 해줘.

김시향 당신은 아직 자존심을 못 버려서, 욕 들으면 화낼 텐데요?

조당전 이젠 자존심이고 뭐고 다 버리겠어! 그러니 제발 욕 좀 해줘! 지독한 욕을 얻어먹어야 그게 약이 되어서 머릿속에 든 것이 쑥 빠지고 뱃속에 든 것이 쑥 빠질 거야!

김시향 개 같은 자식!

조당전 그 정도 가지곤 어림도 없어.

김시향 돼지 같은 자식! 소 같은 자식! 당나귀 같은 자식!

조당전 히이잉, 당나귀가 재미있다고 웃는데!

김시향 염병에 걸려 죽어라! 문둥병에 걸려 죽어라! 이질 학질 겹쳐 앓다가 뒈져라! 더 이상은 못 하겠어요.

조당전 더 해! 더 하라니까!

김시향 못 해요.

조당전 지금 쑥쑥 잘 빠지고 있는데 왜 그만둬?

김시향 제가 안 해도 사람들이 하잖아요.

조당전 사람들이……?

김시향 여주를 지날 때 여주 사람들이 당신을 손가락질하며 욕하던데요. 원주를 지날 때는 원주 사람들이 욕을 했고, 제천을 지날 때는 제천 사람들이 욕하더니, 이젠 영월에서는…… 저런 망할 놈들이 있나! 영월 놈들은 욕하면서 돌멩이까지 집어던지네!

조당전 (머리를 감싸 안으며) 어이구! 돌멩이에 맞았어!

김시향 야, 이놈들아! 그만 던져!

조당전 머리통이 깨졌어! 이 피 좀 봐!

김시향   저놈들이 계속해서 돌을 던지며 따라와요! (당나귀 뒤쪽을 향해 외친다.) 야, 영월 놈들아! 너희는 당나귀 타고 가는 남자를 처음 보냐? 뭐…… 뭐라고 저놈들이 지독한 욕을 하네!

조당전   뭐라고 욕하는데?

김시향   우리더러 사람 잡는 백정이래요! (돌멩이를 집어서 되던지며) 야, 빌어먹을 놈들아! 너희들만 돌팔매질 잘 하는 줄 아느냐? 나도 잘 한다. 이 망할 놈들아!

조당전   임자는 던지지 마.

김시향   저런 놈들은 혼을 내야 해요!

조당전   아냐, 이럴 때일수록 못 본 척하고 태연히 가는 거야. 머리를 들고 가슴을 펼치고서…… 의젓하게 가는 거라구.

김시향, 당나귀를 끌고 가다가 멈춰 선다.

김시향   평창강에 왔어요. 청령포를 가려면 저 다리를 건너야죠.

조당전   여기까지 날 싣고 오느라 수고했다, 당나귀야.

김시향   욕을 듣고 돌멩이에 맞으니깐 좀 어때요?

조당전   음, 괜찮아.

김시향   정말 괜찮아요?

조당전   머릿속도 편하고 뱃속도 편해.

김시향   이번엔 누가 먼저 저 다리를 건너갈까요?

조당전   (당나귀에게 묻는다.) 너도 갈 테냐? 이놈이 궁금한 모양이야. 자기도 저 다리를 건너가겠다는군.

김시향   그랬다간 다리가 무너질걸요.

조당전   언젠 임자는 기적을 바랬었지. 당나귀를 탄 채 저 다리를 건너가는 기적을…… 난 지금 껍데기뿐이야. 속이 텅 빈 껍데기뿐이라구.

조당전, 당나귀를 타고 다리를 건너간다.

조당전　기적이야, 기적! 임자도 어서 건너와!
김시향　알았어요!

김시향, 건너온다.

김시향　그런데 이렇게 빈 몸으로 가도 되는 거예요?
조당전　왜……?
김시향　봇짐이 없잖아요?
조당전　지난번 몽땅 드렸잖아!
김시향　봇짐장수가 봇짐도 없이 갈 수 있어요?
조당전　글쎄…… 기적이 일어났으니 뭔가 어떻게 되겠지.

조당전, 미닫이 앞에 와서 당나귀를 멈춘다.

조당전　기와집 문 앞이야.
김시향　조용하군요, 여전히…….
조당전　음…….
김시향　우리가 왔다고 말해요.
조당전　(당나귀에서 내려와 목소리를 가다듬고 말한다.) 문안드리오! 지난 여름 다녀갔던 봇짐장수, 가을에 다시 와서 문안드리오!

미닫이문, 양쪽으로 벌어지며 열린다. 그 뒤쪽에 웃는 표정의 소년 형상이 보인다. 소년 형상 앞에는 수많은 인형들이 나오는데, 염문지와 부천필과 이동기가 기다란 대나무에 줄을 매단 그 인형들을 움직인다. 염문지가 소년의 목소리를 흉내내어 말한다.

소년형상　어서 오라, 그대여! 나는 그대 덕분으로 만면에 가득 웃음을 짓는도다. 보아라, 그대요! 그대가 나에게 주었던 가위로 옷감을 가르고, 바늘과 실로 사람 형상으로 꿰매었더니 비록 안에는 톱밥을 채워 넣고 사지는 줄로 매달았으나 능히 살아있는 듯 움직이도다. 성삼문아, 박팽년아, 하위지, 이개, 유성원, 유응부야, 나를 위해 죽은 사육신이여! 내 앞으로 가까이 오너라!

부천필과 이동기, 여러 인형들을 움직여서 웃는 얼굴 앞으로 옮겨 세운다.

소년형상　김시습, 성담수, 조여, 이맹전, 원호, 남효원, 나를 위해 자취 감춘 생육신이여! 그대들도 오늘은 내 앞으로 나오너라!

부천필과 이동기, 또 다음 인형들을 웃는 얼굴 앞에 옮겨 놓는다.

소년형상　어서 오너라, 나를 핍박한 한명회도 반가웁고, 나를 동정한 신숙주도 반가웁구나! 오랫동안 쓸쓸한 공백, 텅 비었던 시야가 문무백관으로 가득 찼으니 내 어찌 기쁘지 아니하랴! 왕후여, 그리운 왕후여, 내 옆에 와서 좌정하십시오! 만조백관들이 엎드려 절을 하니, 흔쾌한 웃음 짓고 이 절을 받으십시다!

염문지, 왕후의 의복으로 성장을 한 조그만 인형을 소년 형상 옆에 앉힌다. 부천필과 이동기는 수많은 신하 인형들을 움직여 절을 드린다.

소년형상 보아라, 그대여! 내 몸은 비록 왕관 빼앗기고 곤룡포 벗김 당하였으나, 내 마음은 헝겊으로 만든 만조백관들을 바라보며 흡족하도다! 들어라, 봇짐장수여! 그대는 돌아가서 그대를 보낸 자들에게 내 말 전하여라! 내 마음이 진정 왕과 같거늘, 어찌 구차한 왕관을 쓰기 바라고, 구태여 곤룡포를 입기 바라겠느뇨? 나는 나를 왕좌에 복위시키려는 그 어떤 짓도 관심이 없고 그 어떤 사람과도 관련이 없으니, 그대는 돌아가 이 사실을 명명백백하게 전할지어다!

벌어졌던 미닫이문이 닫힌다. 조당전은 당나귀와 함께 돌아선다. 그러나 김시향은 조금 전 봤던 광경에 사로잡힌 듯 제자리에 멈춰 서 있다.

조당전 뭘 해, 가질 않고……?
김시향 아…….
조당전 우린 돌아가야지. 돌아가서 본 대로 들은 대로 전해 주자구.
김시향 네…… 가요…….

조당전과 김시향, 미닫이문 앞을 떠난다. 그러자 염문지, 부천필, 이동기가 그 문을 열고 서재로 나온다.

이동기   쉽지 않더군. 인형들을 살아있는 듯 움직인다는 게…….

부천필   어때? 자네 부탁이어서 잘 해보려고 애는 많이 썼는데?

조당전   아주 잘 했어.

염문지   정말인가?

조당전   나중엔 스스로 살아 움직이는 것처럼 보였지.

친구들   실감나게 보였다니 다행이군!

조당전   (김시향에게 친구들을 소개하며) 고서적 연구 동우회 회원들이죠. 염문지 씨, 부천필 씨, 이동기 씨입니다.

친구들   안녕하십니까?

김시향   안녕하세요.

조당전   (친구들에게 김시향을 소개한다.) 이분은 『영월행 일기』를 나에게 파셨었지.

부천필   언젠가는 직접 뵙고 싶었습니다. 이 친구하고 영월에 갔다 오곤 하신다는 건 알고 있었지요.

김시향   저도 선생님들 말씀은 많이 들었어요.

염문지   그럼 우리가 『영월행 일기』를 연구한다는 것도 아시겠군요?

김시향   네.

염문지   오늘은 우리와 자리를 함께 하십시다. (구석에 놓인 원탁을 가리키며) 저기, 원탁 위에 여러 가지 자료들이 있어요. 영월에 다녀온 뒤의 결과가 어떠했는지, 저 자료들을 살펴보면 알게 됩니다.

고서적 동우 회원들, 원탁과 의자들을 서재 한가운데 옮겨 놓는다. 염문지가 먼저 원탁에 앉고, 부천필과 이동기가 좌우로 나눠 앉는 다. 조당전과 김시향은 부천필 옆 의자에 앉는다.

염문지　영월에서 돌아온 날짜가 언제였지?

조당전　(원탁 위에 놓여 있는 『영월행 일기』를 집어들고 날짜를 확인한다.) 음…… 우린 구월 그믐날 돌아왔어.

염문지　(『세조실록』을 펼쳐서 페이지를 넘기며) 어전회의는 그 이후에 열렸겠군.

김시향　무슨 책이 그렇게 두툼해요?

염문지　『세조실록』이죠. 모두 사십오 권이나 되는 방대한 규모입 니다.

조당전　이 일기에 씌어 있기를 어전회의는 시월 열여드레 날 열 렸다는군.

염문지　그렇게 늦게……?

조당전　회의를 늦추며 뭔가 대관들끼리 의견 절충을 하려고 했 던 모양이야.

이동기　나 같으면 절대로 절충은 안 해!

부천필　저 고집 좀 봐!

염문지　아, 여기 찾았어. "세조 삼년 시월 십팔일, 노산군의 기쁜 표정에 대해서 논의하였다."

이동기　(『해안지록』을 펼쳐서 부천필에게 밀어 주며) 『해안지록』의 마지 막 장이야. 자네가 먼저 읽게.

부천필　(『해안지록』을 이동기에게 밀어 준다.) 아냐, 자네가 먼저 읽어.

이동기　"소신 한명회, 전하께 아뢰옵니다."

염문지　『세조실록』에는 그날 임금은 늦은 보고에 몹시 기분이 상했다고 적혀 있군.

이동기 "영월에 다녀온 자들이 말하기를 노산군의 얼굴은 만면에 웃음 지은, 기쁨의 표정이라 하나이다. 이는 날이 갈수록 그가 오만불손해지고 있음이니, 전하께선 더 이상 지체 마옵시고 그를 처형하소서!"

이동기, 『해안지록』을 부천필에게 밀어 준다.

부천필 "전하…… 영월에 다녀온 자들이 말하기를, 노산군은 왕권에는 관심이 없고, 복위에도 관련이 없다 하였나이다. 노산군의 기쁨은 무욕에서 우러나오는 것, 그의 웃는 얼굴은 욕망을 버린 증거이온데, 어찌 죄가 되오리까? 전하께선 부디 그를 살려 주옵소서."

김시향 저렇게 주장하는 분은 누구시죠?

조당전 신숙주입니다.

이동기 (부천필에게) 그 책 이리 줘. 내 차례야.

부천필 (이동기 앞으로 책을 밀어 주며) 좀 부드럽게 읽어.

이동기 부드럽게 안 되는 걸 어떻게 해?

염문지 그래, 자네 성질대로 해.

이동기 "전하, 하늘에는 두 개의 태양이 있지 아니하며, 땅에는 두 명의 제왕이 있지 않나이다. 그러함에도 노산군은 방자하게 자신이 왕의 마음을 가졌다 하였으니 이는 전하와 동격이라는 주장인바 결코 용납해선 안 될 것이옵니다."

염문지 여기 실록에는…… 세조가 노기충천하여 그 말이 사실인지를 재차 물었어.

이동기	"의심 마옵소서, 전하. 소신과 신대감이 함께 들었나이다."
부천필	(이동기 앞에 놓인 『해안지록』을 황급하게 가져가서 읽는다.) "전하, 통촉하옵소서. 한낱 필부도 마음이 흔쾌할 때는 제왕을 부러워 않는 법, 노산군의 말을 곡해하지 마옵소서."
염문지	(『해안지록』을 자신의 앞으로 당겨 놓고 세조의 발언 대목을 찾아 읽는다.) "경들은 들으라! 노산군의 무표정을 견뎠던 내가, 슬픈 표정도 견뎌냈던 내가, 기쁜 표정만은 도저히 견딜 수가 없도다! 만약 노산군의 기쁜 표정을 그대로 두면 온갖 시정잡배마저 제왕과 다름없다 뽐낼 터인즉, 대체 짐이 무엇으로 그들을 다스릴 수 있겠느냐?"
이동기	"소신의 주장이 처음부터 그 뜻이었나이다. 전하, 속히 처단하소서."
염문지	"노산군을 죽여라!"
김시향	(놀란 표정으로 의자에서 벌떡 일어나며) 죽여요?
염문지	"당장 영월로 사약을 보내라. 하늘에는 오직 한 태양만이 빛을 내고, 땅에는 오직 짐만이 웃는 얼굴임을 보여 줘라!"

무대조명, 급격히 암전한다.

제8장

밤. 서재 한복판, 전등 불빛이 두 개의 빈 의자를 비춘다. 사이. 조당전과 김시향이 의자에 다가와서 서로를 마주보며 앉는다. 조당전은

『영월행 일기』를 자신의 무릎 위에 올려놓는다.

조당전　부인, 아실 겁니다. 영월의 단종은 사약을 받고 죽었습니다.

김시향　정확한 날짜는요?

조당전　1457년 10월 24일. 기쁨의 얼굴을 사약을 받아 삼켰고…… 아니, 아닙니다. 사약을 먹지 않으려고 몸부림치다…… 참혹하게 목이 졸려 죽게 됩니다.

김시향　우린 더 이상 영월에 갈 필요가 없게 되었군요.

조당전　네…….

김시향　그럼, 약속대로 『영월행 일기』를 되돌려 주세요.

조당전　히지만 우린 아직 끝나지 않았습니다. (무릎에 놓인 『영월행 일기』의 뒷부분을 펼친다.) 여기 남은 부분이 있어요. (읽는다.) "시월 스무나흘 날, 당나귀가 밤새껏 울부짖었고, 나 또한 영월의 얼굴을 생각하면서 잠 못 이뤘다. 다음날 아침 일찍이 상전을 뵙고 간청하기를, 이제부터는 내 마음대로 살고자 하니 종살이에서 풀어 달라 하였다. 영월에 다녀오면 무엇이든 소원을 들어주마 약조했던 상전께서는 놀란 기색이 완연하여, 네가 마음대로 살려 했다가는 반드시 죽게 된다고 만류하였다. 그럼에도 나는 몇 날 며칠을 거듭해서 간청한즉, 상전께서 내 고집 꺾지 못하고 노적에서 나를 빼내 주었다."

김시향　선생님은 마침내 자유를 얻으셨네요.

조당전　(『영월행 일기』를 손에 든 채 일어나서 읽는다.) "종에서 풀려나는 날, 당나귀에 올라타고 상전 집 대문을 나서는데, 환히 웃는 내 얼굴이 하늘의 태양만큼 밝았고, 기쁜 내 마음은 그 어느 제왕이 부럽지 않았다."(김시향 앞으로 다가오며) "나는 신이 나서 영월을 함께 다녔던 동행자를 만나러 갔다."

김시향   아, 그때 저를 만나러 오셨겠군요.

조당전   "하지만 내 얼굴을 보자 기겁을 하며……."

김시향   계속하세요.

조당전   (『영월행 일기』를 내려뜨린 채 침묵한다.)

김시향   기겁을 하면서 제가 무슨 말을 했죠?

조당전   중요한 건 지금 우리들입니다.

김시향   읽지 않으셔도 짐작이 가요. 저는 이렇게 말하였겠죠. "기쁜 표정을 짓지 마세요! 그런 얼굴은 반드시 죽임을 당해요! 무표정한 얼굴은 살 수 있고, 슬픈 얼굴은 살 수 있어요, 기쁜 얼굴은 살지 못해요."(의자에서 일어선다.) 선생님과 함께 『영월행 일기』의 내용을 알면서 저 자신을 봤죠. 그러나 결국 달라진 건 없군요. 옛날이나 지금이나 전혀 달라진 게 없어요.

조당전   부인, 달라지는 기회가 다시 온 겁니다. 이번엔 반드시 자유를 얻으십시오. 그래야만 우리는 서로를 사랑하면서, 행복하게 살 수 있습니다.

김시향   그 책 『영월행 일기』의 결말은 행복인가요? 두 명의 종이 마침내 자유를 얻고, 서로 사랑하면서, 행복하게 살았다고 씌여 있나요?

조당전   이 일기의 마지막 장은…… (『영월행 일기』의 뒷장을 펼쳐서 보여 준다.) 텅 빈…… 공백입니다.

김시향   공백이라뇨?

조당전   우리가 지금부터 써야 할 부분이죠.

김시향 아뇨, 선생님. 그건 옛날의 우리가 쓸 수 없었던 공백, 현재의 우리도 쓸 수 없는 공백이에요.

어둠 속, 문갑 위의 전화벨이 요란하게 울린다.

김시향 저의 주인 전화예요. 세 번 울린 다음 끊어지고…… 다시 두 번 울린 다음…… 반복해서 세 번 울리고…… 저에게 빨리 돌아오라는 신호죠. (허공을 향하여 외친다.) 네, 네, 알았어요! 알았으니 곧 집으로 가겠어요!

전화기의 울림이 멈춘다.

조당전 안타깝군요. 이번에도 기회를 놓칠 겁니까?

김시향 저는 살고 싶어요. 옛날이나 지금이나 제가 바라는 건, 불안한 자유보다는 안전한 목숨이거든요. 보세요. 우리 마음속의 마지막 풍경을요, 두려움을 느낀 저는 슬픈 얼굴인데, 당신은 정반대의 기쁜 얼굴이군요.

조당전 내 눈에도 보여요. 당나귀를 타고 거리를 다니면서 사람이면 누구나 기쁜 얼굴이어야 한다고 외쳐대는 내 모습이 보입니다.

김시향 그래서 당신은 단 하루를 못 넘기고 죽게 될걸요. 종들은 당신의 외침에 호응하기는커녕 오히려 불안감을 느끼고, 결국은 당신을 붙잡아 뭇매를 때리죠. 몽둥이로 치고, 발길질을 하고, 돌을 던지고…… 미안해요. 그들 중에 저도 있어요. 상전들은 뒷짐을 진 채 구경이나 하고…… 이해하세요. 종들은 안심하고 살기 위해 당신을 죽이는 거예요.

조당전, 침묵한다. 전화기가 다시 울린다. 세 번과 두 번, 반복해서 울린다.

김시향 저를 어서 오라고 재촉하는군요. 이젠 그 책을 가져 가겠어요.

김시향, 조당전에게 다가가서 그의 무릎 위에 놓여 있는 영월해 일기를 집어든다. 그녀는 마지막 장의 공백에 묻어 있는 혈흔을 발견한다.

김시향 이 검붉은 반점은 뭐죠?
조당전 피입니다.
김시향 피……?
조당전 내 상처에서 묻은 피예요. 그 일기가 진짜임을 확인할 때 상처를 입었거든요.

김시향, 책을 덮고 뒤돌아선다. 조당전과 김시향은 한동안 침묵한다.

김시향 당나귀는 어디 있나요? 작별인사를 하고 싶어요.

조당전, 의자에서 일어나 구석에 세워 둔 당나귀를 끌고 온다. 김시향, 당나귀를 쓰다듬는다.

김시향 그동안 정이 들었었는데…… 너를 언제 다시 만나지? 그래…… 오백 년이 지난 후엔 또다시 만날 수 있겠지……
(조당전에게 작별의 악수를 청하며) 안녕히 계세요, 선생님. 우리가 다시 만날 그때를 저는 기다리고 있겠어요.

조당전 (김시향이 내민 손을 잡는다.) 잘 가요. 내가 사랑한 여종……
우린 또 이렇게 헤어지는군요.

김시향. 출입문을 향해 걸어간다. 문 입구에서 돌아본다. 조당전이 당나귀 고삐를 잡고 서 있다. 김시향은 그 모습을 바라보더니 나간다.

— 막.

뼈와 살

· **등장인물**
　문신
　영자
　문열
　문수
　문재
　문열의 처
　문수의 처
　문재의 처
　뱃사공
　최영감
　효식
　점쟁이 할멈

· **시간**
　현대

· **장소**
　월출리, 그 주변

　문신은 삼십대 중반의 남자이며, 영자는 문신의 아내로서 다
섯 살가량 연하이다. 문열과 문수와 문재는 문신의 형들로서,
문열은 문신보다 아홉 살이 더 많고, 문수는 여섯 살이 더 많으
며, 문재는 세 살이 더 많다. 문신의 세 형수들은 형들에 비해
서 나이가 아래이지만 그 연령적 차이는 중요하지 않다. 오히
려 후덕한 맏형수(문열의 처) 성품과 조금은 경박스러운 작은
형수(문재의 처) 성품에서 형수들의 차이가 있다. 뱃사공과 효
식은 문신의 동년배이다. 최영감은 효식의 아버지로서 일흔 살
이 넘었다. 점쟁이 할멈은 나이를 추측할 수 없을 만큼 늙었으
나 아직도 젊은이 못지않게 정정하다.
　이 연극을 공연하는 데 있어서 유념할 점은 소품들과 음향이

다. 나룻배, 가마, 고목나무, 꽃이 활짝 핀 나무 등 대도구에 속하는 것과 사람의 뼈, 연등, 약사발 등 소도구에 속하는 것들에 대해서 세심한 배려가 필요하다. 그것들은 하나하나가 귀한 골동품처럼 보여야 한다. 여기서 말하는 골동품이란 낡아 버린, 이미 생명을 잃었다는 뜻이 아니다. 무대 위에 내놓는 그것들이 미적 가치가 있어야 한다는 의미이다. 음향은 꾀꼬리 울음, 산짐승의 울부짖음은 녹음을 사용한다. 그러나 불가피한 그 이외의 소리들, 목탁 치는 소리라든가 흑염소떼의 방울소리 등은 생음을 사용한다. 특히, 장면과 장면 사이에 들려오는 피아노 소리는 직접 연주되어야 한다. 이와 같은 피아노 연주는 한 장면을 끝내는 역할이 아니라, 다음 장면을 시작하는 역할, 즉 끝과 시작을 겹쳐서 연결해 주는 역할을 한다.

제1장

호수. 밤. 나룻배가 문신과 그의 아내 영자를 태우고 물 위를 자나 간다. 밝은 달과 반짝이는 수많은 별들이 하늘과 수면에 가득 차있 다. 뱃사공이 노젓기를 멈춘다.

사 공	여봐, 문신이. 여기가 어딘지 아나?
문 신	어디……?
사 공	물 밑을 보라구.
문 신	물 밑은 왜?
사 공	엎드려서 봐. 거울 속처럼 훤히 들여다보여.
문 신	(뱃전을 두 손으로 잡고 허리를 숙여 물 밑을 바라본다.)
사 공	보이지?

문 신	글쎄…… 어두침침할 뿐인데…….
사 공	자세히 보면 다 기억날 걸세. 저기, 저 기다란 국기봉 있는 곳이 옛날 우체국이지. 그 옆에 넓다란 양철지붕이 양조장이구. 길 건너에 영화관도 그대로 있어.
문 신	그럼 여기가 읍내란 말인가?
사 공	송천강 댐을 막고 이렇게 됐지. 하지만 자네 동리는 괜찮아. 월출리는 높은 지대이니까 물에 잠길 염려도 없고, 조상님들 무덤도 옮길 필요가 없네.
문 신	그런데 우리 형님들은 왜 야단이지? 할아버지 무덤이 어떻다면서, 날 급히 좀 오라는 거야.
영 자	사평리는요?
사 공	사평리는 수몰지구예요. 곧 물이 들어찰 겁니다.
문 신	그럼 하안리, 종선리는?
사 공	그 낮은 곳들은 벌써 호수가 됐지. 조금 전 자네가 내린 기차역은 금년 봄에 새로 옮겨 지은 걸세. 덕분에 난 좋은 일자리가 생겼네.
문 신	무슨 좋은……?
사 공	뱃사공, 나룻배 젓는 일. 자네처럼 고향에 돌아온 사람들이 길을 모르거든. 옛날 길은 물 속에 잠겼고, 새로 난 길은 멀리 돌아가야 하고…… 내 배를 타고 가면 곧장 가고 편해.
문 신	오랜만에 돌아왔더니 많이 변했군. 자넨 대서소 서기를 했었잖나?
사 공	대서소 서기보다는 뱃사공이 낫지. (선창 밑에서 술병과 술잔을 꺼내며) 여봐 문신이, 우리 술 한 잔 하고 갈까?
문 신	고맙네.

사 공 (문신에게 술을 따라 주며) 마셔 봐. 달밤의 나룻배 술은 기가 막혀. 하늘에도 달, 물 위에도 달, 술잔에도 달…… 한 잔 들이키면 온몸에 달빛이 퍼져서 눈과 귀가 환하게 탁 트여.

문 신 (술을 마시고 잔을 돌려주며) 막걸리도 아니고 소주도 아닌데?

사 공 (돌려받은 잔에 술을 따라 마신다.) 이건 밀주야.

문 신 밀주?

사 공 나만 아는 특별한 비법으로 담근 걸세. (빈 잔을 문신의 어깨 너머로 영자에게 내밀며) 자네 부인에게도 한 잔 권하고 싶은데…….

문 신 줄 것 없네. 내 마누라는 임신중이야.

사 공 임신이면 더 좋지! 이 술은 태아의 눈과 귀가 밝아져.

문 신 (술잔을 가로채며) 나나 한 잔 더 주게.

사 공 (문신에게 술을 따른다.) 서울 살기는 어때?

문 신 그저 그렇지.

사 공 그저 그렇다고?

문 신 공기도 나쁘고…… 사람들 마음도 야박하고…….

영 자 저희 부모님은 잘 계셔요?

문 신 장인 장모님이야 어련하실라구. 얼마 전 생신날에 전화했으면서 괜히 궁금한 척 묻고 있군!

사 공 그래도 연로하신 분들이라 걱정되겠지. (문신에게 술을 따르며) 자넨 결혼한 다음해 떠났었지?

문 신 결혼하자마자 떠났어.

사 공 그랬던가…… 효식이, 자네, 자네 부인 되기 전의 영자 씨, 그 셋의 삼각연애는 유명했었지. 문신이 자네가 결국 월출리 제일 미인을 차지하고 떠나 버리자, 효식이 그 녀석은 완전히 얼빠진 놈 같더니만 어디론가 사라져 버렸네.

문 신 그때 이야기는 꺼내지도 말게!

사 공 미안하네. 여전히 영자씨, 아니 자네 부인은 미인이시군.

문 신 그런 소리 말라니까!

사 공 알았어, 안 하지.

영 자 형님들이 기다리셔요. 어서 가야죠.

문 신 (빈 잔을 사공에게 내밀며) 한 잔 더 주게!

영 자 그만 마셔요, 네?

문 신 난 안 취했어!

사 공 (빈 술병을 거꾸로 세워 보여 주며) 자네가 술 한 병을 다 마셨네.

문 신 사실은 난 돌아오고 싶지 않았다구!

사 공 왜? 효식이 때문에?

문 신 효식이 그 자식이야 나하고 무슨 상관인가!

사 공 자, 자, 버럭버럭 고함 지르지 말고 마음을 가라앉혀. 아까 역에서 보니까 자넨 꼭 성난 사람 같더군. 남산만큼 배가 부른 부인은 뒤따라오든 말든 혼자서 성큼성큼 걸어 나오는 게…… 자넨 뭔가 굉장히 심사가 뒤틀린 모양일세.

문 신 술 한 병 더 없나? 무슨 놈의 술이 오히려 정신을 말짱하게 만드는데?

사 공 지금쯤은 술기운이 돌면서 눈과 귀가 탁 트였겠지. 어때, 무슨 소리 안 들리나?

문 신 소리는…… 무슨 소리?

사 공	피아노 소리.
문 신	피아노……?
사 공	물 밑에서 피아노 소리가 들리잖아.
문 신	물 밑에서 누가 피아노를 쳐?
사 공	양조장 집 둘째딸 미연이.
문 신	자넨 진짜 취했군!
사 공	난 미연이를 참 좋아했었지. 중학교 삼학년 때부터 좋아했었는데…… 미연이가 치는 피아노 소리를 들으려고 매일매일 우체국에 갔었네. 어디로 부칠 편지는 없었지만 우체국 바로 옆이 양조장이었거든.
영 자	미연이는 나도 잘 알아요. 착하고 예뻤는데…… 죽었죠.
사 공	피아노 소리 들리지?
문 신	글쎄…….
사 공	저 물 밑을 가만히 들여다보게. 우체국의 창문 안으로 내가 보일 걸세. 그리고 양조장 이층 지붕방엔 핼쑥한 미연이가 가느다란 손으로 피아노를 치고 있어.

피아노 소리가 들린다. 한 손가락으로 치는 매우 느리고 여린 소리다. 사공은 이미 그 소리를 들었고, 영자도 그 소리가 들린다는 표정이다. 하지만 문신은 듣지 못한다.

영 자	들려요, 내 귀엔…….
문 신	뭐가 들린다고 그래?
영 자	틀림없어요. 미연이 피아노 소리예요.
사 공	귀가 막혔거든 눈이라도 떠보게. 저기 길 건너 영화관 간판이 보이지?

문 신	(물 밑을 들여다보다가 고개를 돌려 영자에게 묻는다.) 당신은 보여?
영 자	네. 잉그리드 버그만이 그려져 있는데요.
문 신	잉그리드 버그만……?
사 공	옛날 그대로일세. 자네, 효식이, 영자씨, 셋이서 영화관 좌석에 나란히 앉아 있네.
문 신	도대체 이게 어떻게 된 거야?
영 자	달빛이 너무 환해서 그런가 봐요. 아니면 물이 맑고 깨끗해서인가…… 뒷좌석 어둔 곳까지 아주 잘 보여요. 당신은 효식씨 몰래 내 손을 잡으려 애를 쓰고 있고…… 효식씨는 박하사탕 껍질을 까서 내 입에 넣어 주는데요…….
문 신	뱉어! 뱉으라구!
영 자	어떻게 뱉어요?
문 신	왜 못 뱉어?
영 자	이미 입 안에 들어갔는데.
문 신	효식이, 그 응큼한 놈! 우리 둘이 영화를 보러 가면 귀신같이 알고서 따라오는 거야. 그리고는 꼭 영자 곁에, 당신 옆자리에 앉아서 박하사탕을 까서 먹이더라구!
영 자	그래도 난 당신이 더 좋았어요.
문 신	그 말을 믿을 줄 알아?
영 자	당신이 내 손을 잡으면 난 가만히 있었잖아요?
문 신	입 안에 든 사탕 때문에 가만히 있었겠지.
사 공	자네 둘은 참 정답더니, 왜 싸워?
문 신	가자구! 여긴 더 있을 필요 없어!
사 공	화면을 봐. 잉그리드 버그만이 키스하는 장면이 있어.
문 신	그만 가자니까!

사 공	그래, 가자면 가야지.

사공, 노를 젓는다. 문신이 나룻배 뒤쪽을 가리키며 소리지른다.

문 신	저 자식이 또 귀신처럼 따라오는군!
사 공	누구?
문 신	효식이 놈!
사 공	아무도 따라오지 않는데?
문 신	저놈은 서울에서부터 따라왔어!
사 공	(노젓기를 멈추고 귀를 기울인다.) 뭔가 따라오면 소리가 들릴 텐데…….
문 신	들리지, 저 소리?
사 공	무슨……?
문 신	철벅철벅, 물 속에서 헤엄치는 소리 말야!
사 공	아, 저건 물고기가 수면 위로 치솟았다가 철벅 떨어지는 소리야.
문 신	아냐! 아냐!
사 공	물고기라니깐.
문 신	내가 물고기와 효식이 놈을 분간 못할 줄 알어? 아까 마셨던 술병, 이리 줘!
사 공	빈 술병은 왜?
문 신	저놈한테 던지려구!
사 공	거북이인지도 몰라. 물 속에서 큰 거북이가 헤엄을 치면 저런 소리가 나거든.
문 신	(빈 술병을 찾아 들고 일어서며) 이걸 던져서 효식이 놈 머리를 부숴 버리겠어!

영 자　여보, 제발 참아요!

문 신　(술병을 내던진다.) 자, 맛 좀 봐라!

사 공　걱정 말어, 문신이. 내가 빨리빨리 노를 저으면 아무도 못 따라와!

사공, 빠르게 노를 젓는다. 나룻배는 물 위를 지나간다. 피아노, 빠른 리듬을 연주한다. 텅 빈 수면 위에 안개가 자욱하게 퍼진다.

제2장

월출리 나루터. 밤. 짙은 안개 속에서 문신과 영자를 실은 나룻배가 도착한다. 문신이 먼저 배에서 훌쩍 뛰어내린다. 만삭의 영자는 몸이 무거워 내리는 것이 쉽지 않다. 그러나 문신은 영자를 돕지 않는다. 사공이 영자를 부축해서 내려준다.

문 신　얼마인가, 뱃삯은?

사 공　주고 싶은 대로 줘.

문 신　정해진 값이 없나?

사 공　다들 아는 사람이라서…….

문 신　(지갑에서 돈을 꺼내 사공에게 주며) 수고했네, 그럼.

사 공　돌아갈 때도 내 배를 타게.

문 신　다시는 안 탈 거야.

사 공　어쨌든 타게 될걸. (노를 저어 돌아가며) 다시 보세!

문 신　잘 가게!

나룻배, 안개 속으로 사라진다. 문신은 담배를 꺼내 입에 물고 성냥을 켜서 불을 붙인다.

영 자 여기…… 월출리 맞아요?

문 신 저 친구가 엉뚱한 곳에 내려놓진 않았겠지.

영 자 안개 때문에 앞이 안 보여요.

문 신 아까까진 멀쩡하더니만 왜 이렇지?

영 자 당신이 물 속에 술병을 내던진 다음부터 안개가 꼈어요.

문 신 안개가 껴도 그놈은 쫓아올 거야.

영 자 당신은 정말 효식씨가 쫓아온다고 생각해요?

문 신 그놈이 쫓아오는 이유가 있잖아! (영자의 배를 가리킨다.) 당신 입으로도 말했어. 그 뱃속에 든 건 효식이 놈 씨앗이라고!

영 자 (침묵한다.)

문 신 이리 가까이 와!

영 자 (겁난 표정으로) 날…… 어쩌려구요?

문 신 형님들한테 가기 전에 다짐받을 게 있어! 어서 가까이 오지 못해?

영 자 (주춤주춤 다가온다.)

문 신 무릎을 꿇어!

영 자 용서해 줘요, 여보…….

문 신 꿇어, 어서!

영 자 (만삭의 배를 두 손으로 부둥켜안고 무릎을 꿇는다.)

문 신 형님들이나 형수님 앞에서는 입 꼭 다물어!

영 자 네…….

문 신 만약에, 만약에, 효식이 놈 새끼를 뱄다는 소릴 했다간 죽는 줄 알어!

영 자 알았어요…….

문 신 크게 대답해, 크게!

영 자 알았어요.

문 신 속 터져 미치겠군! (영자 앞에 주저앉아 담뱃불을 땅에 부벼 끈다.) 어쩌다가 그렇게 된 거야? 도대체 어쩌다가 효식이 놈하고 같이 잔 거냐고?

영 자 이미 몇 번이나 말했잖아요…….

문 신 들어도, 들어도, 믿어지지 않아서 그래. 누가 먼저 자자고 그랬어?

영 자 효식씨가요…….

문 신 당신이 먼저 꼬리친 게 아니고?

영 자 아니에요! 난 꼬리치지 않았어요!

문 신 그때 상황을 자세히 좀 말해 봐.

영 자 이미 말했는데요…….

문 신 아이구 속 터져! 어서 말해!

영 자 효식씨가…… 갑자기 나타났어요…… 당신은 출근하고 집에 없는데…….

문 신 십 년도 넘게 종적을 감췄던 놈이야, 그놈은. 그런데 일부러 내가 없는 때를 골라 나타났다 그거지?

영 자 온몸이 마르고, 두 눈이 휑하니 생긴 게…… 꼭 금방 죽을 사람 같더라구요…….

문 신 그래서?

영 자 (침묵한다.)

문 신 (목청을 높여서) 아, 그래서?

영 자 자긴 이제 죽게 됐다면서…… 죽으면 한이나 없게……

딱 한 번만 함께 자자고 했어요.

문 신 그놈이 불쌍하고 가련해서, 함께 잤다는 거야?

영 자 네…… 옛날 생각이 났거든요…… 당신이랑 내가 좋아 지낼 때, 효식씨가 얼마나 애태우며 쫓아다녔는지…… 짝 사랑도 괴로울 텐데, 우리가 결혼해서 서울로 떠나 버리 니까…… 세상이 텅 빈 것 같더래요. 효식씨도 고향 떠나 사방을 헤매고 다니다가…… 죽을 병 얻어서는…… 나를 마지막으로 보려고 찾아온 거래요…….

문 신 (자신의 가슴을 주먹으로 치며) 오히려 괴로운 건 나라구! 도 대체 뭐야? 그런 불쌍한 놈이 찾아오면 밥이나 먹이고 돈 이나 줘서 보낼 것이지, 무슨 선심이라고 몸까지 줘?

영 자 잘못했어요…… 다시는 안 하겠어요…….

문 신 당신은, 달라면 또 줄 사람이야!

영 자 아니에요! 효식씨도 두 번 다시는 안 그럴 거예요.

문 신 천만에! 그놈은 계속해서 우리 뒤를 쫓아다녀!

영 자 여보…….

영자, 말을 잇지 못하고 침묵한다. 문신은 더욱 노기등등하다.

문 신 그나저나 어쩔 거야? 그 뱃속의 아기는 어쩔 거냐구?

영 자 (침묵한다.)

문 신 대답해!

영 자 키워야죠…….

문 신 어어…… 기가 막혀 말도 안 나오는군!

영 자 효식씨와 함께 잔 건 정말 잘못했어요. 하지만 아무 죄도 없는 아기까지 죽이면…… 그건 정말, 아주 잘못하는 거예요.

문 신 없애! 없애 버려!

안개 속에서 얼핏 효식의 모습이 보인다. 피골이 상접하게 마르고 두 눈이 휑한 남자가 문신을 향해 애원한다.

효 식 여봐, 문신이! 살려 줘!

문 신 (벌떡 일어나며) 왔구나! 네놈이 왔어!

효 식 제발 없애지 말고 살려 줘!

문 신 저 뻔뻔스런 놈!

효 식 자네가 내 자식을 살려 주면 정말 난 죽어도 한이 없겠네.

문 신 어림없는 소리! 내가 미쳤다고 네 새끼를 살려 줘?

효 식 제발 살려 줘!

문 신 입닥쳐! 그리고 어서 내 앞에서 꺼져!

영 자 여보…… 누구죠?

문 신 (손가락으로 안개 속을 가리키며) 저 효식이 놈!

영 자 (힘겹게 일어나서 문신이 가리킨 곳을 바라본다.) 안 보여요. 내 눈에는…….

문 신 아까는 물 속까지 보던 눈이 지금은 저놈이 안 보여?

영자, 안개 속을 바라보지만 아무것도 보이지 않는다. 멀리서부터 문신의 이름을 부르는 세 형들의 목소리가 들려 온다.

형님들 문신아! 문신아! 어디 있냐?

영 자 저건 형님들 목소리예요.

문 신 저놈이 슬그머니 도망가는군!

형님들	문신아! 왔거든 대답해라!
문 신	(소리 나는 곳을 향해 응답한다.) 여깁니다, 여기 왔어요! (영자에게) 효식이 놈 말은 한마디도 꺼내지도 마!
영 자	알았어요.
문 신	서울로 돌아가서 뱃속의 애는 수술해 버려!
영 자	(침묵한다.)
문 신	수술 안 했다간 당신하곤 끝장이야!

안개 속에서 종이로 만든 연등을 든 문신의 세 형들이 나타난다.

문 열	우리가 마중나왔다. 네가 올 시간이 지났는데 오지 않아서 걱정되더라.
문 신	고맙습니다, 형님.
영 자	안녕들하셨어요…….
문 수	(연등의 불빛으로 영자를 비춰 보며) 어, 제수씨도 왔네.
문 열	몸도 무거운데…… 너나 오지 그랬냐?
문 신	혼자 집에 두면 안 될 것 같아서요…….
문 열	잘 했다. 어서 집에 가자.

연등을 밝혀 든 세 형들, 앞장선다. 문신과 영자가 뒤따른다.

문 신	안개가 늘 이렇게 지독해요?
문 재	댐을 막고 호수가 생긴 다음부턴 이렇지.
문 수	하지만 언제 이랬냐 싶게 금방 멀쩡해져.
문 열	멀쩡해졌다가 다시 짙어지기도 하고…….
문 수	(영자의 걸음이 느린 것을 의식하고, 문열에게) 천천히 갑시다,

형님.

문 열 그래, 그래, 천천히…… 천천히 제수씨 걸음에 맞춰.

문 신 초파일도 아닌데, 왜 연등은 들고 다녀요?

문 재 월계사 스님들한테 빌렸지.

문 열 안개 낀 날 밤, 들고 다니기에 제격이야.

문 수 운치도 있고, 좋잖냐?

영 자 네, 참 좋아요.

문 신 손전등이 간편해서 더 좋을 텐데요.

문 열 그거 못쓴다. 밝기만 할 뿐 운치가 없어.

세 형들, 문신과 영자를 데리고 간다. 피아노 소리가 들린다. 그 소리는 문신과 영자가 집에 도착할 때까지 계속된다.

제3장

문열의 집. 밤. 연등을 든 세 형들이 문신과 그의 아내 영자를 데리고 들어온다. 안방에는 세 형수들이 기다리기에 지쳤는지 얼기설기 누워 깊은 잠이 들었다.

문 열 쯔쯧, 네 형수들 봐라. 도둑이 들어와서 업어 가도 모르겠다.

문 재 모두들 잠 안 자고 기다린다 하더니…… 일어나요, 일어나!

문 수 어어, 끄떡도 않네!

문 신 깨우지 마세요. 고단하신 모양입니다.

문 열	우린 건넌방으로 가자.
문 신	(영자에게) 당신은 안방에 들어가서 잠이나 자.
영 자	아뇨.
문 열	제수씨는 안방으로 가요. 우리 형제들끼리 의논할 일도 있고하니…….
문 신	뭘 해? 가지 않구?

영자, 안방으로 들어간다. 세 형들과 문신은 건넌방으로 가서 앉는다. 안방의 영자는 잠든 동서들 사이에 앉아서 끄덕끄덕 졸기 시작한다.

문 열	우리가 너를 급히 좀 오라고 했던 건, 우리 집안에 참으로 큰일이 생겨서 그런다.
문 신	오다가 들으니까 아무 일도 없던데요?
문 열	(깊게 탄식을 하며) 아무 일도 없다면 오죽이나 좋겠냐!
문 수	(탄식을 한다.) 우린 이제 얼굴 못 들고 다닌다…….
문 재	(탄식하며) 정말 창피하고 난처해서…….
문 열	문신아!
문 신	네, 형님.
문 열	돌아가신 할아버지, 그러니까 우리 아버지의 아버지가…….
문 신	답답합니다. 빨리 좀 말씀하세요.
문 열	글쎄, 그 할아버지가 다른 집안 무덤에 묻혀 계셨지 뭐냐.
문 신	다른 집안 무덤이라뇨?
문 열	우린 지금껏 할아버지가 상봉리 선산에 묻혀 계신 줄 알았다. 그런데 엉뚱하게 사평리의 최씨 집안 선산에 묻혀

계셨어.

문 신 네……?

문 수 그것도 그냥 묻히신 게 아니라…… 이미 죽은 다른 사람 무덤 속에 슬쩍 암매장을 했었다는 거야.

문 신 암매장이라면, 아무도 모르게 묻은 것이다 그 말씀인가요?

문 재 그러니깐 난리가 났지! 이번에 최씨 집안에서 사평리 무덤들을 다른 곳으로 옮기려다 보니까 그런 일이 탄로난 거야!

문 신 설마 그럴 리 있겠어요? 상봉리에 우리 할아버지 무덤이 없는 것도 아니고, 해마다 한식에는 벌초도 해드렸잖습니까?

문 재 그 무덤은 빈 무덤이야. 가짜로 그렇게 해놓고는, 슬쩍 다른 집안 무덤에 묻혀 계셨어.

문 신 도대체 믿어지질 않는군요!

문 열 우리도 처음엔 믿지 않았다. 그런데, 사평리 최씨 집안 무덤엘 가봤는데…… (두 손바닥을 위아래로 겹쳐 보이며) 꼭 이렇게 겹쳐 누운 뼈가 있지 뭐냐!

문 신 그게 우리 할아버지 뼈라는 건 어떻게 알았죠?

문 수 조그만 항아리가 있었거든.

문 신 항아리요……?

문 수 응. 위쪽에 누운 양반이 항아리를 가슴에 꼭 껴안고 계셨는데, 그 항아리 속에서 글자 적힌 기름종이가 나왔어.

문 재 기름종이는 썩지도 않고, 적힌 먹글씨도 방금 써놓은 듯이 생생하더라.

문 열 우리 눈으로 직접 봤다. 할아버지 존함이 뚜렷했어. 그리고 참으로 놀라운 거는…… 할아버지가 남의 무덤 속에 묻힌 사유를 써놓았는데…… (탄식을 한다.) 그게 글쎄…… 살인을 피하려고 그랬다는 거야.

문 신 살인……? 살인이 또 뭡니까?

문 열 할아버지 후손 중에, 사람 죽일 자가 나올 것인데, 그걸 방비할 계책으로 남의 무덤에 묻힌다 하셨어.

문 신 들으면 들을수록 모를 소립니다!

문 재 지금 최씨 집안은 노발대발이야. 그 집안에선 우리 할아버지 뼈를 안 돌려주겠데.

문 수 자기네 선산에 몰래 들어와 묻혔다고, 절대로 유골은 돌려줄 수 없다는 거다.

문 신 그래서요?

문 열 그래서는…… 사정도 하고, 애원도 하고, 심지어 돈으로 배상을 하겠다 했지만 모두다 거절당했어. 너도 최씨네 고집은 잘 알지? 특히, 성질 괴팍한 영감 하나가 있는데, 글쎄…… 우리 할아버지 뼈를 사평리 고목나무에 매달아 놓고는 밤낮으로 지키면서 우린 근접도 못 하게 해.

문 신 도대체 그 영감이 누군데 그런 못된 짓을 해요?

문 재 효식이 아버지가 그 영감이셔.

문 수 우린 네가 와서 해결해 주길 기다렸다.

문 신 내가 무슨 수로 그걸 해결합니까!

문 열 우리 형제들 중에, 그래도 네 머리가 제일 낫잖냐?

문 신 내 머리라고 나을 건 없습니다. 형님들이 잘 궁리해 보세요!

문 열 그래, 그래, 우리도 궁리해 볼 테니깐 너도 잘 좀 생각해 봐라.

안방. 앉아서 끄덕끄덕 졸던 영자는 잠이 들어 쓰러진다. 그 옆에 누워 있던 문수의 처, 영자의 쓰러진 몸에 짓눌려서 잠을 깬다.

문수 처   어어…… 이게 누구야? (문열의 처와 문재의 처를 흔들어 깨운다.) 왔어요, 왔어!

문열 처   음……?

문수 처   동서요, 막내동서!

문열 처   (눈을 뜨고 영자를 바라본다.) 이 사람 언제 왔어?

문재 처   (영자를 흔들며) 일어나! 왔으면 왔다고 말을 해야지, 잠을 자면 어떻게 해?

영 자   (놀란 모습으로 일어나며) 죄송해요…… 깜빡 졸았나 봐요.

문수 처   괜찮네. 우리도 기다리다가 깜빡 졸았지.

문열 처   그래, 언제 왔나?

영 자   아까 전에요.

문재 처   설마 혼자 온 건 아닐 테고, 서방님은?

영 자   뭔가 의논할 게 있다면서 저 건넌방으로 데려갔어요. 그런데 아무래도 분위기가 이상해요. 형님들, 우리 집안에 무슨 큰 일이 났어요?

문재 처   났기는 났지! 뻐꾸기가 남의 둥지에 알을 낳는다고 하더니만, 우리도 그 꼴이 났어.

영 자   그게 무슨 말씀이세요?

문수 처   뻐꾸기 있잖아, 뻐꾹뻐꾹 우는 새. 뻐꾸기는 다른 새의 둥지에 슬쩍 제 알을 낳거든. 그럼 그 다른 새는 엉뚱한 알을 부화시켜서 자기 새끼마냥 먹이를 물어다가 키우는 거야. (영자의 부른 배를 슬쩍 만져 보며) 그나저나 자네 또 애 가졌군!

문재 처	둥그렇게 불쑥 나온 모양이 꼭 무덤 같네.
문열 처	입 조심하게! 하필이면 무덤에 비겨?
문재 처	이런 내 입 좀 봐! 할아버지 무덤 때문에 어찌나 신경써서 그런지 둥글게 생긴 걸 보면 모두 무덤처럼 보이거든요.
영 자	뻐꾸기는 알겠는데요…… 무덤은 뭐래요?
문수 처	막내동서는 복도 많지! 이번 애까지 몇인가!
영 자	셋…… 세 명요…….
문재 처	아냐, 넷일 거야. 할아버지 무덤처럼 쌍둥이로 들었을걸.
문열 처	쯧쯧, 또 무덤이야?
문재 처	(두 손으로 자신의 입을 때리는 시늉을 하며) 요런 방정맞은 주둥이!
영 자	아플 텐데 그만 때려요, 형님!
문열 처	더 때리게 놔둬, 버릇 고쳐지게.

건넌방. 세 형들과 문신, 심각한 모습으로 묵묵히 앉아 있다. 문열은 마침내 하품을 한다.

문 열	궁리한다고 앉아 있으니 졸립기만 하네. 밤도 깊었는데, 이만 집에 돌아들 갔다가 내일 다시 모여.
문 재	내일 모인다고 무슨 좋은 수가 있을까요?
문 열	글쎄…… 동생도 왔으니깐 무슨 수가 생기겠지.

문수와 문재, 각자 연등을 들고 일어나 마당으로 나온다. 그들은 안방을 기웃거린다.

문 수	여보, 아직도 자고 있어?
문 재	집에 가자구!
문재 처	(입 때리기를 중단하고 얼른 일어나며) 아이구, 살았네!
문 수	어서 나와!
문수 처	네, 나가요.

세 형과 형수들, 문신과 영자가 마당으로 나와서 모두 만난다. 문신, 형수들에게 인사한다. 멀리서 뻐꾹새 우는 소리가 들려온다.

문 신	그동안 형수님들 마음 고생 크셨겠습니다.
문열 처	우리야 무슨…… 어쨌든 큰일은 큰일이라서…….
문 열	밤 깊었어. 어서들 가.
문 재	그러죠, 그럼. (자신의 처에게) 따라와.
문수 처	(문수 뒤를 따라가다가 뒤돌아보며) 평안히들 주무셔요. (영자에게 손을 흔들며) 막내동서도 잘 자구.
영 자	네, 형님두요.

두 형과 형수들, 밤 안개 속으로 사라진다. 뻐꾹새 울음 소리, 점점 가까이 다가온다.

문열 처	저 뻐꾸기 참 슬프게도 우네.
문 열	저놈은 밤에 잠도 없나?
문 신	뻐꾸기가 아닙니다, 저놈은!
문 열	아니라니?
문 신	효식이 놈이죠!
문 열	효식이……? 효식이가 왜?

문 신	우릴 따라온 겁니다. (소리 나는 곳을 향해, 입에 두 손을 모으로 외친다.) 청승맞다, 이놈아! 뻐꾸기 흉내내는 줄 내가 다 안다!

피아노 소리, 뻐꾹새 울음 소리와 어우러지면서 암전한다.

제4장

사평리의 언덕. 아침. 나지막한 언덕 위에 고목나무가 한 그루 서 있다. 비록 잎도 없이 앙상하지만 기묘하게 생긴 형태가 범상하지 않다. 고목나무의 가지 끝에는 새끼줄로 엮은 사람뼈가 매달려 있다. 최영감, 장대를 들고 앉아서 뼈를 지킨다. 문신과 그의 세 형들이 조심스럽게 나타난다. 세 형들은 각자 크고 작은 보따리를 들었다.

문 열	(문신에게) 저것 봐라! 최고집 영감이 있잖냐!
문 수	우리 할아버지 뼈를 매달아 놓고 저렇게 밤낮없이 지킨다.
문 재	동네 사람들이 봤다는구나. 밤중엔 저 영감 눈에서 시퍼런 불이 나오더래.
문 신	불이 나와요?
문 재	음!
문 신	설마…….
문 열	호랑이 같은, 왜 무서운 맹수들 눈에서는 불이 나오잖냐. 오늘 나는 떡을 해왔다. 너희들은……?
문 수	나는 술을 가져 왔어요.

문 재	난 담배요.
문 신	떡은 뭐고, 술과 담배는 또 뭡니까?
문 열	저 영감 달래려구. 그런데 넌 뭐 가져 온 거 없냐?
문 신	형님들이 미리 말씀을 하셨어야죠.
문 수	어쩔 수 없지…… 넌 빈 손으로 가.

세 형들과 문신, 고목나무 앞으로 다가간다. 세 형들은 최영감을 향해 엎드려 큰절을 한다. 문신, 마지못해 형들처럼 최영감에게 엎드린다.

문 열	(보따리를 풀어서 떡이 담긴 찬합을 꺼내며) 영감님, 맛있는 팥떡을 해왔습니다.
최영감	야, 이놈아! 팥떡은 왜?
문 열	따끈따끈할 때 드시지요.
최영감	(장대로 땅바닥을 후려치며) 너나 처먹어!
문 수	(떨리는 손으로 보따리를 풀어 술병을 꺼내 놓는다.) 저는…… 저는…… 정종을 가져 왔습니다. 대두 한 병짜리…… 큰 걸루요.
최영감	(장대로 땅바닥을 후려치며) 너나 처마셔!
문 재	(보따리를 풀어 놓는다.) 외국담배입니다, 영감님.
최영감	외국담배?
문 재	피워 보세요. 국산담배보다 순합니다.
최영감	(벌떡 일어나며 장대로 후려친다.) 너나 피워라, 이 후레자식아!
세 형들	(맞지 않으려고 얼른 일어나 뒷걸음질치며) 아이구, 왜 이러십니까?
최영감	이놈들아! 내가 왜 이러는지 몰라서 물어!

문 열　압니다, 알아요.

최영감　알았으면 더 이상 말할 것 없다! 당장들 꺼져!

문 열　하지만 영감님, 민망합니다…… 이제 그만 용서해 주시고 할아버지 뼈를 돌려주십시오.

최영감　(고목나무 가지에 매달린 뼈를 장대로 툭툭 건드리며) 너희 할애비 뼈를 돌려 달라?

세 형들　네, 영감님.

최영감　안 된다! 절대로 안 돼!

문 신　여기 사평리에 곧 물 들어옵니다. 물 들어차면 영감님도 물속에 잠기실 텐데 언제까지 이렇게 버티실 겁니까?

최영감　허허, 저놈 말하는 것 좀 보게?

문 신　우리 형님들이 영감님께 애걸복걸했습니다. 어쩌다가 할아버지가 그런 짓을 하셨는지 모르겠으나 그게 어디 우리 손자들 잘못입니까? 우린 솔직히, 옛날 돌아가신 할아버지 얼굴도 기억 못합니다.

최영감　야, 이놈들아! 너희는 할애비 얼굴도 모르지만 난 잘 안다! 정감록인가, 토정비결인가, 그런 허황된 책만 읽고 살면서, 일진이 좋다 나쁘다, 앞일의 길흉이 어떻다며 제법 아는 체를 했었어! 그러더니만 해괴한 짓도 다 있지, 죽어서는 뭔가 비방을 한다고 우리 아버님 무덤 속으로 들어와 묻힌 거야! 그런 줄도 모르고 나는 너희 할애비 문상을 갔었고, 그뿐인 줄 알아? 장례날엔 동네 사람들과 함께 그 못된 할애비 상여까지 맸어!

문 신　상여까지 매셨다면 보셨을 것 아닙니까?

최영감　보긴 뭘 봐?

문 신　장사지낼 때 우리 할아버지 관을 보셨겠는데요?

최영감   그게 사람 눈 속이는 빈 관이었어! 전날 밤 몰래, 이미 너희 할애비 시신은 우리 아버님 무덤에다 묻어 버린 거였구! 그리고는 장례날, 그 의뭉스러운 모습들이라니! 너희 집안놈들, 상여 뒤를 따라가면서 천역덕스럽게 울고불고…… 내 원 참, 기가 막혀!

문 열   죄송합니다, 영감님! 옛일은 잊어 주십시오.

최영감   어쩐지 그 뒤에 꿈이 이상했지. 꿈만 꾸면 우리 아버님이 나타나서는 "아이구, 비좁아 못 견디겠다!" 하시는 거야. 어느날 꿈에는 아예 이런 말을 하셨어. "내가 더 이상은 못 견디고 떠나야겠다."

세 형들   정말 그런 꿈을 꾸셨습니까?

최영감   (장대로 땅을 후려치며) 야, 이놈들아! 내가 거짓말 할 것 같으냐!

문 수   아, 아뇨…….

문 재   꿈이 하도 신기해서요…….

최영감   마지막 꿈에 우리 아버님이 신발을 거꾸로 신고 나타나셨어. 난 아버님을 붙잡으며 그랬지. "가시면 안 됩니다. 조상님들 버리고 후손들 놔두고 가시다뇨!" 우리 아버님, 눈물 줄줄 흘리며 대답하시기를, "오죽 견딜 수 없으면 내가 떠나겠느냐? 다만 한 가지 염려는 나 떠난 후 대가 끊길까 그게 두렵다!"

문 신   영감님, 꿈이란 현실과는 정반댑니다.

최영감   현실과는…… 뭐 어떻다구?

문 신   반대라구요.

최영감   (장대로 문신을 가리키며) 너 이놈, 이리 좀 가까이 오너라!

문 신   (머뭇거리며 가지 않는다.)

최영감　내 말이 안 들려?

문　신　말씀하세요, 여기서도 잘 들립니다.

최영감　(목청을 높여 말한다.) 가까이 오라면 와!

세 형들　그래, 가봐. 저 영감 역정나게 하지 말구.

문　신　좋습니다. 영감님……

　　　문신, 주춤주춤 최영감에게 다가간다.

최영감　너, 문신이란 놈이지?

문　신　네…….

최영감　네가 우리 효식이 애인 빼앗아서 서울로 도망간 놈이지?

문　신　빼앗다뇨?

최영감　내가 너를 잊을 것 같으냐? 네놈이 우리 아들 가슴에 영
　　　원히 아픈 못을 박았어!

문　신　영감님, 그게 아니라…… 원래 영자는 효식이보다 저를
　　　더 좋아했었습니다. 그리고, 저희가 결혼한 뒤 서울로 갔
　　　던 건 효식이 때문이었어요. 효식이 마음 잡으라고, 일부
　　　러 저희가 피해 갔던 겁니다.

최영감　어쨌든 너 때문에 우리 집안 대 끊겼다.

문　신　네?

최영감　이놈아, 효식이가 어떻게 된 줄 알어?

문　신　알긴 압니다만…….

최영감　내가 삼대째 독자로 내려오다가, 나이 마흔일곱에 겨우
　　　효식이를 얻었다! 그런데 이 원수 같은 놈아! 그애가, 내
　　　아들 효식이가, 천지사방 정처없이 떠돌아다니기만 하고
　　　있으니, 우리 집안 대 끊어 놓은 건 바로 네놈 짓이다!

문 신	아까는 우리 할아버지 탓이라더니, 지금은 제 탓입니까?
최영감	(장대로 문신을 때린다.) 그 할애비에 그 손자놈이지!
문 신	(피하려다가 등을 얻어맞고 비명을 지른다.) 아이구, 왜 이러십니까!
최영감	(장대를 계속 휘두르며) 네놈 할애비는 우리 아버지를 내쫓고, 네놈은 내 아들을 내쫓았다!
세 형들	(일제히 달려들어 문신을 때리지 못하도록 최영감의 장대를 붙잡는다.) 진정하세요, 영감님!
최영감	난 진정 못한다, 이놈들아!
문 열	영감님, 제발…….
최영감	(몸에 경련을 일으키며) 난 절대로 진정 못해!
문 수	이러다간 큰일나겠는데?
문 재	글쎄요, 형님…….
문 수	(문열에게) 형님, 그만 물러갑시다.
문 열	하는 수 없다. 우리가 물러가는 수밖에…….

세 형들, 최영감의 장대를 놓고서 뒷걸음으로 물러선다.

문 열	떡은 놓고 갑니다.
문 수	술도 드십시오.
문 재	담배두요.
최영감	그런다고 내가 너희 할애비 뼈를 줄 것 같으냐! 어림도 없다, 이놈아! 물 아니라 불이 들어와도 난 이 자리를 안 떠난다!
문 신	저 영감, 진짜 지독하네!

문신과 세 형들, 물러간다. 노기등등한 최영감, 고목나무 앞에 버티고 서서 장대를 휘두른다. 피아노 연주된다.

.

제5장

문열의 집. 낮. 세 형들과 문신이 사평리를 다녀온 다음날. 세 형들과 문신은 보이지 않고 그들의 아내들만이 집 안에 모여 있다. 영자는 혼자 떨어져서 만삭의 배를 부둥켜안고 수심 짙은 얼굴로 앉아 있다.

문수 처 기가 막혀 말도 안 나오네! 어제는 술만 한 병 빼앗기고 왔다는군요!

문재 처 담배가 아깝지요, 담배가! 하루에 한 갑씩 피워도 열흘치 담배라구요!

문수 처 (문열 처에게) 형님네는 떡을 한 시루 빼앗겼다면서요?

문열 처 응, 그렇게 됐네······.

문재 처 이번엔 너무 심해요! 막내 서방님은 그 영감한테 장대로 얻어맞아 시퍼렇게 멍이 들었잖아요!

문열 처 (영자를 향해 묻는다.) 약이나 발랐나?

영 자 아뇨······.

문수 처 왜? 약도 싫대?

영 자 모르겠어요. 화만 잔뜩 내고······.

문수 처 얼굴 좀 펴. 누가 보면 자네가 맞은 줄 알겠네!

문재 처 (치마 속에서 화투를 꺼내며) 이럴 때는요, 화투로 푸는 게 제일이에요.

문열 처   다들 기분도 안 좋은데 무슨 화투야?

문재 처   형님, 우리 기분 좀 풉시다. (영자에게) 이리 와! 이리 와서 화투나 쳐.

문수 처   그런데 이 화투, 되게 헌거네. 짝이나 맞아?

문재 처   내가 누군데요. (치마 속에서 다른 화투를 꺼내며) 안 맞으면 맞추려고 여벌도 가져 왔거든요.

문수 아내와 문재의 아내, 바닥에 화투를 펼쳐 놓고 짝을 맞춘다.

문수 처   일월 솔은 됐고…… 이월 매화는 열끗짜리가 없어…….

문재 처   (여벌의 화투에서 찾아 넣는다.) 여기 있어요.

문수 처   삼월 벚꽃은 다섯 장이야. 껍데기는 빼고…….

문열 처   (짝 맞추기에 끼여들며) 사월 흑싸리는 다섯끗이 없는데?

문재 처   흑싸리 다섯끗, 여기 나가요.

문수 처   오월 난초는 다 있어.

문열 처   오월 지나 유월이라…… 모란꽃은 넉 장 다 있고…….

문수 처   칠월, 빨강싸리 멧돼지가 두 마리네!

문재 처   그럼 한 놈은 아닌 걸로 해야지요.

문수 처   한 놈은 눈을 위로 치켜 떴고, 다른 한 놈은 아래로 내려 깔았는데…….

문재 처   (문열 처에게) 형님이 정하세요.

문열 처   내가……?

문재 처   형님이 정하셔야 우리가 따르지요.

문열 처   그럼…… 치켜 뜬 놈은 열끗짜리 멧돼지고, 내려 깐 놈은 그냥 껍데기로 하지.

문재 처   다들 잘 기억해 둬요.

문수 처	팔월 공산명월은 다 맞아. 구월로 넘어가서…… 국진이 겨우 두 장인데?
문재 처	뭐가 없어요?
문수 처	청단 한 장, 껍데기 한 장…….
문재 처	국화 두 장이라…… 여기요.
문열 처	시월 단풍, 사슴 있어?
문재 처	사슴, 있어요.
문수 처	동짓달 오동은 넉 장 다 있고, 섣달 비광이 없군.
문재 처	(여벌의 화투에서 찾아내며) 비광도 있죠!
문수 처	짝은 다 맞춘 거네.
문재 처	내 덕분인 줄 아세요.
문수 처	그래, 자네 아니면 우린 화투도 못 쳐. (다 맞춘 화투장을 뒤섞으면서 떨어져 앉아 있는 영자에게) 아직도 매 맞은 서방님 걱정만 하고 있는 거야?
영 자	그건 아니구요…….
문열 처	거기 그러지 말고 어서 이리 와. 우리 오랜만에 넷이서 민화투나 치자구.

영자, 마지못한 듯 문열의 처 옆으로 다가와서 앉는다. 그녀들은 패를 나눠 들고 화투를 시작한다. 피골이 상접하고 눈이 퀭한 남자가 저 멀리 동쪽에서 서쪽으로, 소리도 없이 지나간다.

문수 처	그나저나 남정네는 다들 어디 가셨나?
문열 처	자네 집에 안 계셔?
문재 처	오늘은 우리 집에 모여 있어요.
영 자	모여서는 뭘 하시는데요?

문재 처　그냥들 앉아 있어. 코가 석 자씩 빠져서는 한숨 푹푹 쉬면서 앉아만 계시는 거야. (화투짝을 딱 소리 나게 내리치며) 이러다간 살림 망하지! 남정네들이 일을 안 하니깐 살림이 쫄딱 망해요! (영자에게) 자네 차례야!

영　자　네…….

문열 처　참아. 할아버지 뼈 찾을 때까진…….

문수 처　참아야지, 별수없잖아.

문재 처　(화투짝을 또다시 내려친다.) 참자니 속 터져요, 속 터져!

문열 처　살살 쳐. 깜짝깜짝 뱃속의 애가 놀라겠어.

문재 처　웬만한 소리엔요, 놀라지도 않을 거예요. (영자에게) 자네가 직접 말해 봐. 엊저녁에 자네 부부가 큰소리로 대판 싸우던데, 뭣 때문에 그랬어?

영　자　아무것도 아니에요…….

문재 처　아냐, 아냐. 내가 다 들었어.

문열 처　(영자를 감싸 주며) 그럴 리 있나. 엊저녁 우리 집은 조용했는데.

문재 처　난 들었다니까요. 형님 댁에선 차마 못 싸우고, 밖으로 나와서 싸우는데 굉장했어요.

문수 처　정말이야?

문재 처　(영자를 다그치며) 대답해. 저쪽 옥수수밭에 들어가서 싸웠잖아.

영　자　네…… 하지만…… 전 아무 말도 안 했는데요…….

문재 처　그래. 자넨 꿀먹은 벙어리마냥 아무 소리 없더라구. 그 대신 막내 서방님이 얻어맞고 와서 그랬는지 잔뜩 성이 났던 걸. 없애라, 지워라, 그러면서 소리소리 지르던데…… 혹시, 그거 아냐?

문수 처   혹시 그게 뭐야?

문재 처   뱃속의 애 떼버려라, 그런 것 아니냐구?

문열 처   저 방정맞은 입!

문재 처   애 뗄려거든 나한테 말해. 한 사발만 꿀걱 마시면 뚝 떨어지는 낙태약이 있으니깐.

문열 처   입 조심해! 막내동생 부른 배를 무덤 같다고 하더니만, 이젠 떼어내라니 그게 할 소리야?

문재 처   그건 내가 한 말이 아니라 막내 서방님이…….

문열 처   (문재 처의 말을 앞질러 막으며) 시끄러워! 막내 서방님은 그런 모진 사람이 아냐!

문수 처   형님 말씀이 맞아요. (문재 처에게) 뭔가 자네가 잘못 들었을 거야.

문열 처   여자는 입 조심 귀 조심을 해야지. 아무거나 함부로 듣지 말고, 함부로 말하지도 마.

영   자   (문재 처에게) 죄송해요, 형님…… 괜히 나 때문에 야단맞아서…….

문재 처   화투나 쳐!

세 형들의 아내와 영자, 묵묵히 화투치기를 마친다. 그리고 각자 따온 몫들을 헤아린다.

문수 처   나, 청단했어!

문재 처   청단을요?

문수 처   그렇다니깐.

문재 처   (여벌의 화투에서 슬쩍 한 장을 꺼내 놓으며) 봐요! 내가 국화 청 띠를 먹어 왔는데 무슨 청단이래요?

문수 처	(청단 석 장을 늘어놓는다.) 이것봐, 했잖아!
영 자	저는 빨강싸리 멧돼지가 두 마리예요.
문재 처	멧돼지가 눈을 아래로 깐 놈이 열끗짜리고, 눈을 위로 치 켜 뜬 놈이 껍데기야.
문열 처	그 반대 같은데. 위로 치켜 뜬 놈은 열끗, 내려 깐 놈은 껍 데기 아냐?
문재 처	형님도 참! 형님이 내려 깐 놈을 열끗으로 정해 놓고 딴 말씀을 하세요?
문수 처	그거야 어찌 됐건, 다들 내 청단 값이나 줘요.
문재 처	왜 그래요? 내가 청띠를 먹었잖아요!
문열 처	화투짝이 맞질 않아.
문재 처	이번 판은 파토 합시다, 파토!
문수 처	안 돼, 난 청단 했다니까!
문재 처	(화투짝을 흩어 버리며) 파토예요!
문수 처	난 다시는 화투 안 쳐!

문재 처, 흩어 버린 화투장을 다시 모은다. 그리고 날짜 수효만큼
치더니 넉 줄로 나란히 늘어놓는다.

문재 처	치기 싫음 그만둬요. 나 혼자 오늘 재수점이나 쳐야겠네.
문열 처	짝도 안 맞는데?
문수 처	저 심술보가 그런 걸 따지겠어요?
문재 처	어디 보자…… (늘어놓은 화투를 뒤집는다.) 아이구머니나, 이 걸 어쩌나?
영 자	왜요, 형님?
문재 처	흑싸리! 근심이 나왔어!

영 자	비도 나왔어요.
문재 처	비는 산보야, 산보. 그러니깐 이게 뭐냐…… 근심이 생겨서 산보하러 간다? 아니면 근심을 잊으려고 산보를 간다? (손뼉을 소리 나게 치며) 맞아, 바로 그거야. 근심을 풀기 위해 산보를 간다, 그거라구!
문열 처	도대체 그게 무슨 소리야?
문재 처	이 괘는요, 오늘 나더러 형님들 모시고서 상봉리에 가라 그거예요!
문열 처	상봉리에……?
문재 처	정말 용한 점쟁이가 상봉리 무악산에 살고 있거든요. 할아버지 뼈는 못 찾아오고, 남정네들은 일손 놓은 채 한숨만 쉬고, 우리들 가슴은 답답해 죽겠고, 이날 갈까, 저날 갈까 미뤘더니만 이것 좀 봐요. (흑싸리 넉 장과 비 넉 장을 손에 들고 흔들며) 흑싸리 근심에, 비 산보! 근심을 풀려거든 산보를 가라, 이런 패가 나왔다구요!
문수 처	꿈보다는 해몽이 좋군 그래!
문재 처	형님들도 아실걸요, 무악산 할멈 점쟁이가 얼마나 신통한지!
문열 처	신통하다는 말은 들었지만…… 그런 건 믿을 게 못 돼.
문재 처	그 할멈 다 맞춰요. 물바다가 생긴다더니 댐을 막았고, 읍내 양조장집 미연이가 열일곱 살엔 죽는다는 것도 알아 맞췄고, 동철이네 암소가 꼬리 둘 달린 송아지를 낳으리라는 것도 맞췄거든요. (문열 처를 부추겨서 일으켜 세우며) 형님, 일어나요! 얼른 점쟁이 할멈한테 갑시다.
문수 처	(문열 처에게) 갑시다, 형님. 바람도 쏘일 겸, 산보도 할겸.
문재 처	그것 봐요, 둘째 형님 가겠대요!

문열처 그럼 가볼까…… 할아버지 뼈는 언제 찾을지…….

영 자 (무거운 몸을 일으키며) 저도 가요.

문재처 막내동서는 여기 있어.

영 자 아뇨. 저도 가겠어요.

문재처 그 무거운 몸으로? 집에 있으면 좋을 텐데…….

영 자 저도 알아볼 게 있어서요.

문재처 상봉리의 무악산은 높고도 험해. 그런 곳을 걸어서 올라
갈 수나 있겠어?

영 자 천천히 쉬면서 가죠.

문재처 고집은…… 갑시다!

세 형들의 아내와 영자, 집을 나선다. 피아노 소리가 들려온다. 하얀
양복 입고, 하얀 구두 신고, 하얀 모자를 쓴 뱃사공이, 저 멀리 서쪽
에서 동쪽으로 노를 저어 지나간다.

제6장

상봉리의 무악산 중턱. 저녁. 세 형들의 아내들, 뒤쳐져서 따라오는
영자를 기다리기 위해 걸음을 멈춘다.

문열처 우리 잠시 기다려. 막내동서 올 때까지.

문재처 몇 걸음 걷고 기다리고, 기다렸다가 걷고…… 이러다간
해 저물겠어요.

문열처 그래도 어떡하나?

문재처 뭘 묻고 싶은 건지 나한테 말해 주면 될 텐데? 그럼 내가

어련히 알아다 줄라구!

문수 처   (문열 처에게) 형님, 저 아래 좀 봐요! 하안리, 종선리, 읍내, 모두 물에 잠겨 파란 호수가 됐군요!

문열 처   그래, 그래…… 올라와서 보니까 세상이 한눈에 펼쳐져 있네.

문수 처   (손가락으로 왼쪽 아래를 가리키며) 내 눈에 가물가물, 저쪽 사평리 고목나무가 보여요.

문열 처   (문수 처가 가리키는 곳을 바라본다.) 나도 보여! 나뭇가지에 매달아 놓은 조부님 뼈가 보이는데!

문재 처   사평리 고목나무…… 뼈가 보여요?

문열 처   장대 든 영감도 보여.

문재 처   내 눈은 나쁜가…… 난 안 보여요.

문수 처   마음이 깨끗해야 눈이 잘 보이지. (가운데 아래를 가리킨다.) 그럼 저 아래, 우리 동네 월출리는 보여?

문재 처   아뇨.

문수 처   자네 마음이 맑지 못한 모양이야. (오른쪽 아래를 가리키며 문열 처에게) 형님, 저 멀리 저게 뭔지 보이죠?

문열 처   활짝 꽃이 핀 나무인데!

문수 처   형님 눈은 진짜 좋군요!

문재 처   형님들이 서로 짜고 날 골탕 먹이는 건 아녜요?

문열 처   그것 참 묘하네. 저쪽으로는 고목나무가 보이고, 이쪽으로는 꽃핀 나무가 보이고…….

하얀 양복을 입은 뱃사공이 하얀 모자를 벗어서 어깨 밑에 꼭 끼고 걸어온다. 뱃사공, 세 형들의 아내들과 마주치자 공손히 인사를 한다.

사 공	아, 안녕하십니까!
문열 처	안녕하셔요!
문재 처	누구시더라……?
문수 처	대서소 김 선생님, 아니 뱃사공 김 선생님도 몰라?
사 공	네, 지금은 뱃사공이죠.
문재 처	새신랑처럼 차려 입어서 못 알아봤잖아요! 그런데 뱃사공이 뱃일은 안 하시고, 산 속에서 뭘 하세요?
사 공	오늘은 날씨가 하도 좋아서요…… 미연이를 만나러 왔습니다.
문재 처	미연이, 죽은 미연이를요?
사 공	(어깨 밑의 하얀 모자를 가리키며) 여기, 미연이가 있거든요.
문재 처	그럼 어디 보여줘요!
사 공	(모자를 꺼내 문재 처에게 내민다.)
문재 처	없잖아요, 아무것도?
사 공	잘 보세요.
문재 처	나비가 있네요, 나비!

뱃사공. 가만히 손을 펴서 모자 속에 넣었다가 꺼낸다. 하얀 나비가 손바닥 위에 올라앉아 있다.

사 공	보세요, 미연이를. 미연이가 피아노를 칠 때 보니까 두 손이 나비처럼 건반 위를 날아다닙니다. (손바닥 위에 앉은 나비를 문재 처의 귀에 가까이 대준다.) 피아노 소리가 들리지요?
문재 처	아뇨. (문열 처에게) 형님은 들려요?
문열 처	음, 들려.
문재 처	(문수 처에게) 형님두요?

문수 처	내 귀에도 들려.

뱃사공, 조심스럽게 하얀 모자 속에 하얀 나비를 넣더니 어깨 밑에 보호하듯 품는다. 그리고는 세 형들의 아내들에게 목례를 하고 걸어간다.

문재 처	그것 참, 이상한 사람도 다 있네.
문수 처	정말 멋진 사람이야.
문재 처	형님은 저런 남자가 멋져요?
문수 처	멋지잖구. 저런 남자한테 사랑받는 여잔 참 행복하겠다!

영자, 무거운 배를 부둥켜안고 느릿느릿 걸어온다. 문재 처가 영자에게 묻는다.

문재 처	막내동서, 그 사람 봤어?
영 자	그 사람이라뇨?
문재 처	하얀 양복 입은 뱃사공.
영 자	아까 저 아래에서 쉴 때 제 앞을 지나가던데요.
문재 처	피아노 소리도 들었어?
영 자	네, 들었어요.
문재 처	왜 나만 못 들었을까? 미치겠네!
문열 처	(문재 처에게) 얼만큼 더 가야지? 얼마를 더 가야 그 할멈 점쟁이가 있나?
문재 처	(토라진 태도로 대답한다.) 눈 좋은 형님들이 찾아봐요!
영 자	내가 뱃사공한테 물어 봤지요. 상봉리 점치는 할머니 댁이 어디냐니까, 그 할머니는 집이 없대요.

문열 처	집이 없다니?
영 자	바위 틈에서도 살고, 땅굴 속에서도 살고, 그렇다는군요.
문수 처	그럼 어떻게 찾지……?

점쟁이 할멈, 땅 밑에서 불쑥 머리를 내민다.

할 멈	어떻게 찾기는! 땅 밑을 봐야 나를 찾지!

할멈, 머리를 감춘다. 세 형들의 아내들과 영자, 소리 났던 곳을 향
해 바라본다. 그러자 그 반대쪽 구멍 속에서 조그만 체구의 할머니
가 기어올라온다.

할 멈	여기야, 여기! 그쪽은 구멍이 작아서 못 올라왔어!
문재 처	(할멈을 발견하고 달려가며) 할머니, 저예요! 제가 또 왔어요!
할 멈	글쎄…… 언제 왔었는데?
문재 처	왜, 삼 년 전인가…… 서울로 이사 갈까 말까 물으러 왔었 잖아요.
할 멈	가도 좋고 안 가도 좋고…… 그런데 왜 또 왔나?
문재 처	이번엔 정말 월출리를 떠나야 할 것 같아서요. 너무나 창 피하게, 얼굴 못 들고 살 일이 생겼거든요.
문수 처	할머니를 찾기 쉽게, 무슨 표시라도 해놓지 그러세요?
할 멈	저기 사방에 표시해 뒀잖아.
문수 처	어디요?
할 멈	내가 똥 누어 둔 걸 못 봤어? 그게 나 있다는 표시야. 짐 승들은 쿵쿵 냄새 맡고 금방 아는데, 임자들은 냄새도 못 맡는군. (손짓을 하며) 이리 가까이 와. 이리 가까이 와서 나

이 먹은 순서대로 앉어.

세 형들의 아내들과 영자, 할멈에게 다가가서 앉는다. 문재 처가 가족을 소개한다.

문재 처   맨 앞의 두 분은 우리 형님들이구요, 뒤에는 막내동서예요.

할 멈   나도 알아.

문재 처   어떻게요?

할 멈   아까 눈 좋고, 귀 좋다고, 자랑하던걸. 그런데 코는 나쁜 모양이야. 나 있다는 냄새도 못 맡더라구.

문수 처   죄송해요, 할머니.

할 멈   죄송할 건 없어. 사람이란 누구나 뭔가 모자란 게 있거든. (문열 처에게) 그래, 뭘 알고 싶어 왔나?

문열 처   조상님 뼈 때문에 걱정이 되어서요…… 저희 조부님이 남의 집안 묘에 암장을 하셔서 그게 탄로가 났어요. 그 집안에선 조부님 뼈를 되돌려줄 수 없다 야단이고…… 어찌해야 찾을 수 있을런지요?

할 멈   역시 맏며느리답군. (문수 처에게 묻는다.) 임자는 뭐가 걱정인가?

문수 처   가족 건강하고 화목하면, 바랄 게 없겠는데요…….

문재 처   바랄 것이 없다니요? 당장 살림이 망할 판인데, 그런 말씀 마세요! (할멈에게) 우리 걱정은요, 남편들 때문이에요. 남편들이 주지도 않는 뼈 찾는다면서 전혀 일은 안 해요. 아예 여길 떠나 버려야지, 그냥 있다간 굶어 죽어요!

할 멈   그래서 임자 엉덩이가 들썩들썩 하는군. (영자를 가리키며)

색시는 뭐가 걱정인가?

영 자 나중에…… 형님들 다 끝난 다음에…….

할 멈 다 끝난 다음?

영 자 혼자 여쭤 보고 싶은데요…….

할 멈 나중이나마나 그 뱃속의 애 때문에 왔겠지?

영 자 네…….

할 멈 사람 근심 걱정이란 제각각 따로따로 같지만, 알고 보면 다들 똑같은 거야. 무덤 속 뼈 때문에 생긴 근심이나, 뱃속 살 때문에 생긴 걱정이나 그게 다 마찬가지라구. 결국은 뼈 찾으면 애 낳게 되고, 애 낳으면 뼈 찾게 되는데, 자질구레한 걱정은 해서 뭘하나. 그러니 다들 집에 돌아가. 돌아가서 밥 먹고 싶을 때 밥 먹고, 잠자고 싶을 때 잠이나 자라구.

문재 처 네? 그게 무슨 뜻이에요?

할 멈 마음 편히들 지내라 그 말이지! (나왔던 구멍 속으로 다시 들어가며) 알았으면 가봐. 해 떨어지고 어두워져. (얼떨떨한 표정의 세 아내들과 영자를 향해 다시 머리를 불쑥 내밀고) 똥 밟지 말고 가!

해가 저물면서 급격히 어두워진다. 피아노, 높은 음계에서 낮은 음계로 빠르게 내려긋듯 연주된다.

제7장

상봉리에서 월출리로 내려오는 길. 밤. 짙어지는 안개 속에 연등을 든 세 형들과 문신이 아내들 오기를 기다리며 서성거린다.

문 재 여보, 마누라! 마누라!

문 수 목 터지게 불러야 소용없어. 보이지도 않는걸.

문 재 안개 때문에 우리를 못 보고 지나가면 어쩌지요? (애가 타서 불러댄다.) 여보, 마누라! 마누라! 마누라아!

문 열 마누라들이 집구석에 가만히 있을 것이지, 뭘 한다고 무악산엘 가?

문 수 뱃사공이 무악산에서 봤다잖아요. 그럼 뻔하지요. 점쟁이 할멈한테 간 겁니다.

문 열 점이야 내가 이미 쳐봤지.

문 재 네? 그 할멈한테요?

문 열 하도 답답해서 찾아갔었지. 그런데 그 할멈 노망 든 모양이야. 횡설수설 알쏭달쏭한 말만 하고, 무슨 소릴 하는 건지 못 알아듣겠더군.

문 재 그랬으면 가족들한테 말씀을 하셨어야죠!

문 열 못 알아들은 말을 옮길 수도 없고…… 마음만 더 답답해졌지.

문 재 이거, 무슨 사고 난 건 아닐까요? 이 밤중에 안개는 자욱하고 험한 길을 내려오다가…… 낭떠러지에 털썩 떨어져 버린 게 아닐지…….

문 열 방정맞은 소리!

문 재 (문신에게) 무슨 일 나면 그건 모두 네 책임이야!

문 신 왜 내 책임입니까?

문 재 최영감 말을 생각해 봐, 모두 너 때문이지. 네가 효식이하고 삼각연애만 안 했어도 괜찮았어. 효식이가 너한테 쓴

잔을 마시고 그것 때문에 상심해서 집을 나갔잖아. 그러니깐 최영감의 대가 끊어져 버린 거고, 최영감은 그 앙갚음으로 우리 할아버지 뼈를 안 주겠다 그거야. 마누라들이 상봉리 무악산에 올라간 것도 그래. 하도 뼈를 안 주니까 점이나 쳐보려고 올라간 거라구. 그런데 이 밤중에 오다가 낭떠러지에라도 떨어져 봐. 네가 순전히 책임져!

문 수   그건 문재 말이 맞아. (문신에게) 나도 생각해 봤는데, 이 모든 건 너 때문이야.

문 신   형님, 그런 억울한 말씀 마세요. 할아버지 뼈는요, 나하곤 전혀 상관없어요. 내가 연애한 건 할아버지 돌아가신 후였고, 효식이 놈 집 나간 건 훨씬 더 뒷일입니다. 더구나 형님들이 직접 보신 게 있잖아요. 그 항아리, 할아버지가 무덤 속에서 품고 있었다는 그 항아리에서 뭐가 나왔어요? 우리 후손들 중에 사람 죽일 자가 생기지 않도록 남의 무덤에 묻힌다는 유언까지 써놨습니다. 그런데 내가 사람 죽일 놈이에요? 대답해 보세요! 내가 사람 죽일 놈이면, 이 모든 걸 책임지겠어요!

문 수   내가 언제 너더러 사람 죽일 놈이라 했냐?

문 재   나도 그런 소린…… 안 했다.

문 신   그럼 형님들, 나한테 책임이란 말씀 마세요!

문 재   (안개 짙은 어둠 속을 향해 외친다.) 마누라! 마누라아!

문 수   목만 아프다니깐.

문 재   (문열에게) 형님, 몇 시예요?

문 열   (연등으로 손목시계를 비춰 본다.) 지금 열한 시다, 열한 시.

문 재   이건 분명히 큰 사고 난 거예요.

문 열   침착하게, 가만 좀 있거라!

문	재	가만 있으면 어떻게 해요? 찾으러 올라가든가 해야죠.
문	수	코 앞이 안 보이는데 올라간다구?
문	재	속 터지네! (외친다.) 마누라! 여보! 마누라아!
문	열	이럴 때는 길목을 지키면서 기다리는 게 제일이야. 오히려 올라갔다가 서로 어긋나면 그게 탈이지.
문	수	(문재에게) 잠시 입 좀 다물어 봐. 무슨 소리가 들려.

세 형들과 문신, 귀를 기울인다. 어둠 속 가까운 곳에서 목탁치는 소리가 들리더니 점점 먼 곳으로 멀어져 간다.

문	수	저건 월계사 스님들 목탁 치는 소리야.
문	신	이 밤중에요?
문	수	물가에서 방생불사 하다가 늦으셨겠지.
문	열	월계사까지 가려면 힘드시겠는데…….

문열, 주저앉아서 담배를 피운다. 사이. 짙은 안개의 어둠 속, 산짐승이 우는 소리 같은 외롭고 슬픈 울부짖음이 먼 곳에서 들리다가 점점 가까이 다가온다.

문	신	저 소린 내가 알아요.
문	수	무슨 소린데?
문	신	효식이 놈입니다! 효식이 놈 울부짖는 소리에요!
문	재	효식이?
문	신	네, 저놈이 평생 나를 따라다녀요! (돌멩이를 집어던진다.) 저리 가! 저리 가라구! 제발 좀 따라다니지 말고 사라져 버려!

문 열	효식이가 아닌 것 같은데······?
문 신	(계속 돌을 집어던지며) 효식이, 그놈이에요!
문 재	저건 승냥이 울음 소리야.
문 수	그쳤다. 그만 던져라.

문신, 얼굴에 솟은 땀을 옷소매로 닦는다. 문열은 담배꽁초의 불을 땅바닥에 부벼 끄더니 일어선다. 그러더니 심각한 목소리로 말한다.

문 열	내가 곰곰이 생각해 봤다, 담배 한 대 피우면서······ 할아버지와 우리들 중에서 어느 한쪽은 틀린 거야. 할아버지 예언이 맞으면 후손인 우리 형제 중에 반드시 사람 죽일 자가 있을 테고······ 그러나 우리들 중에 아무도 살인할 자가 없다면······ 그럼 할아버지가 틀린 거지. (담뱃갑에서 담배 네 개비를 꺼내더니 더욱 심각해진 목소리로 말한다.) 너희들도 담배 한 대씩 피워라.
문 신	난 피우고 싶지 않은데요.
문 열	피우라면 피워. 한 대씩 피우면서, 각자 마지막 심정으로 자기 마음속을 살펴봐. 그리고는 살인할 생각을 품었거든 숨김없이······ 자기 마음속을 털어놓는 거다.

문수와 문재는 문열에게서 숙연한 자세로 담배 한 대씩을 나눠 갖는다. 문신도 담배를 받는다. 그들 네 명은 침묵 속에서 담배를 피운다.

문 열	맏형인 나부터 말하마. 솔직하게 고백해서······ 난 이날 이때까지 살면서 사람 죽일 생각은 손톱만치도 해본 적

이 없다. 가끔씩 명절날…… 돼지나 닭 같은 걸 잡으면서
도…… 어찌나 그것들한테 미안한지……. 비록 짐승을
죽이고도 큰 죄를 지었다 싶어 온몸이 부들부들 떨리는
데…… 난 절대로 사람은 못 죽인다…… 못 죽여.

문 수   나도 마찬가집니다, 형님. 사람으로 태어나서 어떻게 사
람을 죽여요? 차라리 내가 죽고 말지, 남을 죽이지는 못
해요!

문 재   그래도 형님들은 나보다는 잔인해요.

문 수   뭐가 잔인해?

문 재   개구리도 때려잡고, 참새도 고무줄총으로 쏘았잖아요.

문 수   그건 어렸을 때 일이지!

문 재   어쨌든 난 그런 짓은 안 해요. 파리나 모기 같은 해충은
어쩔 수 없이 죽이기는 하지만…… 잠자리, 달팽이, 나비
같은 건 손도 대지 않거든요.

문 열   막내야, 너는 어떠냐?

문 신   또 나를 의심하는 겁니까?

문 열   내가 널 의심해서가 아니다. 문신이 너도 사람 죽일 만큼
모질지 못한 건 잘 안다. 하지만 아까 작정했잖냐? 할아버
지가 틀렸는지, 우리가 틀렸는지 알아보기로 했으니깐, 너
도 솔직하니 털어놓거라. 너마저 사람 죽일 생각 없는 게
확실하다면, 할아버지가 뭔가 황당무계했던 거다. 우린 그
럼 할아버지 뼈는 포기하자. 그 뼈 찾는다고 우리 고생하는
거야 괜찮다만, 마누라들마저 이게 무슨 고생이냐?

문 신   형님, 담배 한 대만 더 주세요.

문 열   그래라.

문열, 문신에게 담배를 준다. 문신은 몇 걸음 떨어져서 심호흡하듯 담배를 피운다.

문 재 할아버지 뼈를 포기하면 우린 어떻게 되는 거죠?

문 수 여기 고향에선 못 살 텐데요?

문 열 어디론가…… 떠나야겠지…….

문 수 어디로 떠나요?

문 열 글쎄…… (한숨을 내쉰다.) 그게 걱정이구나…….

문 재 문신이처럼 우리도 서울로 갑시다!

문 신 서울 오면 누가 저절로 밥 먹여 준답디까?

문 재 그래도 너는 서울 가서 잘살잖아.

문 신 내가 잘산다구요? 서울이란 지옥입니다, 지옥! 눈 뜨고
       있어도 코 베어 가는 곳이 서울이고, 간도 쓸개도 없이 사
       는 곳이 서울이에요!

문 수 너의 집 방이 몇 개냐?

문 신 방은 알아서 뭘 하실 건데요?

문 수 큰형님 가족이 방 한 개는 있어야겠고, 내 가족도 방 한
       개, 문재네도 방 한 개는 있어야 한다.

문 재 우리야 별수없지! 서울 가서 기반 잡을 때까지 네 신세
       좀 져야겠다!

문 신 형님들한테 방 세 개 다 주고 나면, 그럼 우리 가족은 부
       엌에서 살라는 거예요? 그리고 또 뭡니까…… 그 많은 식
       구가 밥은 어디에서 먹으며, 용변은 어디에서 해요?

문 수 복잡한 대로 꾹 참고 살자!

문 신 (담뱃불을 땅바닥에 던지더니 발로 질근질근 밟아 끈다.) 형님들,
       그럴 것 없어요.

문 열	그럴 것 없다니……?
문 신	내가 우리 할아버지 뼈를 찾아오죠! 내일 아침 날이 밝으면요, 그 고집쟁이 영감한테 가서 뼈를 찾아오겠다구요!
문 열	네가 어떻게……?
문 수	우린 질려서 그 영감한테 안 간다.
문 신	두고 보세요. 나 혼자 가서 찾아올 테니까!

짙은 안개의 어둠 속, 멀리서부터 여러 개의 방울들이 딸랑딸랑 울리는 소리가 다가온다. 세 형들과 문신, 말을 중단하고 방울소리에 귀를 기울인다.

문 열	음, 저 소리는 알겠다.
문 재	장훈이네 흑염소 방울소리 같은데요?
문 열	바로 그 방울소리야. 무악산에 방목해 둔 흑염소를 이제서야 데려가는군. (소리 나는 곳을 향하여 외친다.) 여봐, 장훈이! 오늘은 꽤 늦었네!
소 리	(어둠 속에서 모습은 보이지 않고 응답만 들려온다.) 어, 안개가 잔뜩 껴서!
문 재	우리 마누라 못 봤어요?
소 리	봤지!
문 수	어디서요?
소 리	한참 저 뒤에서 봤어.
문 열	뭘 하던가?
소 리	장님들마냥 더듬더듬 내려오고 있어.

세 형들과 문신, 연등을 들고 아내들을 맞이하러 간다. 흑염소떼의

방울소리 가까운 곳을 지나 멀어진다. 피아노가 방울소리를 흉내내듯 연주된다.

제8장

사평리 언덕. 아침. 최영감, 뼈가 매달린 고목나무 앞에 꼿꼿한 가부좌 자세로 앉아 있다. 문신, 멀리서 한참 동안 그 모습을 바라보고 서 있다가 최영감에게 다가간다. 최영감은 장대를 휘두르며 꾸짖는다.

최영감　　너, 이놈! 여긴 왜 또 와?

문 신　　저…… 드릴 말씀이 있어서요…….

최영감　　허튼소리 말고 들어가!

문 신　　영감님…… 들어 보세요. 허튼소리가 아닙니다.

최영감　　(장대로 땅바닥을 내려친다.) 네놈 말은 안 들어!

문 신　　(멈춰 선다.) 영감님…….

최영감　　넌 우리 집안 원수야! 낯짝도 보기 싫으니 어서 꺼져!

문 신　　정 그러시면…… 우리 할아버지께 절이나 하고 가겠습니다.

최영감　　절을 해?

문 신　　네.

최영감　　(나뭇가지에 매달린 뼈를 가리키며) 이 뼈다귀에 절을 해?

문 신　　네!

최영감　　야, 이놈아! 너 절한다고 이 뼈다귀가 알 것 같으냐!

문 신　　우리 할아버지는 모든 걸 미리 아셨던 분입니다. (무릎 꿇고 엎드려 큰절을 두 번 한다.) 할아버지, 참으로 용하십니다. 제가 살인할 마음 품을 줄은 어떻게 아셨습니까?

최영감 뭐 살인……?

문 신 그렇습니다, 제가 사람 죽일 놈이죠! 마누라 뱃속에 든 아기를 없애 버리려 했으니, 그게 살인자지 뭡니까!

최영감 별 미친 놈 다 보겠네!

문 신 아닙니다, 영감님. 제 마누라 뱃속 애기는 효식이 것이에요.

최영감 효식이……?

문 신 효식이가 제 마누라 뱃속에 애기를 만든 겁니다. 그러니 영감님이 판단해 보세요. 우리 할아버지가 영감님네 모르게 무덤 속에 들어가신 거나, 효식이가 저 모르게 애 만든 거나 마찬가지 아닙니까?

최영감 너, 지금 말하는 게 정말이냐?

문 신 정말입니다, 영감님. 제가 할아버지께 큰절을 올리고 감히 거짓말을 하겠습니까?

최영감, 잠시 눈을 감고 생각한다. 문신을 대하는 태도가 누그러진다.

최영감 효식이가 언제 애를 갖게 했는데?

문 신 한 아홉 달 됩니다. 영자가, 그러니깐 제 마누라가 먼저 실토를 했어요. 자기 혼자 집에 있는데, 효식이 그놈이 불쑥 찾아왔더랍니다. 피골이 상접하고 두 눈이 휑하니 생긴 게, 곧 죽을 형상을 해가지고 와서는…….

최영감 그래, 와서는……?

문 신 영자더러, 그러니깐 제 마누라더러 한 번만 함께 자달라고 하도 사정을 해서…….

최영감 어, 함께 잤다는 건가?

문 신 잤으니까 애가 생겼죠.

최영감 (피식 웃으며) 효식이 그놈도 참!

문 신 영감님은 웃으시는군요?

최영감 허허, 그놈이 그런 일을…….

문 신 저는 웃을 수가 없습니다. 웃기는커녕 울어야 할 판이죠. 마누라 배는 점점 불러 오는데, 떼어 버려라 야단을 쳐도 마누라는 제 말을 듣지 않습니다.

최영감 (정색을 하며) 자네, 그 애는 떼어 버리면 안 되네.

문 신 영감님이 제 심정을 몰라서 그러십니다. 저는 정말 괴로 워요! 아무리 함께 자자고 사정을 해도 그렇지, 두 다리 를 벌려 준 마누라를 생각하면 울화가 치밀어 견딜 수가 없습니다!

최영감 자네 마누라는 관세음보살일세.

문 신 관세음보살이라뇨?

최영감 대자대비, 부처님이셔.

문 신 저를 이토록 괴롭혀 놓는 것이 대자대비입니까?

최영감 나는 지금껏 오해했네. 자네 마누라, 처녀 시절에 내 아들 효식이를 홀려 놓고는, 시집은 결국 자네한테 갔다고 미 워했었지.

문 신 저는 우리 할아버지한테 원망이 큽니다. (고목나무 가지에 달 린 뼈를 바라보며) 하필이면 그 많은 후손 중에 저를 택하셨 습니까? 제 마음속은 밴댕이 속처럼 좁아서 이런 일은 감 당해내지 못합니다.

최영감 여보게, 문신이. 마음을 넓게 열고 받아들여.

문 신   우리 형님들은 마음이 어질고 넓습니다. 명절날 돼지와 닭 잡는 것마저 죄스러워 부들부들 떠는 큰형님을 택하셨으면 얼마나 좋았을까요! 둘째 형님을 택하셨어도 저처럼 괴롭다고는 안 했을 거고, 셋째 형님을 잠자리, 달팽이마저 살려두는 성미니깐 저 같은 일을 당해도 뱃속의 애 죽일 생각은 안 할 겁니다. 그런데 그런 마음씨 좋은 형님들은 모두 놔두고 하필이면 속 좁은 저란 말입니까!

최영감   자네, 너무 할아버지를 원망 말게. 그래도 그 양반이 뭔가 앞날을 내다보는 게 있었어.

문 신   언제는 우리 할아버지 욕을 하시더니, 지금은 칭찬을 다 하시는군요!

최영감   어쨌든 그렇잖은가…… 비록 자네 마누라 뱃속을 빌리기는 했지만 끊긴 줄 알았던 내 자식의 혈육이 생겼으니 그 아니 기쁘겠는가! 더구나 자네 조부께서 이런 일을 미리 내다보시고 우리 집안 무덤에 묻힌 거는 진정 깊은 뜻이 있었음일세. 더구나 자네더러 살인할 생각 말라 유언까지 하셨으니, 참으로 그 신통함에 놀라울 뿐이네. (문신에게 손짓을 하며) 자네, 이리 가까이 오게나.

문 신   왜요? 또 때리실 겁니까?

최영감   나, 무등 좀 태워 주게.

문 신   무등을요?

최영감   자네 조부님 뼈를 내려 드리려고 그러네.

문신, 최영감에게 다가간다. 최영감은 문신의 어깨 위에 무등을 타고 고목나무 가지에 묶어 놓은 줄을 풀기 시작한다.

최영감	내가 이런 짓을 했다니…… 부끄럽네…….
문 신	모든 사람들이 다 봤습니다. 월출리 사람, 상봉리 사람, 사평리 사람…… 온갖 사람들이 우리 할아버지 뼈 매달아 놓은 걸 다 봤다구요.
최영감	미안하네. 내가 정말 몹쓸 짓을 했네.
문 신	다 푸셨습니까?
최영감	잘 풀리지 않아…… 어찌나 단단히 묶어 놓았는지…….
문 신	그럼, 그냥 매달아 두십시오!
최영감	아닐세. 송구해서 얼른 풀어 놓겠네.

최영감, 줄을 풀어서 뼈를 바닥에 내려놓는다. 문신은 몸을 낮춰 어깨 위의 최영감이 내려오도록 한다.

최영감	이젠 자네가 조부님을 모셔 가게.
문 신	글쎄요…….
최영감	뭘 망설이는가?
문 신	할아버지 뼈를 찾기는 했지만, 어찌 제 마음이 즐겁지가 않군요.

문신, 뼈 옆에 주저앉아서 고개 숙인 채 한숨을 쉰다.

최영감	문신이…… 자네 심정을 짐작 못하는 건 아니네만…… 어쩌겠는가, 이게 운명인데…….
문 신	억울해요. 나만 지독하게 손해 본 것 같고…….
최영감	억울하다……?
문 신	네.

최영감　여보게, 문신이…….

문 신　말씀하세요.

최영감　자네 언제까지 이렇게 옹졸할 건가?

문 신　모르겠습니다. 언제까지 이럴지…….

최영감　자넬 보아하니 내 혈육이 걱정일세. 의붓자식보다 못하게 구박할 테고, 고아보다 못하게 냉대할 텐데…… 따뜻한 정으로 친자식마냥 키워 줄 수는 없겠는가?

문 신　(한숨을 쉬며 침묵한다.)

최영감　제발 잘 좀 키워주소.

문 신　(침묵한다.)

최영감　내 부탁은 그것뿐일세.

문 신　참 어려운 부탁을 하십니다.

최영감　그야 쉽지는 않겠지…… 하지만 잊지는 말게. 내가 자네에게 할아버지 뼈를 주고 내 손자의 살덩어리를 바꿨네.

문 신　(곤혹스런 표정으로 새끼줄에 엮어진 뼈를 바라본다.) 그런데 이 뼈를…… 어떻게 가져 가죠?

최영감　할아버지를 업어 드리듯 등에 짊어지고 가게.

문 신　짊어져요?

최영감　(뼈를 들어올려 문신의 등에 지어 준다.)

문 신　이렇게는 못 가겠어요.

최영감　왜 못 가?

문 신　(뼈를 내려놓으며) 캄캄한 밤이라면 몰라도, 이런 환한 낮엔 사람들 눈도 많은데, 뼈를 짊어지고 갈 수는 없잖아요.

최영감　(장대를 땅바닥에 내려친다.) 너 이놈, 당장 짊어지고 가!

문 신　(놀라서 얼른 일어선다.) 네, 영감님!

최영감　(장대를 휘두르며) 이 속 좁은 놈아, 지금 안 가면 후려칠

테다!

문 신　갑니다, 가요!

최영감　꾸물거리지 말고, 어서 짊어지고 가!

문 신　(뼈를 등에 짊어진다.) 간다니까요!

최영감　(장대로 문신의 발 밑을 내려친다.) 어서 달려! 뛰어가라구!

문 신　(뼈를 등에 짊어지고 뛰어간다.)

최영감　야, 이놈아! 그쪽은 산이다! 방향이 틀렸어!

문 신　(방향을 바꾸지 않고 달려간다.)

최영감　(장대로 반대 방향을 가리키며) 네놈 갈 곳은 저쪽이야!

문 신　(더욱 빠른 걸음으로 달려간다.)

최영감　저놈이 엉뚱하게 산 속으로 달려가네!

문신, 더욱더 걸음을 재촉해서 달려간다. 피아노 소리, 뒤쫓듯이 들려온다.

제9장

깊은 산 속. 낮. 문신, 할아버지의 뼈를 짊어지고 걷는다. 그는 사람들의 눈에 띄지 않으려고 일부러 산 속의 오솔길을 걸어간다. 효식, 뒤따라오며 문신의 이름을 부른다.

효 식　문신이- 문신이-.

문 신　(부르는 소리를 듣고는 걸음의 속도를 빨리하여 걷는다.)

효 식　여봐, 문신이.

문 신　(뒤돌아보지 않고 달려간다.)

효 식	(뒤따라가며 계속해서 문신의 이름을 부른다.) 문신이- 문신이-.
문 신	누구야?
효 식	날세, 나!
문 신	효식이……?
효 식	그래, 효식이.
문 신	뒤따라오지 마!

문신, 뼈를 짊어진 채 달음질친다. 사이. 문신은 효식이 뒤쫓아오
는지를 확인하려는 듯 뒤돌아본다.

문 신	왜 자꾸만 쫓아오는 거야?
효 식	무거운가?
문 신	뭐……?
효 식	뼈가 무겁냐구?
문 신	넌 알 것 없어!

문신, 효식을 떼어 놓으려고 또다시 달려간다. 뒤쫓는 효식, 숨이 가
쁘다.

문 신	따라오지 마!
효 식	숨이 가뻐…… 쉬었다 가.
문 신	따라오지 말라니까!
효 식	여긴 산 속이야. 자네 집으로 가는 길도 아니잖아?
문 신	일부러 이쪽으로 왔어!
효 식	왜?
문 신	왜는 왜…… 사람들 눈을 피하려고 그랬지!

효 식 하지만 내 눈은 못 피해.

문신, 더욱 빨리 달음질친다. 효식은 문신을 쫓아간다.

문 신 넌 어쩌자고 날 따라오는 거야?

효 식 우리 좀 앉았다 가.

문 신 곧 죽게 생긴 놈이 잘도 따라오네!

효 식 어디 앉아서 이야기 좀 해.

문 신 너하고는 말도 하기 싫다!

효 식 자넨 뒤도 안 보고 달리기만 하니까, 뼈가 떨어진 것도 모르겠지?

문 신 (걸음을 멈춘다.) 뭐 뼈가 떨어져?

효 식 그래, 이것 봐. 내가 뒤따라오면서 주운 거야.

문신, 뒤돌아본다. 효식이 뼈조각 하나를 들고 서 있다. 효식은 문신에게 다가와 그 뼈 하나를 내민다. 문신, 효식을 한참 노려보더니 뼈조각을 받는다.

효 식 자네한테 꼭 하고 싶은 말이 있어.

문 신 뭐야? 말해 봐.

효 식 그 집어진 뼈, 무겁던가? 아니면 가벼웠나?

문 신 겨우 그게 하고 싶은 말이야?

효 식 아니…… 하지만 나도 살 벗을 때가 되었네.

문 신 살을 벗다니?

효 식 옷처럼…… 뼈가 입은 것이 살 아닌가…… 그러니깐 내 뼈는 살을 벗을 때가 된 거지. 그랬다가…… 또 언젠가는 옷을 입듯 살을 입을 테고…… 영원히 안 입으면 더 좋고…….

문 신 (침묵한다.)

효 식 미안해. 자네 마음 괴롭게 만들 짓은 안 해도 됐을 텐데……. 살을 입은 욕망 때문에…… 그렇게 되었네. 정말…… 나를 용서해 줘.

문 신 (고개를 돌리고 침묵한다.)

효 식 난 이런 생각을 해봤네. 내가 문신이 자네이고 자네가 효식이 나라면…… 입장을 바꿔서 내가 영자하고 결혼을 했고 자네가 못 했다면…… 아마 자네 역시 나처럼 홀로 떠돌며 살았을 걸세. 그리고는 자넨 죽기 전에 꼭 한 번 영자를 만나 보고 싶어할 것이고…… 그날 영자는 많이도 울더군…….

침묵하던 문신, 마침내 말한다.

문 신 우리…… 어디 쉴 만한 곳에 가서 앉지.

효 식 저기가 좋겠네.

문 신 어디?

효 식 저 앞에 활짝 꽃핀 나무가 있군.

문신, 효식이가 가리키는 곳을 바라본다. 가지마다 아름답게 꽃이 핀 커다란 나무 한 그루가 햇빛을 받고 눈부시게 환한 자태로 서 있다. 문신과 효식, 그 나무 아래로 가서 나란히 앉는다. 문신은 등에 짊어졌던 할아버지 뼈를 내려놓는다.

문 신 자네 궁금한 걸 말해 줄까? 생각보다는, 뼈가 참 가벼워.

효 식 얼만큼이나 가벼운데?

문 신 왜 이렇게 가볍지, 그럴 만큼.

효 식 나도 가벼우리라고 짐작은 했어.

문 신 어떻게……?

효 식 살이 무겁거든. 이제 벗으면 홀가분할 거야.

문 신 (꽃핀 나뭇가지를 올려다보면) 참 아름다운 꽃들이 피었네. 향기도 좋고…….

효 식 (미소를 짓는다.) 우리가 읍내 영화관에 갔던 때 기억나는가? 자네, 영자, 나, 셋이서 영화를 보러 갔었는데, 난 영자 손인 줄 알고, 자네 손을 꼭 잡고 있었지. 영화가 끝나고 불이 환하게 켜진 뒤에야 난 그게 자네 손인 줄 알았어.

문 신 그럼 기억나지. 난 그게 영자 손인 줄 알았거든.

효 식 그때가 그립군. 영화를 보고 있자면 달콤한 사탕이 입 안으로 들어오곤 했었지.

문 신 그건 내가 영자한테 준 거야.

효 식 하지만 나를 영자인 줄 알고 준 거였어.

문 신 자네도 나한테 박하사탕을 먹였잖아?

효 식 (웃으며) 사실은…… 자네인 줄 알면서도 먹일 때가 있었지.

문 신 (따라 웃는다.) 사실은 나도 그랬어.

문신과 효식, 잠시 말을 멈추고 상념에 잠긴다.

효 식 영자가 하나만 더 있었어도…….

문 신　우린 둘 다 행복했을 텐데…….

효 식　그러나 어쩔 수 없는 거지. 그 하나가 모자란 게 세상이니까…….

문 신　영자는 가끔씩 이런 말을 해. 자네랑 나랑 함께 지냈던 때가 가장 행복했었다고. 나하고 살면서도 자넬 못 잊는 걸 보면, 영자에겐 지독한 화냥기가 있어. 이 남자도 좋고, 저 남자도 좋다는…….

효 식　아냐, 아냐, 화냥기라고 오해 말게! 영자는 이 세상에 우리 둘이 있으므로 행복했던 거야.

문 신　그게 그거지 뭐가 달라?

효 식　우리가 세상을 모자라게 보면서 불행했다면, 영자는 세상을 넉넉하게 보면서 행복했었어. 그런데 우리가 그 행복을 깨뜨렸지. 영자한테 우리 둘 중에 하나만 택하라고 강요했거든. 어서, 어서, 자꾸만 재촉하는 나에게 영자가 슬픈 얼굴로 물었었네. 만약 자기가 문신이 자네와 결혼하면, 혼자 남을 나는 어떻게 할 거냐고…….

문 신　나에게도 물었었어. 효식이 자네와 결혼하면, 나는 어찌할 거냐…… 그래서 난 당장 쥐약 먹고 죽어 버리겠다며 앙탈을 부렸어.

효 식　나는 그렇게 극악스럽게는 하지 못했네.

문 신　그럼 뭐라고 대답했는데?

효 식　어떻게든 혼자 살아 보겠다고 했지.

문 신　그랬었군…….

효 식　영자는 살겠다는 내 말을 믿고, 죽겠다는 자네와 결혼했어. 그걸 화냥기라 생각하면 큰 잘못일세.

문 신　(침묵한다.)

효 식 살 벗는 이제서야 세상이 온전하게 보여. 저기 저 고목나무와 여기 이 꽃핀 나무, 둘 다 함께 있는 풍경이 보이는 거야. 영자는 처음부터 봤었는데…… 난 이제 겨우 보여…….

문신과 효식, 다시 상념에 잠긴다. 효식이 일어나며 묻는다.

효 식 여기 더 있을 건가?
문 신 음, 해가 저물 때까지. (옆에 놓인 뼈를 가리키며) 지금은 밝아서 내가 이 뼈를 짊어지고 가면 사람들이 이상하게 볼 거야.
효 식 사람들은 그 뼈가 자네를 짊어지고 간다고 생각하겠지.
문 신 그래? 할아버지 뼈가 나를?
효 식 그렇잖아.
문 신 아아…… 정말 그렇군!
효 식 해 저물녘 기다릴 거면 그 뼈를 풀어 드리지. 아직도 줄에 묶여 계시니 답답하시겠어.
문 신 이런, 풀어 드려야지!

문신, 뼈를 엮은 새끼줄을 푼다. 효식은 꽃핀 나무 밑에 두개골, 가슴뼈, 척추뼈, 골반뼈, 팔과 다리 뼈 등의 순서대로 맞춰 놓는다. 문신은 효식이 주웠던 뼈 하나를 어디에 맞춰 넣어야 할지 몰라 망설인다.

문 신 이건 어디 있던 거지?
효 식 나에게 줘봐.

문 신	(효식에게 뼈 하나를 준다.)
효 식	(가슴뼈에 맞춰 놓으며) 여기, 가슴에 있던 거야.
문 신	할아버지가 편안히 누워 계신 걸 보니 나도 눕고 싶군.
효 식	나도 눕고 싶어. 아까 자네 뒤를 쫓아오느라 너무 힘이 들었어.
문 신	눕자구, 그럼.

문신과 효식, 할아버지 뼈를 사이에 두고 나란히 눕는다. 나비떼가 꽃핀 나무에 날아든다. 피아노 소리 들려온다.

문 신	저걸 보라구! 나비가 날아오는데!
효 식	꽃이 피어 있잖아.
문 신	그런데, 이게 무슨 나무야?
효 식	무슨 나무라니?
문 신	이름이 무슨 나무인데 이렇게 아름다운 꽃들이 피어 있는 거지?
효 식	이름이 뭔지는 몰라도 돼. 무슨 나무인지 몰라도 꽃은 피고, 나비는 날아오고…….
문 신	하긴 그렇군. 우리는 그 나무 아래 누워 있고…….
효 식	(침묵한다.)
문 신	자는 거야?
효 식	으음, 졸려…….
문 신	나도 졸리는데…….

나비들이 계속해서 꽃핀 나무를 향하여 날아온다. 문신과 효식은
잠이 든다. 하늘이 서서히 황혼으로 물드는 동안, 피아노 소리가 계

속된다.

제10장

꽃이 만발한 나무가 있는 곳. 밤. 별들이 총총하게 밤하늘을 수놓고 있고, 나무의 꽃들이 야광처럼 빛을 낸다. 나무 밑에서 흐느끼는 울음소리가 들린다. 문신, 잠을 깨고 일어나 앉는다.

문 신 자네, 우는가? 효식이 자네가 울고 있군?

영 자 (앉아서 흐느껴 울며) 나예요…….

문 신 어, 거기 효식이가 있었는데? (할아버지 뼈를 확인하며) 할아버지 뼈는 그대로 있고…… (뼈를 돌아서 영자에게 간다.) 그런데 당신은 왜 여기에서 울고 있지?

영 자 (울음소리가 높아진다.)

문 신 왜 울어?

영 자 (물약이 가득 담긴 사발을 두 손으로 들어올린다.) 약을…… 약을…… 먹으려구요…….

문 신 무슨 약인데?

영 자 애 떨어지는…… 낙태약이죠.

문 신 뭐, 낙태약?

영 자 이 약을 마시면요, 애가 죽어서 나온대요.

문 신 도대체…… 이런 약은 어디서 구한 거야?

영 자 셋째 형님한테서요. 지난번 당신이 장대로 얻어맞고 왔던 날…… 옥수수밭으로 나를 끌고 갔었잖아요. 그날 셋째 형님이…… 당신 고함치는 소리를 들었나 봐요…….

당장 애를 지워 버려라, 그러면서 나를 야단치는 소리를
요…….

문 신 음…… 그땐 너무 화가 나서 그랬지. 얻어맞은 데가 굉장
히 아팠으니까……. 그 약사발 내려놔.

영 자 아무래도 마셔야 할까 봐요. 수백 번, 수천 번 생각도 해
보고…… 무악산에 가서 점도 쳐봤지만…… 당신 마음이
변하지 않으니깐 애는 낳을 수가 없겠어요…….

문 신 내 마음이 변했어!

영 자 (약사발을 입으로 가져 가며) 마실 거예요.

문 신 (다급하게 약사발을 빼앗는다.) 변했다잖아!

영 자 그 약, 이리 줘요. 죽어서 나올 아기…… 가장 아름다운
곳에나 묻어야죠.

문 신 (약사발을 땅에 엎어 버린다.) 내가 잘못했어! 사람이 살면 얼
마나 산다고, 태어나기도 전에 죽여? 길게 살아 봤자 백
년인데, 백 년을 다 사는 것도 아니고…… 효식이가 그러
는데, 옷을 입었다 벗었다 하는 정도라는 거야, 그게. 그
말을 들으니까 우습기도 하고 슬프기도 하고…… 어쨌든
당신이 약사발 들고 여기까지 오길 잘 했어. 내 마음 변한
줄도 모르고, 어디 아무 데서나 벌컥 마셔 버렸으면 정말
큰일났을 거야. 우리, 애 낳아서 잘 길러 보자구. 두고 봐.
나도 그 애를 친자식처럼 여길 테니까.

영 자 (잠시 그쳤던 울음을 다시 운다.)

문 신 내가 약속했는데 왜 또 울어?

영 자 당신이…… 당신이…… 고마워서요…….

문 신 울지마.

영 자 (더욱 흐느껴 운다.)

문 신 (영자를 꺼안고 등을 다독거리며) 죽인다고 해도 울고, 살린다고 해도 울고…… 그만 울어.

점쟁이 할멈, 땅 밑 구멍으로부터 머리를 불쑥 내민다.

할 멈 그만 울라면 그만 좀 울어!

문 신 누구…… 누구요?

할 멈 나지, 누구야!

점쟁이 할멈, 구멍 속에서 기어나온다. 할멈은 치마를 벗더니 쭈그리고 앉는다.

문 신 거기서 뭘 하는 겁니까?

영 자 똥 눠!

문 신 똥을요……?

할 멈 저 무악산에서 내려다보니까 여기가 제일 경치 좋잖아! 그래서 옮겨 왔지. 지금부터는 여기가 나 있을 곳이니깐 그런 줄 알아! (배에 힘을 주며) 끄응, 끙…… 애 낳기만큼이나 힘드네! (벗은 치마를 문신에게 휙 던져 준다.) 그 뼈 싸가지고 얼른 가! 여긴 내 자리야!

문신과 영자, 할멈의 치마에 뼈를 싸서 들고 간다. 할멈은 쭈그리고 앉은 채 힘을 준다. 피아노, 연주한다.

제11장

문열의 집. 아침. 가족들이 마당에 모여서 할아버지 장례를 준비하고 있다. 남자들은 검정색 양복을 입고, 팔에는 삼베로 만든 완장을 둘렀다. 여자들은 옷차림이 각기 다르다. 문열의 처는 삼베 치마 저고리를, 문수의 처는 검정색 치마 저고리를, 문재의 처는 하얀색 치마 저고리를, 영자는 자루처럼 펑퍼짐한 검정색 원피스를 입었다. 문열은 기다란 천과 대나무로 만장을 만드는 중이고, 문수와 문재는 상여 대신 들고 나갈 가마 곁에서 난처한 표정을 짓고 있다.

문 재   형님, 어찌 좀 어색한데요…….

문 수   글쎄다…….

문 재   장례식날 상여가 아니고 가마라니…….

문 열   가마가 어때서 그러냐? 옛날에 돌아가신 우리 할아버지가 지금 또 돌아가신 것도 아닌데, 두 번씩이나 장례를 치를 수는 없잖냐. 그냥 잠깐 무덤 밖으로 구경 나오신 분을, 우리가 가마로 모셔다 드리는 게 좋을 듯싶다.

문 재   하지만 뭔가…….

세 형의 처들   우리도 그래요. "아이고– 아이고–" 곡을 해야 하는 건지, 말아야 하는 건지, 갈피를 못 잡겠어요.

문열, 심각하게 생각하는 표정으로 앉아 담배를 피운다.

문 열   내가 담배 피우면서 곰곰이 생각해 봤는데…… 이런 문제는 직접 할아버지께 여쭤 보는 게 낫겠다. (담뱃불을 끄고 가마 앞에 다가가서 공손히 묻는다.) 어찌하면 좋겠습니까, 할아버님? 상여 타고 싶으시거든 그렇다 대답해 주시옵고, 가마 타고 싶으시거든 아무 말씀 안 하셔도 좋습니다. (가마에 잠시 귀를 기울인다.) 아무 말씀 없으시군. 가마가 좋으신 모양이야.

문수 처 그럼 아주버님, 곡은 어찌해야 할지 여쭤 봐 주세요.

문 열 (가마를 향해 다시 묻는다.) 저희가 이런 일은 처음이니까 자꾸만 여쭤 봅니다. 지금이 할아버님 돌아가신 때라면 할아버님 마음도 슬프고 저희도 슬퍼서 반드시 곡을 해야 옳겠지요. 하지만 지금은 그게 아니옵고, 오랫동안 남의 집 신세를 지셨다가 이제야 본집으로 들어가시는데, 할아버님 마음이 얼마나 기쁘시겠습니까! 그런데 저희가 "아이고— 아이고—" 슬피 울면서 뒤따라간다는 건 이치에도 안 맞고 예의에도 안 맞는 듯합니다. 할아버님 생각은 어떠십니까? (가마에 귀를 대고, 고개를 끄덕인다.) 아…… 네, 네…… 그렇게 하지요.

문열 처 뭐라고 말씀하세요?

문 열 슬픈 날도 아닌데, 억지로 울지는 말라는 거야.

문수 처 역시 우리 할아버지시네!

문 재 형님도 참! 내가 물어 봐야겠습니다.

문 열 (가마 앞을 비켜 주며) 그래라, 너도.

문 재 (가마 앞으로 다가가서 묻는다.) 할아버지, 제가 다른 재주는 없어도 노래 하나는 제법 부를 줄 압니다. (솔발—놋쇠로 만든 작은 종—을 흔들며 만가 한가락을 부른다.) "북망산이 어디메냐. 대문 밖이 북망산이로구나." 어떠신지요? 제가 만가를 부르면서 모셔다 드렸으면 하는데요?

문재 처 여보, 그러지 말아요! "아이고— 아이고—"도 싫다 하시는데, 할아버지가 그런 청승맞은 노래를 좋아하시겠어요?

문열 처   그건 자네 말이 맞네. 괜히 슬픈 체 말고 모셔다 드리세.

문재 처   고마워요, 형님.

문열 처   뭐가……?

문재 처   형님이 제 말을 칭찬해 주실 때도 있어서요!

문 신   (몸이 무거워 앉아 있는 영자를 부축해서 세우며) 일어나 봐. 할아버지 가마 곧 떠나.

문재 처   따라올 것 없어, 막내동서는.

영 자   네……?

문재 처   자네 뱃속 아기가 자기 집안 씨라면서, 최씨 영감이 동네 방네 떠들고 다녔어.

문열 처   저 방정맞은 입!

문재 처   난 창피해서 자네와 함께 못 가!

문 열   잠깐만, 내가 할아버지께 여쭤 봐야겠군. (가마 앞으로 가서 묻는다.) 문신이네는 어떻게 할까요? 할아버님과 함께 가자고 했다간 거북이 걸음만큼이나 느릴 텐데요? (잠시 귀를 기울인다.) 알겠습니다. 애나 낳고 오라고 그러지요!

문 수   그 말씀은 나도 분명히 들었어요!

문 재   나도 들었습니다! (문신에게) 지난번 무악산에 갔던 꼴 된다고 따라올 것 없네.

문 신   (가마를 향해 허리 굽혀 절을 한다.) 저도 들었습니다. 내년 할아버지 제삿날, 애와 함께 찾아뵙죠.

문열, 만장을 치켜 든다. 문수가 가마의 앞에 달린 어깨끈을 둘러매고, 문재는 가마 뒤 어깨끈을 둘러맨다. 문열 처, 문수 처, 문재 처가 가마 뒤쪽에 일렬로 늘어선다.

문 열 할아버님, 그럼 떠납니다. 할아버님 생전에 사시던 곳을 둘러보고 가시도록, 월출리를 한바퀴 돌아갑니다. 하지만 상전벽해(桑田碧海)라고 뽕밭이 바다가 될 만큼 많이 변했습니다. 예전 옹기장터에는 주유소가 들어섰고, 억새풀 우거지던 언덕이 지금은 매운탕집, 횟집이 늘어선 나루터가 되었지요. 길도 많이 달라졌고 사람도 많이 바뀌었습니다. 구경하며 가시다가 궁금한 게 있으시거든 물어 보십시오. 성심성의껏 아는 대로는 대답해 올리겠습니다.

문재, 솔발을 흔든다. 가마의 행렬이 움직인다. 그 행렬은 길을 따라 멀어진다. 피아노 소리, 멀어지는 솔발 흔드는 소리와 엇바뀌듯이 들려온다.

제12장

호수. 낮. 문신과 영자가 탄 나룻배, 물 위를 지나간다. 뱃머리 쪽에는 문신이 앉아 있고, 가운데에는 양산을 펼쳐 든 영자가 고개 숙인 채 앉아 있다. 뱃사공, 노를 저으며 문신에게 묻는다.

사 공 기차표는 끊어 놨었는가?

문 신 아니. 역에 가서 끊어야지.

사 공 서울 가는 기차는 멀었네.

문 신 몇 시에 있는데?

사 공 저녁 여섯시.

문 신 (손목시계를 본다.) 아직 시간이 많이 남았군. (고개 숙인 영자에게) 얼굴 들어, 당신. 사람들이 수군대는 건 당신을 몰라서 그래.

사 공 자넨 내 배를 안 탄다면서 왜 탔는가?

문 신 난 먼 길을 돌아가려 했지. 그런데 영자가 타자는 거야.

영 자 읍내를 보고 가려구요, 다시 한번요.

사 공 잘 했습니다, 영자씨.

영 자 밤인데도 이상하게 물 밑이 훤히 보였거든요. 혹시 내가 꿈을 꾼 건 아닐까요?

사 공 꿈은 아니지요.

문 신 나는 못 봤어. 물 밑이 어둡기만 하고, 아무것도 안 보였어.

사 공 자넨 그때 눈을 감고 있었지.

문 신 난 눈 뜨고 있었는데?

사 공 눈 뜬 사람에겐 다 보여. 지금은 낮이니깐 밤보다는 더 잘 보일걸.

문신과 영자, 뱃전에 몸을 기울이고 물 밑을 바라본다.

사 공 자네, 내 술병을 물 속에 던진 건 기억 나나?

문 신 지난번 왔을 때 그랬지.

사 공 효식이가 따라온다고 하면서, 내 술병을 던졌었네. (나룻배를 잠시 멈춘다.) 저기, 술병이 있네. 포푸라 나뭇가지 위에 파란색 술병이 걸려 있는 게 보이지?

영 자 (먼저 술병을 발견하고) 보여요!

문 신 어디……?

영 자 (손가락으로 물 속을 가리키며) 저기, 저기 있잖아요!

문 신	있군! 술병이 꼭 무슨 새마냥 나무 위에 앉아 있어!
영 자	물고기도 있어요! 물고기떼가 나무 사이로 헤엄쳐 다녀요!
사 공	(노를 젓는다.) 지금 우리는 포푸라 가로수를 따라가고 있네.
문 신	그럼 여기가 읍내 가는 길인가?
사 공	그렇지. 옛날엔 월출리에서 읍내로 가려면 이 길밖에 없었어. 난 미연이 피아노 치는 소리를 들으려고 이 길을 자주 다녔고, 자네는 영자씨와 효식이와 영화 구경하러 자주 다녔지.
문 신	나하고 영자만 다닌 거야. 효식이는 그냥 덤으로 따라다닌 거고.
영 자	아니에요. 가끔씩은 당신이 덩달아 따라왔어요.
문 신	(웃으며) 그랬었나, 내가?
영 자	(따라 웃는다.) 그랬었죠.

뱃사공, 천천히 노를 저어 간다.

문 신	저기 좀 봐! 가로수 밑에서 누군가가 손을 흔들어!
영 자	효식씨예요. 효식씨가 우릴 향해 손을 흔들어요.
문 신	저 친구, 이제는 옷을 벗어 흔드는군! (물 밑을 향해 외친다.) 잘 있어! 잘 있으라구!
영 자	(물 밑을 향해 손을 흔든다.) 안녕히, 잘 있어요!
문 신	그런데 왜…… 효식이가 저 물 밑에 있지?
사 공	하늘 위에 있으니깐 물 속에 있지.
문 신	(고개를 들어 하늘을 쳐다보며) 하늘 위에……?

사 공 저 하늘 위에 있는 건 모두 물 속에 있네.

문 신 (하늘과 물을 번갈아 바라본다.) 그렇군. 구름도 물 속에 있고, 해도 물 속에 있어…… 그럼 방금 효식이가 저 위에서, 밑에 있는 우리에게 손을 흔들었단 말인가…….

뱃사공, 노젓기를 멈추고 갑판 밑에서 술병을 꺼낸다.

사 공 문신이, 한잔 할 텐가?

문 신 좋지!

사 공 이 술병은 저 물 속에 있는 술병과 똑같은 걸세.

문 신 술은 지난번 마셨던 그 술인가?

사 공 바로 그 술이네. (술잔 두 개를 꺼내 문신과 영자에게 내밀며) 영자씨도 받아요.

영 자 네, 한 잔만요.

문 신 배 속의 아기 몫까지 두 잔 마셔.

뱃사공, 문신과 영자에게 술을 따라 준다. 그들은 음미하듯 술을 마신다.

문 신 술맛이 진짜 황홀하군! (사공에게 잔을 건네주고 술을 따르며) 자네도 한 잔 받게!

사 공 밤엔 더 황홀하네. 하늘에도 달, 물에도 달, 술잔에도 달…….

문 신 아아, 말 안 해도 알겠네!

사 공 자넨 아직 모를걸?

문 신 나도 이젠 안다니까!

사 공	(웃으며) 안다니 잘 됐군!

사공, 잠시 귀를 기울인다. 피아노 소리가 들려온다.

사 공	가만, 가만…… 들리지?
문 신	음, 들려.
사 공	미연이가 오늘은 굉장히 기분 좋은 모양인데.
문 신	어떻게 알아, 기분 좋은 줄은?
사 공	저 피아노 소리를 들어 보면 아네. 수면 위의 물결이 부드럽게 잔잔하고…… 미연이가 기분 나쁜 날은 아무렇게나 피아노를 치니깐, 출렁출렁 물결이 사나워져.
영 자	저 곡은 미연이가 참 좋아했었죠.
사 공	나도 좋아했어요. 언젠가 한번은 우체국에 가서 등기우편을 보냈었습니다.
문 신	누구에게……?
사 공	누구기는, 미연이한테지.
영 자	신청곡을 써서 보냈었군요?
사 공	네. 지금 들려오는 저 곡을 쳐달라구요.
문 신	그랬더니 쳐주던가?
사 공	그럼. 오직 나를 위해서.
문 신	자넨 참 행복하였겠네.
사 공	난 우체국 의자에 앉아서 들었었네. 열린 창문으로는 양조장 지붕방이 바라보이고…… (물 밑을 가리키며) 저 물 밑의 양조장을 바라보게. 지금도 지붕방 창문엔 하늘의 구름 같은 커텐이 흔들거리고 있네.
영 자	읍내가…… 조용하군요.

문 신	새 영화가 들어온 모양이야. 영화관에만 사람들이 몰려 있어. 모두들 숨을 죽이고 잔뜩 긴장한 모습이, 무슨 탐정 영화를 보는 것 같아.
영 자	난 탐정영화는 무서워서 싫더라…….
문 신	무섭다면서 효식이 손을 꼭 잡고 있군.
영 자	당신 손이에요.
문 신	음, 그런가…….
사 공	영화관 간판은 잉그리드 버그만인데?
문 신	간판은 그렇게 붙여 놓고 다른 영화를 상영할 때가 있거든.
사 공	영화관 옆 이발소 주인은 낮잠을 자고 있네. 저 양반은 언제나 내 머리를 짧게 깎았어.
문 신	하하, 내 머리도 짧게 깎았지! 저 양반은 우리가 항상 어린애인 줄 아는 거야. 내가 다 자란 어른이 되어서 이발소 앞을 지나가는데, 저 양반이 험악하게 가위를 들고 나오더니, "문신아, 문신아." 내 이름을 불러대잖아. 난 뒤도 안 돌아보고 도망갔어! 그런데 오늘은 자고 있군. 면도용 비누는 물에 녹아 거품이 일어나고…… 한가로운 물고기가 거울 앞에서 담배 피우듯 입모양을 뻐끔뻐끔거려…….
사 공	(노를 저으며) 이젠 서서히 가볼까…….
문 신	아니, 잠깐만.
사 공	(노를 멈춘다.) 왜……?
문 신	여기에서 보니깐 세상이 다 보여. 하늘 위도 보이고, 물 아래도 보이고…… 그리고 또 저기 땅에는 고목나무…… 우리 할아버지 뼈가 매달렸던 고목나무도 보이고…… 또 꽃들이 활짝 핀 나무도 보이고…….

사 공   자네 할아버지, 가마 타고 저기 가시네.

문 신   우리 할아버지는 무덤 속으로 옷 입으러 가시는 거야.

피아노 소리, 점점 뚜렷하게 들려온다. 그 소리와 함께 호수를 둘러싼 크고 작은 신들의 모습이 선명해진다. 임산부의 둥그런 배와 같은 산들, 그 산기슭마다 봉긋봉긋한 무덤들이 겹겹으로 늘어서 있는데, 그 내부가 투명하게 보인다. 살을 벗은 뼈들은 누워 있고, 살을 입은 뼈들은 마치 자궁 속의 아기 같은 자세를 취하고 있다.

문 신   그리고 보니깐 봉긋봉긋한 무덤들이 꼭 우리 마누라 배속 같군. 어떤가, 자네 눈에도 보이는가? 수천, 수만의 뼈들이 살을 벗고 살을 입네!

사 공   이제 겨우 눈을 떴나 보군!

뱃사공, 빙그레 웃으면서 노를 젓는다. 문신과 영자를 태운 나룻배는 물 위를 지나간다. 호수를 둘러싼 크고 작은 산들의 모습이 수면 위에 겹쳐 보인다. 무덤들의 내부는 더욱더 선명해진다. 피아노 소리, 한동안 계속된다. 막이 내린다.

— 막.

느낌, 극락(極樂)같은

· **등장인물**
　함묘진
　함이정
　동연
　서연
　조승인

· **시간**
　현대

· **장소**
　불상 제작가 함묘진의 집, 마당, 들판

· **공연을 위한 작가 노트**
　함묘진의 연령은 60대이다. 불상 제작가로서 명성을 얻은 그는 대단히 자부심이 강한 인물이다. 그러나 노년에 이르러 불상 만드는 솜씨가 예전만 못하고, 건강했던 육신마저 하반신 마비 때문에 의기소침해 있다.
　동연과 서연은 함묘진의 제자로서 둘 다 30대 초반이다. 동연은 스승보다 더 탁월한 재능을 인정받고 싶은 욕망을 갖고 있다. 그의 얼굴은 윤곽이 뚜렷하고 체격은 단단한 근육질형이다. 서연은 동연에 비해 평범한 모습이지만 사려 깊은 심성을 가졌다.
　함이정은 함묘진의 무남독녀이다. 그녀는 20대 중반이며, 우아한 용모를 가진 매력적인 여성이다. 조승인은 동연과 함이정 사이에서 태어난 아들이다. 그는 출생 이전부터 이 연극에 등장해서 유아 시절, 소년 시절, 청년 시절을 거치게 되는데, 20대 청년의 모습으로 그 과정 전체를 연기한다. 물론 다른 인물들 역시 마찬가지이다. 수십 년의 시간 경과를 각자 정해진 연령 상태대로 연기해야 한다.
　동연과 서연이 수평적인 관계라면, 함묘진과 함이정과 조승인은 수직적인 관계이다. 수평과 수직의 중심점에 함이정이 있고, 좌우에 동연과 서연이 있으며, 위에는 함묘진, 밑에는 조숭인이 있다.

수평의 양쪽 동연과 서연은, 각자 형태와 내용을 주장하는 인물이란 점에서 양분화되어 있다. 그리고 바로 이러한 양분화는 너무 선명하고 단순하게 보일 우려가 없지 않다. 함묘진과 함이정과 조숭인의 수직적 배열은 양분화를 통합하는 역할을 맡고 있다. 조숭인은 태어나기 전부터 등장하고, 함묘진은 죽은 다음에도 등장한다. 이것 역시 수평적인 인물에 있어서도 상호 균형이 중요하기 때문이다.

지문(指文)은 소극장에서의 공연과 대극장에서의 공연 두 경우로 나눠 표기하였다. 먼저 표기된 것이 소극장 공연인데, 미륵보살반가상을 비롯한 불상들은 실물을 사용한다. 나중 표기에는 대극장 공연으로서 모든 불상들은 배우들(코러스)로 대체한다. 불상들을 표현하는 코러스는 마임과 춤이 필요하며, 코러스의 수효에 대해서는 무대 공간에 따라 적절히 가감한다.

막이 오른다. 깊은 밤. 하늘의 반짝이는 별들. 보름달. 구름. 들판의 천막. 좌우 양쪽에 놓인 촛대에서 타오르는 촛불. 촛대 뒤에는 서연의 시신이 안치된 검소한 목관(木棺)이 놓여 있다. 소복을 입은 함이정, 다소곳이 앉아 있다. 바람소리, 풀벌레 울음 소리…… 조숭인이 들어온다.

조숭인	저예요, 어머니. 숭인이가 왔습니다.
함이정	(일어나 반갑게 조숭인을 맞이하며) 어서 오렴!
조숭인	(관 앞으로 가서 두 번 절한다.)
함이정	숭인아, 오늘 밤 네가 꼭 올 것 같더라.

조숭인 (관을 바라보며) 이분이 저의 정신적 아버지셨죠.

함이정 음…… 그동안 넌 어른이 다 됐구나.

조숭인 제 육신의 아버지가 저를 보내셨어요. 장례 비용에 쓰시라고 두툼한 봉투를 주시더군요. (조의금 봉투를 꺼내 함이정에게 내민다.) 받으세요, 어머니.

함이정 (잠시 머뭇거리다가 조의금 봉투를 받는다.) 고맙다. 하지만 장례는 걱정없어. 오늘까지 사흘째, 밤샘이 끝나면 내일은 화장(火葬)을 할 거고…… 그분이 여기 들판에 뿌려 달랬어. 마을에는 친절하신 분들이 많아. 촛대, 향로, 그리고 이 천막도 빌려 줬다. (무엇인가 재미있다는 듯 얼굴에 웃음이 떠오른다.) 어제는 송덕사 스님들이 오셨지. 그런데…… 우습더라. 그분 살아 계실 땐 미치광이라고 싫어하던 스님들이, 어찌나 열심히 목탁 치고 염불을 외우시는지…… 마치 그분을 어디론가 멀리 쫓아내듯 하더구나.

조숭인 (함이정의 웃는 얼굴을 바라보다가 묻는다.) 어머넌 행복하세요?

함이정 왜……?

조숭인 슬픈 얼굴이 아니어서요.

함이정 응, 난 행복해.

조숭인 저는 괴롭습니다.

함이정 아직도 괴로워?

조숭인 네.

함이정 저런, 안됐구나…….

조숭인 제 마음속엔 여전히 두 분의 아버지가 다투고 있거든요.

함이정 숭인아…… 내 아들아…….

조숭인 두 분 아버지의 다툼 때문에 저는 상처를 입고…… 언제나 괴로워하죠.

함이정 너한테도 반드시 행복한 때가 올 거야. 네 속에서 다투는 두 분의 싸움이 끝나고 극락이 되는…….

조숭인 제 육신의 아버지는 지금도 어머니를 용서 안 해요. 어머니가 집을 나가신 후에, 아버지는 분노에 떨면서 이렇게 말씀하셨죠. "네 에미는 그놈에게 갔다! 나하고 결혼해 살면서도 서연이라는 그놈을 그리워하고 있었어!" 그리고는 이런 말씀도 하셨어요. "넌 이상한 놈이다! 육신은 나를 닮았는데, 생각하는 건 꼭 그놈을 닮았어!" 저는…… 그런 말이 듣기 싫었어요. 이 세상의 그 어떤 욕설보다 더 듣기 싫었고…… 그러면서도 저는 듣기 좋았습니다. 이 세상의 어떤 칭찬보다 그분을 닮았다는 소리가 듣기 좋았죠. (무릎걸음으로 목관에 다가가서 어루만진다.) 제 정신의 아버지를 만나 뵙고 싶었어요. 아버지가, 육신의 아버지가 그토록 미워하던 분을 만나보고 싶었는데…… 유감이군요. 이제는 살아 계시지 않으니…….

함이정 그분의 느낌은 살아있어.

조숭인 느낌이라면…… 기억 같은 것인가요?

함이정 이상하게 들려도 웃지는 마라. 저기 들판의 뒹구는 돌들을 봐도 그분이 느껴지고…… 흐르는 물, 들려오는 바람소리, 난 뭐든지 그분이 살아있는 느낌을 느껴. (얼굴을 붉히고 웃으며) 너한테는 웃지 말라 해놓고 난 웃는구나. 그래, 너도 웃어라.

조숭인 (슬며시 웃는다.) 어머닌 그분을 각별히 사랑하셨죠. 그래서 돌아가신 후에도 그분이 살아 계신다고 말씀하시는 것 같군요.

함이정 숭인아, 알고 있지? 난 두 분 모두 사랑했어.

조숭인   그건 알아요, 어머니.

함이정   그리고, 나는 너를 무척 사랑했다.

조숭인   안다니까요.

함이정   처녀 때 난 생각했었지. 영리하고 듬직한 아들 하나 있으
         면 얼마나 좋을까…… 기쁜 일 슬픈 일 뭐든지 의논할 수
         있는 내 아들…… 그러다가 너를 느꼈고…… 네 느낌과
         이야기하길 즐겼다. 사람들은 나 혼자 중얼중얼거린다고
         괴상하게 보더라. 사실은 너와 나, 둘이서 함께 말하고 있
         었는데…….

조숭인   처음부터 다시 이야기해 주세요, 어머니.

함이정   처음부터……?

조숭인   네. 제가 태어나기 전, 어머니의 처녀 시절부터요. 그때
         두 분 아버지의 관계는 어땠죠?

함이정   그땐 좋았다. 두 분 다 우리 집에서 가족처럼 살면서, 울
         아버님한테 불상 제작을 배우는 제자였지. 그런데 어느
         날, 스승인 아버님이 불상 제작장에 가보니까 두 제자들
         이 자릴 비우고 없었어. 몹시 화가 난 아버님은 집 안으로
         들어와 제자들의 이름을 부르셨지. "동연아! 서연아!" 아
         버님 목소리가 어찌나 쩌렁쩌렁 울렸는지, 천 리 밖까지
         들릴 것 같더라.

         조명, 밝게 변화한다. 한가운데 펼쳐 있던 천막이 접혀지면서 무대
         천장 위로 올라간다. 함묘진의 집. 함묘진이 성난 모습으로 등장한
         다. 함이정과 조숭인은 서연이 관, 촛대, 향로 등을 무대 밖으로 갖
         고 나간다.

함묘진   동연아! 서연아! 어디 있느냐?

함이정   (무대 밖에서) 여긴 없어요, 아버지.

함묘진   여기 집 안에도 없다……?

함이정   (무대 밖에서) 내가 나가서 찾아올까요?

함묘진   넌 가만 있거라. (다시 외쳐 부른다.) 동연아! 서연아!

상복을 벗고 밝은 색으로 입은 함이정과 조숭인, 무대 안으로 나온다.

조숭인   할아버지 목청은 왜 저렇게 커요?

함이정   귀머거리도 들을 정도야. 그치?

함묘진   동연아! 서연아!

동연과 서연, 등장한다. 그들은 당황한 모습으로 함묘진 앞에 선다.

동연, 서연   부르셨습니까?

함묘진   작업장엔 너희들이 없더구나!

동 연   죄송합니다. 잠깐 밖에 나가 있었습니다.

함묘진   밖에는 왜?

동 연   말다툼 때문에…… 서로 의견이 달라서요.

함묘진   말다툼?

동 연   네.

함묘진   서연아, 네가 다툰 이유를 말해 봐라.

서 연   송구스럽습니다…….

함묘진   너흰 생각도 행동도 똑같았다. 그런 너희들이 말다툼을
하다니, 도대체 다르다면 뭐가 달랐더냐?

서 연   동연은 부처의 모습을 만들면, 그 모습 속에 부처의 마음

도 있다고 했습니다.

함묘진 그런데, 너는?

서 연 그런데 저는… 부처의 모습을 만들어도, 부처의 마음이
그 안에 없다면 무슨 소용이 있겠는가 했습니다.

동 연 사부님, 서연을 꾸짖어 주십시오. 서연은 쓸데없는 주장
으로 저를 괴롭힙니다.

함묘진 너희 둘 다 만들던 불상을 가져 와라!

동연과 서연, 불상을 가져 오려고 나간다. 함이정이 함묘진에게 다
가온다.

함이정 아버지, 부탁이에요.

함묘진 뭐냐?

함이정 서연 오빠를 너무 꾸짖지 마세요.

함묘진 네가 나설 일이 아니다.

함이정 요즘 뭔가 큰 고민이 있나 봐요. 동연 오빠는 밥도 잘 먹
고 잠도 잘 자는데, 서연 오빠 그렇지 못하거든요,

함묘진 어찌 넌 그 모양이냐? 다 큰 처녀가 동연 오빠, 서연 오빠
하면서 졸졸 따라다니질 않나, 셋이 함께 손 잡고서 노래
도 하고…… 그런 시절은 끝났다. 오빠 동생하며 함께 노
는 시절은 지났어. 내 말 알아듣겠냐?

함이정 그럼 어떤 시절이에요, 지금은요?

함묘진 지금은 오빠들이 남자가 되고, 동생이 여자가 되는 때다.
동연이와 서연이를 봐라. 그 둘이 서로 말다툼을 한다는
건 남자가 되었다는 증거야. 그들은 이제 너를 두고 싸울
거다. 여자가 된 너를 차지하기 위해 싸움을 벌릴 거라구.

함이정　설마, 아버지…….

함묘진　조심해! 이젠 셋이 함께 놀아서는 안 된다!

함이정　난 동연 오빠도 좋고, 서연 오빠도 좋아요. 오빠들도 나를 좋아하구요. 평생 우린 셋이서 함께 살 거예요.

함묘진　셋이 함께 산다고? 어떻게?

함이정　오빠처럼 동생처럼요.

함묘진　넌 결혼 안 할 거냐? 결혼 안 하면 남편이 없다!

함이정　남편은 필요없어요.

함묘진　남편이 없으면 자식도 없어!

함이정　그건 걱정 마세요, 아버지. 영리하고 든든한 아들 하나 있다는 느낌이면 됐죠.

함묘진　뭐…… 느낌?

함이정　네. 난 이미 이름까지 지어 줬어요. (조숭인 곁으로 물러서며) 빼어날 숭(崇)자에, 어질 인(仁)자, 숭인이에요.

함묘진　너, 그 버릇 고쳐라! 공상하는 그 버릇을 고쳐!

동연과 서연, 각자가 만든 불상을 들고 온다. 똑같은 크기와 형태의 미륵보살반가상이다. 함묘진, 제자들이 만든 불상들을 살펴보더니 감탄한다. 동연과 서연, 각자 불상의 좌대(座臺)를 들고 온다. 그 뒤를 따라 두 명의 코러스(여자)가 걸어온다. 동연과 서연이 양쪽에 좌대를 놓자 뒤따라온 그 둘은 반가좌사유상(半跏坐思惟像)의 자세를 취하고 앉는다.

함묘진　둘 다 참 잘 만들었구나!

동　연　미륵보살반가상입니다.

함묘진　그렇다. 미륵보살반가상은 불상 중에서도 가장 아름다운 불상이다. 동연아, 네가 먼저 이 불상의 특징에 대해 말해 봐라.

동 연 사부님은 저희에게, 미륵보살반가상의 특징은 완벽한 균형미에 있다고 가르치셨습니다. 우선 전체 무게를 지탱하는 하반신을 만들 때, 오른쪽 다리는 이렇게 수평이 되도록 뉘이고, 왼쪽 다린 아래로 수직이 되도록 내리라고 하셨습니다. 바로 이런 형태가, 수직과 수평의 절묘한 균형을 이루기 때문입니다.

함묘진 아주 명확한 대답이다! 서연아, 다음은 상반신에 대해 말하여라!

서 연 미륵보살반가상의 상반신은 두 손의 위치가 중요합니다. 오른손은 또 하나의 상승하는 수직이 되도록 얼굴을 향해 들어올려야 하고, 왼손은 그 반대로 하강하듯이 뉘인 다리의 발목을 향해 내려놓아야 합니다. 이렇게 해야만 하반신의 수직과 수평, 상반신의 상승과 하강이 서로 어우러져 불상 전체가 아름다운 균형미를 갖게 됩니다.

함묘진 너의 대답 역시 명확하다! 동연아, 서연아, 너희들은 벌써 완벽한 형태를 터득하였구나!

동 연 감사합니다, 사부님.

함이정 아버지는 칭찬에 인색하셔. 그런데 오늘은 두 오빠를 모두 칭찬하시는구나.

조숭인 하지만 두 분의 반응이 다른데요? 동연이란 분은 칭찬 듣고 좋아하는데, 서연이란 분은 침통한 표정이에요.

함묘진 서연아.

서 연 예, 사부님.

함묘진 어째서 너는 기뻐하질 않느냐?

서 연   (침묵한다.)

동 연   (서연을 향해) 어서 솔직히 말씀드려.

서 연   외람된 말씀입니다만…… 저는 이제 사부님의 칭찬을 들
         을 만큼 형태는 잘 만들게 되었습니다. 하지만…… 제가
         만든 불상은 그저 부처의 모습일 뿐, 부처의 마음은 아닙
         니다.

함묘진   그러니까 네 말은 뭐냐? 네가 만든 불상에는 부처의 마음
         이 없다, 그 뜻이냐?

서 연   네. 제 고민은 그것입니다.

동 연   서연을 야단쳐 주십시오, 사부님. 부처의 모습 속에 부처
         의 마음이 없다니, 그게 무슨 해괴망칙한 소리입니까?

함묘진   (손을 들어 동연의 항의를 제지시키며) 가만 있거라, 너는. (서연
         에게) 네 말을 좀더 들어 보자. 여기 두 개의 불상이 있다.
         하나는 네가 만든 것, 다른 하나는 동연이가 만든 것이다.
         그런데 너는 네가 만든 불상에 대해서 말하기를, 부처의
         형태일 뿐 부처의 마음은 없다고 했다. 그 까닭이 뭐냐?

서 연   저는 부처의 마음을 알지 못합니다. 그 마음을 알지 못한
         채 형태만 만들었으니, 그건 무엇일까요…….

함묘진   그렇다면 동연의 불상에 대해서는? 동연이가 만든 불상
         에는 부처의 마음이 있느냐? 없느냐?

서 연   (침묵한다.)

함묘진   대답하라!

서 연   동연의 불상은 감탄할 만큼 잘 만들었습니다. 그러
         나…….

함묘진   그러니까 동연의 불상 역시 형태뿐이다, 그것이냐?

서 연   네. 부처의 마음은 느껴지지 않습니다.

동 연   부처의 마음이 없다, 내가 만든 불상에? 여봐, 서연이! 그
런 모욕적인 말을 함부로 해도 되는 건가? (함묘진에게) 제
생각은 다릅니다. 부처의 형태를 미숙하게 만들면 그 속
엔 부처의 마음이 없겠지요. 그러나 부처의 형태를 완벽
하게 만들면, 반드시 그 완벽한 형태 속에는 부처의 마음
도 있기 마련입니다. 서연은 미숙합니다. 아직 만드는 솜
씨가 미숙하기 때문에 어리석은 생각으로 자기자신을 괴
롭히고, 동료인 저를 괴롭히며, 스승인 사부님의 심기마
저 어지럽히는 것입니다. 어서 서연을 꾸짖어 주십시오!
완벽한 솜씨를 터득하는 데 진력하라고, 열심히 공부나
하도록 야단쳐 주십시오!

함묘진   나는 너희에게 불상 제작을 가르치는 선생이다! 이 세상
에 나만큼 불상의 형태에 대해 잘 아는 자는 없다! 하지
만 마음은 모르겠다. 서연아, 부처의 마음을 알려거든 다
른 자에게 물어라!

함묘진, 불편한 심기를 나타내며 퇴장한다. 그의 왼쪽 다리에 갑작
스런 경련이 일어난다. 동연, 함묘진을 부축해서 나간다. 무대조명,
변화한다. 함묘진의 집과 불상 제작장 사이에 있는 마당. 여러 형태
의 불상들이 전시되어 있다. 코러스, 불상(佛像), 보살상(菩薩像), 나
한상(羅漢像). 신장상(神將像) 등의 자세를 취하고 있다. 조숭인, 불
상들을 살펴본다.

조숭인   여러 가지 불상들이 참 많군요.
함이정   각기 형태에 따라 이름도 다르단다. 가르쳐 줄까?
조숭인   아뇨, 이름은 나중에 알게 되겠죠.

| 함이정 | 아버지가 나를 보면 또 혼자서 중얼거리는 줄 아시겠다. 사실은 너와 둘이서 이야기하는 건데…….

| 조숭인 | 그런데 저기 마당 옆의 살구나무 좀 봐요. 저렇게 많이 열린 살구들…… 익으면 누가 따서 먹을까…….

| 함이정 | 오늘은 스님들이 오시는 날이야.

| 조숭인 | 동연이란 분도 먹고, 서연이란 분도 먹겠죠?

| 함이정 | 보현사 주지스님, 월계사 방장스님, 그리고 백운사 스님들도 오셔.

| 조숭인 | 왜요? 아직 안 익어서 시디실 텐데, 살구 따서 잡수시려고 오시는 거예요?

| 함이정 | (웃으며) 설마 신 살구 잡수시려 오실까…….

| 조숭인 | 그럼 왜 오시죠?

| 함이정 | 완성된 불상들을 보시려고, 절을 새로 짓거나 늘려 지으면 불상이 필요하잖아. 스님들은 까다로워. 워낙 보는 눈이 높으시니까 웬만한 불상은 쳐다보지도 않으셔. 하지만 마음에 들면 후한 값을 주고 사가시지. 절 한 채 값보다 더 비싼 불상도 있고, 무척 잘 만든 불상은 절 열 채 값도 넘어.

| 조숭인 | 절 열 채 값이라…… 굉장하군요! (다시 한번 불상들을 둘러보며) 저는 그 정도인 줄은 몰랐어요. (불상들 중에 있는 미륵보살반가상을 가리키며) 여기 보세요, 어머니. 아주 잘 만들었다고 칭찬받은 불상이 있어요.

| 함이정 | 그래, 그건 동연 오빠가 만든 거야.

| 조숭인 | 또 하나는 어디 있죠?

| 함이정 | 서연 오빠 내놓지 않았어. 동연 오빠 미륵보살반가상 말고는 여기 있는 불상들은 모두 아버지가 만드셨지.

조숭인 하지만 이상하군요. 스승의 불상들 속에 제자가 만든 걸 함께 놓다니…… 그것도 구석이 아니고, 한가운데 놨어요.

함이정 가운데가 가장 돋보이거든. 아버진 동연 오빠 불상을 스님들께 선보일 작정이셔. 스님은 고지식해서, 절대로 제자가 스승보다 낫다고 생각 안 해. 그래서 그런 생각을 바꾸려고, 제자의 잘 만든 작품을 스승의 작품들과 함께 놓은 거지.

조숭인 잠깐만요. 누군가 우리를 훔쳐보는 것 같아요.

함이정 누가 우리를……?

조숭인 그런 느낌이 들어요.

함이정 그렇구나. 저기 살구나무 뒤에 동연 오빠가 서 있어.

조숭인 이쪽으로 오고 있군요. 난 불상들 사이에 앉아 있겠어요.

조숭인, 불상들 사이에 앉더니 불상과 같은 흉내를 낸다. 동연, 함이정에게 다가온다.

동 연 궁금해서 왔어. 역시 눈에 띌 곳에 내 미륵보살반가상을 두었군.

함이정 아버지가 그렇게 하셨죠.

동 연 두고 봐. 내 불상은 반드시 팔릴 거야. 이왕이면 보현사 주지스님이 사가시는 게 좋겠어. 보현사는 돈이 많거든. 월계사, 백운사는 가난해. 첫 시작부터 절 한 채 값은 받아야지, 그 아래로 내려 받고 싶진 않아.

함이정 나도 동연 오빠 소원대로 됐으면 좋겠어요.

동 연 그리고 오늘은, 내 불상만 팔렸으면 좋겠어. 마치 구색을 맞추듯이 이것저것 사가면서 내 것도 끼워 가는 건 싫다구. (마당에 놓여 있는 다른 불상들을 둘러보며) 이런 말을 하는 건 안됐지만, 요즘 사부님 불상들은 뭔가 미흡해. 예전만큼 정교하지 않고, 완벽하지도 않아. 이젠 한계야. 은퇴하실 때가 된 거라구. 내 진짜 소원이 뭔지 알아? 사부님의 작업장을 물려받고, 너와 결혼하는 거야.

함이정 결혼을요……?

동 연 왜 그렇게 놀래?

함이정 오빠하고 결혼이라니, 당황해서요…….

동 연 대답해. 나하고 결혼하는 게 싫어?

함이정 글쎄요…….

동 연 (미륵보살반가상을 가리키며) 이걸 봐. 다른 불상들이 남성적이라면, 미륵보살반가상은 여성적이야. 갸름한 얼굴, 도톰한 가슴, 잘록한 허리…… 내가 너를 생각하며 만든 거야.

조숭인 가만 듣자니까 못 하는 소리가 없네. (입에 손을 모으고 외친다.) 저기, 스님들 와요! 돈 많은 보현사 스님도 오시고, 가난한 월계사, 백운사 스님들도 오세요!

함이정, 부끄러운 듯 얼굴을 두 손으로 감싸고 달아난다. 불상, 보살상, 나한상, 신장상 등 여러 형태들이 어우러져 마치 만다라를 연상시키는 춤을 춘다. 무대조명, 전환한다. 함묘진의 집. 저녁 무렵. 한줄기 빛이 의기소침하게 앉아 있는 함묘진을 비춘다. 행주치마를 두른 함이정이 바퀴 달린 이동식 식탁에 음식을 차려 운반해 온다.

함이정 저녁식사를 하셔야죠.

함묘진	식욕이 없다. 술이나 다오.
함이정	(숟가락으로 음식을 떠서 함묘진의 입에 대주며) 조금 잡수시는 시늉이라도 하세요. 그럼 술을 드릴게요.
함묘진	(억지로 받아 삼키며) 꼭 모래 씹는 맛이다…….
함이정	스님들은 어떤 불상을 택하셨어요?
함묘진	동연의 미륵보살반가상.
함이정	그렇군요. 아버지가 만든 불상은요?
함묘진	내가 만든 건 하나도 팔리지 않았다. 역시 보현사 주지스님 눈이 높더구나. 대번에 동연이가 만든 불상을 가리키면서, 군계일학 같은 명품이라 극찬했다. 그리고는 절 한 채 짓는 값을 내고 모셔 갔어.
함이정	동연 오빠는 기쁘겠어요.
함묘진	내가 더 기쁘더라. 스승이란 그런 거다. 자기보다 더 훌륭한 제자를 키워 놓는 것, 그게 더 기쁘고 보람있는 거야. (손을 내저어 숟가락을 물리치며) 이젠 먹기 싫다. 술을 다오.
함이정	아버지…….
함묘진	왜?
함이정	난 알아요.
함묘진	뭘 알아?
함이정	아버진 기쁘다고 말씀하시지만…… 섭섭하시죠?
함묘진	(침묵한다.)
함이정	동연 오빠는 아버지가 예전같지 않대요. 요즘 만드신 불상들을 보면…… 이젠 은퇴하실 때가 된 거래요. 그러면서 동연 오빠 자기가 아버지의 불상 제작상도 물려받고, 나와 결혼하고 싶다는군요.
함묘진	동연이 그놈…….

함이정	아버지, 난 결혼 안 할 거예요.
함묘진	아니야, 넌 해야 돼. 난 늙고 병들었어. 내 가업을 이을 후계자도 정해야 하고…… 나 죽기 전, 네가 낳은 손자도 보고 싶다. 동연이란 놈, 괜찮하지만 네 남편감이야. 그놈은 야망도 있고, 능력도 있어. (일어서는 동작이 부자연스럽다.) 난 내 방으로 들어가겠다. 술을 가져 와. 오늘 밤은 잔뜩 취해야 잠들 수 있겠구나.

함묘진, 지팡이를 짚고 다리를 질질 끌면서 퇴장한다. 함이정은 홀로 남는다. 그녀는 깊은 생각에 잠긴다. 조숭인, 들어온다.

조숭인	어머니, 뭘 그렇게 깊이 생각하세요?
함이정	(조숭인을 의식 못한다.)
조숭인	내가 온 것조차 모르시는군요.
함이정	응……?
조숭인	골몰히 생각하시는 게 뭐죠?
함이정	아니야, 아무것도…….
조숭인	어미니 얼굴이 아주 빨갛게 되던데요.
함이정	언제?
조숭인	아까 낮에요. 동연이란 분이 노골적으로 그랬잖아요. 갸름한 얼굴, 도톰한 가슴, 잘록한 허리…… 어머닌 황홀해지던 걸요.
함이정	내가 동연 오빠를 사랑하는 것 같든?
조숭인	글쎄요…… 하지만 그분이 어머닐 사랑하는 건 틀림없어요.
함이정	난 모르겠다, 아무리 생각해 봐도……. 동연 오빠, 서연

오빠, 나, 우린 셋이서 함께 놀고, 함께 자랐어. 그래서 우린 함께 사는 줄 알았다, 평생 동안……

조숭인 그래서 둘 다 남편으로요?

함이정 내 말은 남편이 아니라…… 그냥 가족처럼 사는 거야. 넌 이해 못 하겠어?

조숭인 어머니는 이쪽도 좋고 저쪽도 좋다, 그러니깐 한쪽만은 택할 수 없다, 그거예요?

함이정 그게 아냐. 내가 누구는 좋아하고, 누구는 싫어해야 한다면…… 난 그게 두렵구나…….

함묘진, 방에서 고함 지른다.

함묘진 (소리) 술을 다오, 술을!

조숭인 할아버지가 소릴 질러요.

함묘진 (소리) 술 가져 온다더니 잊었느냐?

함이정 네, 아버지! 지금 가져 가요!

함이정, 운반용 식탁을 밀며 나간다. 무대조명, 변화한다. 불상 제작장. 무대 천장에서 커다란 탱화가 내려온다. 십일면관세음보살상이 화려한 색채로 그려져 있다. 동연, 등장한다. 그는 십일면관세음보살상을 바라보면서 그 평면의 형태를 입체적인 형태로 만드는 방법을 궁리한다. 서연, 들어온다. 그의 모습은 오랫동안 방랑한 흔적이 역력하다. 어깨에 둘러맨 배낭을 내려놓고, 동연의 작업을 바라보더니, 자신이 왔음을 알리려는 듯 헛기침을 한다.

서 연 흠…… 흠…….

동 연 (일부러 반응하지 않는다.)

서 연 나, 돌아왔네.

동 연 (힐끗 바라보더니 작업을 계속하면서) 갈 때는 아무 말도 없이 가더니, 와서는 무슨 염치로 말을 하는가?

서 연 미안하네. 그저 마음 답답해서 바람 좀 쏘이고 왔지.

동 연 그저 바람 쏘이고 왔다, 참 한가한 사람이군!

서 연 그런데 자넨 뭘 그리 열심히 하는가?

동 연 난 몹시 바쁘네! 십일면관세음보살상을 주문받았어. 이번엔 굉장해. 황금과 구리를 섞어 만드는 금동상일세.

서 연 축하하네, 동연이.

동 연 지난번 내가 만든 미륵보살반가상이 팔렸거든. 절 한 채 값 받았네. 보현사 주지스님이 한눈에 보고 반하셨지. 그러더니만 내 실력을 인정하시고는 관세음보살상을 의뢰하셨어. 두고 보게. 이 일만 잘 되면 난 일약 유명해질 거야.

서 연 어련하겠는가. 자넨 반드시 유명해질 걸세.

동 연 잘 듣게. 사부님께선 나에게 모든 걸 넘겨 주실 생각이셔. 자네와 나, 둘을 놓고 저울질하시다가 결국은 나를 후계자로 택하셨지. 그렇다고 원망은 말아. 우린 둘 다 공평하게 똑같은 기회가 있었어. 하지만 난 열심히 노력해서 그 기회를 잡았고, 자넨 태만하여 그 기회를 놓쳤다구.

동연, 잠시 작업을 멈추고 서연을 바라본다. 서연은 담담한 표정이다.

서 연 내가 다녀오는 운장산(雲長山)은 참 좋더군. 굴참나무, 물푸레나무, 곧게 뻗은 소나무가 울창한 숲을 이뤘어. 그

숲속의 호젓한 길로 걸어 올라가는 맛은 가히 일품이었네. 동연이, 어떤가? 나와 함께 가보지 않을 텐가? 이런 답답한 작업장에서 부처님 화상만 들여다보고 있으면 사람 마음이 옹졸해져. 운장산에 올라서면 사방팔방이 툭 터졌네. 한눈에 지리산의 웅장한 봉우리들이 보이고, 저 멀리 아스라히 무등산, 그리고 두 귀가 봉긋한 마이산도 보여. 그런 다음 계곡을 따라 산을 내려오면······ 비석바위, 다불(多佛)바위, 보살암 등 십 리에 걸쳐 온갖 바윗돌이 늘어서 있는데, 사람이 만든 불상보다 진짜 부처님을 닮으셨네.

동 연 그래서? 그 바윗돌이 내가 만든 불상보다 낫다 그건가?

서 연 여보게, 동연이.

동 연 왜?

서 연 자네가 본뜨려는 부처님 형상은 누가 언제 그렸는지 몰라도 흔히 있는 것을 베껴 놓은 걸세. 그런데 자네는 그 형상을 또다시 베껴 만들 작정이군. 자넨 의심도 없는가? 심사숙고해 보게. 그런 형상이 진짜 부처님은 아닐세.

동 연 나에겐 전혀 의심이 없네.

서 연 의심이 없다니······?

동 연 무엇 때문에 의심해서 아까운 시간을 낭비해야 하는가?

서 연 음······.

동 연 공부를 하게, 괜히 의심 말고! (허공에 걸려 있는 탱화를 가리키며) 자넨 얼마나 형상 공부를 했는가? 이 십일면관세음보살의 머리 위에는 열한 개의 얼굴들이 있는데, 그 얼굴 하나 하나를 살펴나 봤었는가? 귀고리, 목걸이, 손에 든 보병과 기현화란 꽃의 형태를 꼼꼼히 연구했었는가? 자네처럼 게으른 자들은 공부는 안 하고, 아무 의미 없다 의심만 하지!

서 연 자넨 정말 열심히 공부했네. 그렇다면 그 형태 속에 부처님 마음은 어디 있는지 가르쳐 주게.

동 연 또 괜한 트집이군!

서 연 내가 우둔해서 그런가…… 운장산 가는 길엔 절도 많더군. 이런 절도 구경하고 저런 절도 구경하면서 온갖 불상들을 봤었네만…… 부처님 마음은 못 보았네.

동 연 듣기 싫네, 그런 궤변은!

서 연 내 가슴이 답답할 뿐이네. 나도 한때는 자네처럼 부처의 형상을 만들었네만, 부처의 마음은 느낄 수가 없었네. 정말 이 일을 어찌하면 좋겠는가?

함묘진, 지팡이를 짚고 다리를 절며 들어온다. 그는 서연을 보자 반가워한다.

함묘진 서연이가 왔구나! 서연이가 왔어!

서 연 (일어나서 공손히 절을 하며) 네, 사부님.

함묘진 그동안 난 하반신이 잘 안 움직여. 이렇게 지팡이 신세를 졌지. 그런데, 도대체 너는 어딜 갔었더냐?

서 연 전라도의 운장산에 갔었습니다.

함묘진 운장산이라…… 전라도는 명산대찰이 많은 곳이지. 난 네가 부처의 마음이 있느냐, 없느냐, 고민하다가 나갔기에 머리 깎고 중 되는 줄 알았다.

서 연 저도 그럴까 했었습니다만…….

함묘진 그랬는데?

서 연   저에겐 승려의 자질이 없습니다. 더구나 까다로운 계율을 지키지도 못할 테고…….

동 연   알긴 아는군!

함묘진   그럼 그동안 뭘 했었느냐?

동 연   서연은 운장산 계곡에서 바윗돌만 봤다고 합니다.

함묘진   바윗돌만 봤다니?

동 연   불상들은 헛것이고 바윗돌이 부처님이라니, 그게 어찌 제 정신으로 할 소립니까?

함묘진   서연아, 넌 동연의 좋은 소식 들었겠지?

서 연   들었습니다.

함묘진   아주 굉장한 불상을 주문받았어. 그런데 난 너한테도 좋은 소식 있길 바란다.

서 연   하지만 저는…… 불상 제작은 포기했습니다…….

함묘진   형태는 포기해도 마음은 포기하지 말아라. 요즘 내 생각이 달라진다. 부처의 형태를 완벽하게 만드는 것만이 부처에 도달하는 길이라고 여겼더니, 그게 아니야.

동 연   네? 무슨 말씀이십니까?

함묘진   무슨 말이기는…… 부처의 형태에 치중하면 도리어 부처의 본성과는 멀어질 수 있다, 그런 말이지.

동 연   평소의 사부님 말씀 같지 않으십니다.

함묘진   (동연을 지팡이로 가리키며) 너는 분명히, 나보다 뛰어난 재능을 가졌어. 앞으로 네가 만든 불상들은 내가 만든 불상보다 더 칭찬을 받을 거다. 그러나 동연아, 네가 더 이름을 얻고 돈은 더 벌겠다만…… 자만하지 말아라. 부처의 모습을 잘 만든다고 해서, 부처의 마음마저 잘 만드는 건 아니다. 내 말을 명심해 두어라.

함묘진, 불상 제작장에서 나간다.

동 연   저 어른이 이제는 나를 시기하시는군!

서 연   사부님이 자네를……?

동 연   날 시기하는 거야. 자네가 집에 없을 때는 모든 걸 나에게 넘겨 주실 듯이 그러더니만, 자네가 나타나니까 교묘하게 태도를 바꿔 자네 편을 드셨어!

서 연   자넨 내가 여기 있는 게 싫은가?

동 연   기분 좋을 리는 없지.

서 연   그럼 또 떠나야겠군.

동 연   어딜 가려고……?

서 연   몇 달쯤 떠돌아다니다가 다시 오겠네.

동 연   정말 팔자도 좋군! 몇 달 아니라 몇 년이라도 실컷 떠돌아 다니게나!

서연, 배낭에서 조그만 돌 몇 개를 꺼내더니 바닥에 놓고 나간다. 십일면관세음보살상 탱화, 무대 천장 위로 올라간다. 무대조명, 암전한다. 함이정의 방. 함이정, 혼자서 피아노를 연주하고 있다. 쓸쓸한 느낌의 음악이다. 조숭인, 함이정을 부르며 들어온다.

조숭인   어머니- ! 어머니- !

함이정   왜?

조숭인   (움켜쥔 양손을 내밀며) 이것 좀 보세요!

함이정   그게 뭔데?

조숭인   (손을 펴 보인다.) 돌이에요!

함이정   (조숭인의 양손에서 돌들을 집어 자신의 손바닥에 올려놓고 바라본다.) 예쁘구나, 작은 돌들이…… 서연 오빠가 놓고 간 거다.

조숭인 하지만 돌뿐이었어요. 편지 같은 건 없었구요. 이런 돌 백 개보다는 편지 한 장이 나을 텐데…… 아니, 편지 백 장보 다는 얼굴 한 번 보여 주는 것이 더 낫구요. 어머니도 서 운하시죠?

함이정 그래, 서운하구나. 예전엔 참 즐거웠는데…… 내가 피 아노를 치고, 동연 오빠랑 서연 오빠랑 함께 노래 부르 던…… 지금은 왜 이렇게 쓸쓸하게 됐는지 몰라…….

조숭인 제가 대신 불러 드릴까요?

함이정 글쎄, 네가 똑같이 부를 수 있을까…….

함이정, 조숭인에게 가사 적힌 악보를 준다. 홍난파 작곡의 〈구름〉 이다. 함이정은 피아노를 연주하고, 조숭인은 노래한다.

조숭인 "저 하늘 흰구름 양들이 되어서
조용히 떼지어 몰려다니네
외양간 송아진 어디를 가든지
목동이 언제나 지키고 있지만
새파란 저 하늘 흰구름 양들은
온종일 맘대로 놀러 다니네"

함이정 (낙심한 표정으로 고개를 흔든다.) 아니구나, 아냐.

조숭인 내 노래가 두 분 목소리를 합친 것 같지 않아요?

함이정 전혀 아닌걸.

조숭인 슬퍼 마세요, 어머니. 제가 열심히 노력해서, 반드시 제 자신 속에 두 분을 합쳐 놓겠어요.

방문을 거칠게 두드리는 소리가 들린다. 함이정과 조숭인, 긴장한다.

함이정   누구시죠?

동 연   (소리) 나야, 나. 들어가도 돼?

조숭인   들어오면 안 된다고 하세요. 지금은 밤이잖아요.

함이정   지금은 밤인데요?

동 연   (문을 두드리며) 오늘 밤 꼭 할 말이 있어.

함이정   들어오세요, 그럼…….

동연, 함이정의 방 안으로 들어온다.

동 연   서연이가 다녀갔어.

함이정   알아요.

동 연   안다고?

함이정   네.

동 연   서연이를 어떻게 생각해?

조숭인   조심하세요. 표정이 심각해요.

함이정   어떻게 생각하다뇨?

조숭인   어떻게 생각하느냐는 좋으냐 나쁘냐, 그런 질문인가 봐요.

함이정   서연 오빠가 좋으냐, 나쁘냐, 그런 질문이에요?

동 연   그래. 나하고 비교해 보면 어때?

함이정   난 동연 오빠도 좋고, 서연 오빠도 좋아요.

동 연   그건 대답이 아냐!

함이정   난 둘 다 좋은걸요.

동 연   둘 다 좋다니, 구분도 못 해?

조숭인   몹시 화났어요. 심한 모욕을 당한 것처럼.

동 연	서연은 나쁜 놈이야! 얼간이, 게으름뱅이, 허풍만 떠는 건 달이라구! 물론 이런 말을 듣는 건 싫겠지. 나 자신도 말하는 게 불쾌해! 같은 스승의 제자로서, 형제처럼 가족처럼 지낸 내가 그놈을 비난해야 한다니…….
조숭인	하품을 하세요, 어머니…….
함이정	하품을?
조숭인	이젠 졸려서 자고 싶다는 하품을요.
함이정	(손으로 입을 가리고 하품한다.)
동 연	내 말이 졸립다 그거로군!
함이정	미안해요, 동연 오빠. 내일 아침에 말하면 안 될까요?
동 연	난 지금 중대한 사실을 말하고 있는 거야! 서연이와 내가 어떻게 다른지, 어떻게 구분할 수 있는지 말하고 있는 거라구! 이 세상이란 뭐냐? 눈에 보이는 형태로 가득 차있는 곳이야! 이런 세상에서 성공하려면, 남보다 더 그 형태를 잘 만들어야 해! 다시 말해서, 형태를 잘 만드는 자는 반드시 성공하고, 못 만드는 자는 실패하도록 되어 있어!
조숭인	왜 갑자기 세상을 들먹이는지 모르겠네…….
동 연	나는 형태를 중요하게 생각하지만 서연이는 그걸 무시해! 결국 나는 성공하고, 그놈은 실패할 거야! 그게 이 세상의 법칙이지! 그런데 실패할 놈이 도리어 나를 비웃고 힐책하다니…… 내가 만든 불상들은 바윗돌만큼도 의미가 없다는 거야! 더 기막힌 건 사부님 반응이지. 그 따위 헛소릴 하는 놈을 꾸짖기는커녕 은근히 두둔하셨어. 난 기분이 나빴지만 꾹 참았다구. 왜냐, 책임감 때문이야. 사부님은 늙고 병드셨는데, 서연이 놈은 제멋대

로 떠돌아다니기만 하고…… 도대체 나 아니면 누가 걱정이나 하겠어?

조숭인   어머니, 하품을 한 번 더 하시죠.

함이정   (하품을 하며) 아직 걱정할 일은 아니에요.

동 연   아직 아니라니? 사부님의 병환은 급속히 악화되고 있잖아. 하반신의 마비 증세만이 아냐. 예전에는 결코 안 하던 짓을 하시고, 이랬다가 저랬다가 말씀마저 변덕스러워. (함이정의 어깨를 두 손으로 움켜잡고) 이만큼 말했으니 알아듣겠지? 서연이라는 놈과 나, 둘 중에서 누가 장래를 책임질 수 있는가 명백하잖아!

조숭인   어깨는 놓고 말하라고 하세요.

함이정   놓아 줘요, 어깨는요.

동 연   (더욱 강하게 어깨를 붙잡고 흔들며) 내가 말할 때 두 번이나 하품을 했어! 두 번이나!

함이정   이젠 안 할 테니 놓아 줘요.

동 연   놓아 주면 잠이나 자겠지! 지금이 얼마나 중요한 때인 줄도 모르고, 바보처럼 태평하게 잠을 잘 테지! (함이정을 쓰러뜨려 바닥에 눕히고는 올라탄다.) 결정은 내가 하겠어! 여자는 이성적인 판단력이 없거든!

조숭인   점잖게 행동하라고 소리질러요!

함이정   점잖게 행동하세요! 아버지를 부를 거예요!

동 연   (함이정의 옷을 강제로 벗긴다.) 불러 봐! 오늘 밤도 술에 취해서 듣지 못할걸! 사랑해! 내가 모든 걸 책임지고 행복하게 해주겠어!

조숭인   어머니, 발악을 하세요! 목청껏 소리지르고, 손톱으로 할퀴고, 입으로 물어뜯어요!

함이정	(가쁜 숨을 몰아쉬며) 이상하구나…… 이상해…….
조숭인	뭐가 이상해요? 어서 할퀴고 물어뜯어요!
함이정	난 온몸이 녹아 버리는 것 같아…….
조숭인	사랑한다는 말에, 책임진다는 말에 녹아 버린 거예요?
함이정	헉헉, 숨이 막혀서…….
조숭인	어머니, 이러시면 안 돼요! 사랑이 좋고, 책임이 좋아도, 이런 형식으로 하면 안 좋아요! 안 좋은 거라구요!

무대조명, 어두워진다. 어둠 속에서 남녀 교합의 격정적인 호흡소리가 들린다. 사이. 무대 차츰차츰 밝아진다. 함이정은 무대 전체를 뒤덮은 듯한 엷은 망사의 치마를 입는다. 조숭인은 벌거벗은 몸으로 함이정의 치마 속에 태아처럼 웅크리고 앉아 있다. 몹시 울적한 표정이다.

조숭인	대답해 주세요. 어머닌 행복하세요?
함이정	그럼 행복하지!
조숭인	난 행복하지 않아요.
함이정	안 들려. 다시 말해 봐.
조숭인	행복하지 않다구요!

함이정, 임신하여 불룩해진 배를 얼싸안고 쓰다듬는다.

함이정	나는 좋구나. 너를 임신한 게 너무 기분 좋아. 불룩해진 배를 어루만지면 네가 내 뱃속에서 움직이는 게 느껴져.
조숭인	난 잔뜩 움츠리고 있는걸요. 불안해요…….
함이정	뭐가 불안해?

조숭인	형식이 나빴거든요. 형식이 나쁘면 내용도 좋을 수 없죠.
함이정	넌 걱정 말아.
조숭인	내가 태어나는 형식이 영 마음에 안 들어요. 아버지가 나를 강제로 임신시키다니…… 할아버진 뭐라고 하시던가요?
함이정	음…… 무척 좋아하셨어.
조숭인	정말이에요?
함이정	정말이잖구. 참 잘 된 일이라고 하시더라.
조숭인	할아버진 착잡한 심정이셨겠죠. 자신의 의견은 묻지도 않고 손자부터 만들어 놓았으니…….
함이정	넌 뭔가 기분이 나쁘구나?
조숭인	(침묵한다.)
함이정	왜? 넌 이 세상에 태어나는 게 싫어?
조숭인	싫어요.
함이정	왜 싫은 거야?
조숭인	난 느낌이었던 때가 좋았어요. 어떤 형태가 된다는 건 생각도 안 했고…….
함이정	엄마 아빠가 결혼식을 치르면 네 기분도 좋아질 거다. 날짜는 이미 정해 놨어. 다음 달 초사흘이야. 그날은 동연 오빠, 아니 너의 아빠가 십일면관세음보살상을 완성해서 공개하는 날이기도 하지. 머리 위에 열한 개의 얼굴들이 달린 굉장한 불상…… 벌써 온 세상에 소문이 퍼졌어. 굉장한 불상도 보고, 결혼식도 볼 겸, 그날 보현사는 사람들이 몰려와 인산인해를 이룰 게 틀림없어.
조숭인	잠깐만요, 어머니. 불상 공개하는 날, 하필이면 그날 결혼식을 해요?

함이정	온 세상의 많은 사람들한테 축복 받으려고. 오전에 공개식, 오후엔 결혼식, 하루 종일 축하 분위기가 넘쳐서 그날은 석가탄신일만큼이나 성대할 거야.
조숭인	눈에 선하군요, 아버지의 으스대는 광경이. 아버지는 자기가 만든 불상을 과시하고 또 동시에 스승의 딸을 아내로 삼은 것도 자랑하려는 거예요. 그래야 세상 사람들에게, 자기가 불상 제작의 최고 일인자가 됐다는 효과를 거둘 수 있으니까요. 그렇지만 결혼식날, 어머니 모습은 생각해 보셨어요?
함이정	글쎄…… 내 모습이 어때서?
조숭인	어머니는 지금 임신 팔 개월째예요. 지금도 배가 남산만큼 불룩한데, 결혼할 다음 달엔 더욱 엄청나게 커지겠죠. 사람들이 어머니의 배를 보고 얼마나 웃어댈까…… 뱃속의 나는 생각만 해도 기가 질려요. 아버지께 말씀하세요. 불상의 완성을 늦추든가, 결혼식을 늦추도록요.
함이정	동연 오빠, 아니 네 아빠의 성격은 너도 잘 알잖니? 결코 불상을 늦출 분이 아니야. 물론 결혼 날짜도 연기 안 해. 보현사 주지스님도 처음엔 반대했어. 불상 공개식과 결혼식은 각각 다른 날로 하라고. 하지만 같은 날이 중요하지, 다른 날은 필요없다고 너희 아빠가 고집했어. (불룩한 배를 쓰다듬으며) 나도 불룩한 배가 걱정된다만…… 헝겊 띠로 꼭꼭 졸라맬 거야. 꼭꼭 졸라매면, 어느 정도는 괜찮아 보일 거다.
조숭인	저를 꼭꼭 졸라매요?
함이정	그래. 답답하긴 하겠지.
조숭인	오, 맙소사…….

| 함이정 | 하지만 별수없구나. (헝겊 띠로 겹겹이 배를 둘러싸며) 앞으로 한 달 동안은, 답답해도 네가 참아라. |
| 조숭인 | 좋아요, 어머니! 그렇다면 저한테도 생각이 있어요! |

조숭인, 웅크렸던 몸을 펼친다. 움직인다. 함이정은 해산의 진통을 느낀다.

함이정	너, 왜 이러냐! 갑자기 왜 이러는 거야!
조숭인	저는 지금 태어날 거예요!
함이정	참아! 참으라니까! 두 달이나 먼저 태어나면 위험해!
조숭인	아뇨! 전 태어나요!

조숭인, 더욱더 빠르게 움직인다. 함이정은 묶었던 헝겊 띠를 다급하게 풀어헤치고 치마를 벗으며 해산의 숨가쁜 비명을 지른다. 조숭인, 함이정의 치마 밖으로 나온다. 그리고 벗어난 치마를 자기 몸 앞으로 끌어당겨 둘둘 말아 껴안는다. 함이정, 퇴장. 조숭인은 웅크리고 앉아서 어린 아기마냥 악을 쓰며 울어댄다. 함묘진이 휠체어 바퀴를 굴리면서 다가온다. 그는 조숭인의 울음을 달래려고 딸랑딸랑 소리 나는 장난감을 흔든다. 서연, 들어온다.

서 연	사부님, 서연이가 왔습니다.
함묘진	(짜증난 태도로 장난감을 흔든다.) 울지 마라! 울지 마!
서 연	제가 왔어요.
함묘진	제발 좀 울지 말라니까!
서 연	사부님!
함묘진	어…… 누구냐?

서 연	(허리 굽혀 절한다.) 오랜만에 찾아 뵙습니다.
함묘진	서연이…… 서연이구나…….
서 연	네.
함묘진	동연이와 내 딸은 보현사에 갔어.
서 연	보현사에는 무슨 일로요?
함묘진	결혼하는 날이야, 바로 오늘이.
서 연	결혼…… 정말입니까?
함묘진	(조숭인을 가리키며) 믿지 못하겠거든 이리 와서 봐. 이놈이 내 손자야. 결혼도 하기 전에 임신했어. 임신 팔 개월 만에 팔삭동이로 태어나서 죽는 줄 알았는데, 그래도 제 에미가 온갖 정성을 다해 살려 놨지.
서 연	(가까이 다가와서 조숭인을 바라본다.) 아주 총명해 보입니다.
함묘진	처음엔 울지도 못하더니, 요즈음엔 빽빽 악을 쓰며 울기만 해. (울어대는 조숭인에게 소리 나는 장난감을 흔들며) 내 몸은 점점 마비되고 있어. 하반신만이 아니야, 상반신마저, 이젠 손마저 잘 움직이지 않아. (흔들던 장난감을 떨어뜨린다.) 울지 마! 제발 울음 좀 그쳐!
서 연	제가 달래 볼까요?

서연, 장난감을 주워 들고 흔든다. 조숭인은 더욱 발악적으로 울어 댄다. 서연은 그 이유를 알았다는 듯 장난감 흔들기를 멈춘다.

서 연	알았다, 아가야. 딸랑딸랑 소리를 멈춰 주마.
함묘진	어어, 이놈이 뚝 그쳤어!
서 연	이 아인 소리에 민감하군요.
함묘진	민감해, 소리에?

서 연	네. 시끄러운 방울소리가 듣기 싫었던 것 같습니다.
함묘진	어쩐지…… 그것만 흔들면 더 울어댔어.
서 연	아이 이름은 지으셨어요?
함묘진	제 에미가 미리 지어 놓은 이름이 있어. 숭인이야. 제 애비 성이 조씨니까, 조숭인이지.
서 연	(조숭인을 바라본다.) 조숭인…… 꼭 동연이를 닮았군요.
함묘진	태어난 순간부터 그래. 마치 제 애비를 복사해 놓은 듯이 닮았어. 동연이란 놈, 제 새끼가 너무 일찍 태어나자 기겁을 했지. 혹시나 미숙아라서 형태가 잘못된 건 아닌가 놀란 거라구. 한 번 보고, 두 번 보고…… 수백 번도 더 살펴보더라.
서 연	(미소를 짓고) 동연이는 워낙 형태를 중시하거든요.
함묘진	난 이 애가 날 닮기 바랐는데…… 너도 몹시 서운할 거다. 그렇지?
서 연	(침묵한다.)
함묘진	동연이와 너는 둘 다 내 딸을 좋아했거든. 그런데, 동연이가 차지해 버렸으니 네 심정이 얼마나 착잡하겠냐?
서 연	저는…… 자격이 없습니다…….
함묘진	자격이 없다?
서 연	네…….
함묘진	왜?
서 연	저는 무능합니다. 요즈음엔…… 저의 무능을 절실히 느낍니다…….
함묘진	(서연을 살펴보며) 네 모습이 초췌하다. 부처의 마음인가, 그건 어찌 된 거냐?
서 연	(침묵한다.)

함묘진 아직도 좋은 소식 없구나?

서 연 네. 사부님께선 동연이를 잘 선택하셨습니다.

함묘진 선택은 동연이가 했어, 내가 한 게 아니구! 물론 나 역시 동연이 놈을 사위 겸 후계자로 삼을 생각이었지. 그러나 뭐라고 해야 할까…… 주기도 전에 빼앗긴 느낌이야. 조금만 기다리면 받을 건데, 왜 서둘러 빼앗는지 모르겠어!

서 연 목소리를 낮추십시오, 사부님. 숭인이가 잠듭니다.

함묘진 (목소리를 낮춘다. 그러나 분노의 감정은 감추지 않는다.) 어쨌든 동연이란 놈, 기고만장이지. 이제는 후계자가 됐으니 자기한테 불상 제작장의 열쇠마저 넘겨 달라는 거야. 염치없는 놈…… 내가 준다고 해도 사양해야 제자의 예의에 맞는 것 아냐? 그런데 강제로 뺏긴 듯이 주면 뭐가 좋겠어? 오늘 같은 날도 그래. 신부의 아버지로서, 또 자기를 가르친 스승으로서, 나에 대한 감사의 표시를 극진히 해야지. 그래도 모든 걸 빼앗기는 내 심정이 서운할 텐데, 동연이란 놈은 나더러 결혼식엔 오지도 말라는 거야. 이런 마비된 몸으로 결혼식에 참석하느니, 차라리 애나 보면서 집에 있는 게 낫겠다는군. 사실은 나도 가고 싶지 않았어. 가족끼리의 조촐한 결혼식도 아니고, 온갖 구경꾼들 다 모아 놓은 결혼식인데…… 내가 거기 참석해 봤자 초라하게만 보일 뿐이지.

서 연 사부님을 초라하게 볼 사람은 아무도 없습니다.

함묘진 아냐, 아냐. 보현사 주지스님도 동연이 놈만 최고로 안다구.

서 연 지금이라도 보현사에 가시지요.

함묘진 난 안 가!

서 연   제가 모시고 가겠습니다.

함묘진   싫다니까! 나를 폐물 취급하는 곳엔 절대로 안 가!

서 연   사부님, 동연이를 너그럽게 대해 주십시오.

함묘진   너마저…… 그놈 편을 들어?

서 연   동연이는 형태를 만드는 탁월한 재능이 있습니다. 사부님께선 동연이가 주기도 전에 뺏는다며 화를 내시지만, 그건 동연이의 능력 때문이라고 너그럽게 봐주십시오.

함묘진   그럼 결혼도 하기 전에 내 딸 몸부터 빼앗고, 후계자가 되기 전에 내 열쇠부터 빼앗아도 참으라는 거냐?

서 연   사부님…….

함묘진   왜 말을 못 해?

서 연   저도 처음에 형태에 집착하는 동연이가 못마땅했었지요. 하지만 지금은…… 이해합니다. 사람 사는 곳을 돌아다니면서 보니까, 모든 걸 형태가 결정하고 있더군요. 동연이를 탓할 수만은 없는 것입니다.

함묘진   결국은 내 잘못이군! 동연이 그놈한테 내가 형태를 가르쳤거든! (자신의 목소리가 높아졌다는 것을 의식하며) 아이고, 이런! 내 고함소리에 어린 것이 놀라 깨겠어!

서 연   사부님, 잠든 숭인이를 방에 눕혀야겠습니다.

함묘진과 서연, 앉은 자세로 오리걸음을 걷는 조숭인을 데리고 나간다. 동연과 함이정, 등장한다. 그들은 신랑과 신부답게 화려한 색동옷을 입고 합환(合歡)의 바라를 치며 춤을 춘다. 동연의 태도는 의기양양하며, 함이정 역시 행복한 모습이다. 코러스들, 불상처럼 온몸에 금칠을 하고 춤을 추며 등장한다. 그 춤이 정지하여 천 개의 손과 천 개의 눈을 가진 부처의 형상처럼 된다. 함묘진과 서연, 들어온다.

서 연 축하하네, 동연이.

동 연 음, 자네 왔는가.

서 연 (함이정에게) 축하해, 진심으로.

함이정 고마워요, 서연 오빠…….

동 연 어떻게 알고 왔는가? 천지사방 떠도는 자네가 우리 결혼식은 용케도 알았군.

서 연 난 몰랐네. 알았더라면 빈 손이 아닐 텐데…… 미안하네.

동 연 미안할 것 없어. 자네 아니어도 우린 축하 선물 많이 받았네. 오늘 보현사가 굉장했어. 전국 큰 사찰의 스님들은 거의 다 오셨고, 사회적으로 명망있는 부자들, 시주 잘 하는 재력가들, 심지어 절 근처에는 얼씬도 않던 일반 중생들마저 모여들어 발 디딜 틈이 없었지. 그들은 내가 만든 십일면관세음보살상을 보고는 그 정교함의 극치에 놀라 입을 딱 벌린 채 다물지 못하더군. 그런 감탄 속에서 불상 공개식을 갖고, 곧이어 우리 결혼식을 했지. 하하, 하하하, 효과 만점이었네! (함묘진에게) 기뻐해 주십시오. 훌륭한 스승의 명예를 욕되게 하는 제자도 많습니다만, 저는 그 명예를 한껏 높여 드렸습니다.

함이정 아버지, 동연 오빠 찬사가 대단했어요. 오늘 얼마나 많은 불상 주문을 받았는지 헤아릴 수 없을 정도예요.

함묘진 (딸랑거리는 장난감을 흔든다.) 난 기쁘다! 눈물 나게 기뻐!

동 연 네……?

함묘진 이걸 흔들면, 기뻐서 울게 돼!

함묘진, 장난감을 흔들며 휠체어 바퀴를 돌려 퇴장한다.

동 연   저 어른이…… 왜 저러는지 모르겠군.

서 연   동연이…….

동 연   뭔가?

서 연   오해 말고 들어 주게. 사부님은 자네에게 서운한 감정이
        있으셔.

동 연   난 잘못한 것 없어!

서 연   결혼식장에 모셔 가지 그랬는가?

동 연   내가 몇 번이나 간청했지만 거절당했지! 그런데 자네한
        테 뭐라시던가? 설마 오지 말라고, 내가 막았다고 불평하
        던가?

서 연   자네가 잘못했다는 건 아닐세. 다만 그럴수록 조심하고,
        지나치게 서둘 건 없네.

동 연   서둘 것 없다……? 무슨 뜻으로 그런 말을 하지? 나에 대
        한 질투인가? 아니면 원망 때문에?

함이정 서연 오빠 그런 분이 아니에요.

동 연   가만 있어, 당신은!

함이정 동연 오빠…….

동 연   난 오빠가 아니야! 당신의 남편이지!

함이정 여보…….

동 연   (손가락으로 문 쪽을 가리키며, 서연에게) 나가! 내 집에서 당장
        나가라구!

함이정 이러시면 안 돼요!

동 연   내가 자네 마음을 모를 줄 아나? 천만에, 난 잘 알아! 자
        네 역시 나에게 모든 걸 빼앗긴 심정이겠지. 마치 저 고

약한 어른이 나에게 느끼는 그런 감정을 자네도 가진 거라구!

서 연 동연이…… 난 그렇지 않네.

동 연 똑같아, 똑같다구! 무능한 자들, 패배한 자들의 심보는 다 똑같은 거야! (다시 한번 손가락으로 문 쪽을 가리킨다.) 어서 나가! 그리고 다시는 이 집에 들어오지 마!

서연, 동연에게 합장하더니 신발을 벗어 자신의 머리에 얹는다. 동연이 분노하여 고함치며 서연의 멱살을 잡는다. 서연, 코러스들의 천수불상(千手佛像) 앞에 가서 합장하더니 신발을 벗어 자신의 머리에 얹는다. 동연이 분노하여 고함치며 서연의 멱살을 잡는다. 무대조명, 변화한다. 무대 주변은 어두워지고 한복판이 밝아진다. 조숭인이 함이정의 손수건을 풀어서 조그만 돌들을 꺼내 바닥에 일렬로 간격을 띄워 늘어놓는다. 그는 조금 뒤로 물러나 앉아서 돌들을 바라본다. 사이. 함이정, 조숭인에게 다가온다.

함이정 뭘 하고 있지?

조숭인 바라보고 있어요, 돌들을요.

함이정 왜 이건 꺼냈어? 손수건에 싸두렴!

조숭인 어머니도 가끔씩 꺼내 보곤 하시잖아요?

함이정 어서 싸둬! 너의 아버지가 아시면 큰일나!

조숭인 전 저 돌들을 바라보면서, 서연이란 분을 생각했어요. 제가 아주 어렸을 때였어요. 태어난 지 한두 달쯤 되었을까요, 그분이 우리 집에 오셨었죠.

함이정 (바닥에 일렬로 놓여 있는 돌들을 주우며) 설마 네가 그분을 기억할 리는 없지.

조숭인	저는 기억해요.
함이정	숭인아…… 서연 오빠는 십여 년 전에 다녀가셨다. 그 후엔 단 한번도 오신 적이 없어.
조숭인	그분은 나를 보고 말씀하셨죠, 이 아인 소리에 민감한 것 같다고.
함이정	정말? 그런 말을 했어?
조숭인	네, 어머니. 저는 태어나기 전 일도 모두 기억해요. 어머니와 나눴던 그 많은 말들…… 그때 어머니께 약속했었죠. 열심히 노력해서, 동연 서연 두 분의 목소리를 합쳐 놓겠다구요. 어머니, 그래서 저는 음악가가 될 겁니다.
함이정	(의외라는 듯 놀란 표정이 되며) 뭐, 음악가……?
조숭인	네. 두 분의 소리는 너무 달라서, 하나의 음악으로 만들려면 고민을 많이 해야겠지요. 그러나 그것이 내가 태어난 의미인 것 같기도 하고, 감당해야 할 운명인 것 같기도 해요.
함이정	하지만 네 아버지가 승낙하실까? 아버진 네가 크면 불상 제작을 배워 대를 잇기 바라시는데…….
조숭인	아버진 저를 알지 못해요. 저에게 어떤 재능이 있는지, 제가 무엇을 하고 싶은지, 전혀 알려고 하지 않죠. 아버지는 어머니도 몰라요. 어머니가 행복한지 불행한지……. 오직 자신의 일에만 관심있어요.
함이정	불상 만드는 일은 어려워. 더구나 완벽하게 만든다는 건…….
조숭인	형태에 집착하면 편협해져요. 항상 잔뜩 긴장해 있고…….
함이정	(돌들을 손수건으로 싸서 묶으며) 부탁이다, 응? 제발 아버지

좀 미워하지 말아라.

조숭인　그런데, 어머니는 왜 그 돌들을 갖고 계셔요?

함이정　갖고 있다니……?

조숭인　지금도 그분을 생각하기 때문이죠?

함이정　아냐, 아냐. 그냥 간직해 둘 뿐이야.

조숭인　아니라고 부정하지 마세요. 아버지 눈에 뜨일까봐 두려워
　　　　하면서도 소중히 간직해 두시는 걸요.

함이정　(침묵한다.)

조숭인　서연이란 분, 궁금해요. 지금은 어디에서 뭘 하고 계실
　　　　까……. 무슨 소식 못 들으셨어요?

함이정　우연히 듣긴 했다만…… 전라도 어디라든가…… 어떤 절
　　　　의 스님이 불상을 주문하러 오셨다가 말씀하셨어. 서연
　　　　오빠는 미치광이래…….

조숭인　미치광이라뇨?

함이정　응, 괴상한 짓을 한댔어. 하염없이 들길을 따라 걸어다니
　　　　면서, 돌들을 주위서는 돌부처를 만들어 놓는다는구나.

조숭인　돌부처요……?

함이정　큰 돌은 몸통 삼고, 작은 돌은 머리 삼아, 그냥 큰 돌 위에
　　　　작은 돌을 얹어 놓는 거래. 그런 돌부처님이 들판에 줄줄
　　　　이 늘어서 있다면서…… 어리숙한 건 그곳 사람들이란다.
　　　　돌부처 앞에 경건히 합장하고, 간절히 소원도 빈다는구
　　　　나. 그 소식 전한 스님, 서연 오빠 때문에 사람들마저 괴
　　　　상해진다고 고개를 절레절레 흔들더라.

조숭인　참 이상해요. 난 무의식적으로 그분의 돌들을 꺼내 늘어
　　　　놓았죠. 그런데 알고 보니, 서연이란 그분이 한 일을 나도
　　　　따라했군요.

동연, 몹시 성난 태도로 등장한다.

동 연   안 되겠어, 도저히!

함이정   무슨 일이에요?

동 연   불상 제작장에 들어와서는 쓸데없는 잔소리만 해! 이젠 그 어른 머리까지 마비된 거야. 완전히, 노망드셨어!

함이정   당신이 참으세요. 아버지는…….

동 연   (함이정의 말을 앞지르며) 참는 것도 한계가 있지! 당신도 잘 알 거야. 이번에 만드는 약사여래좌상의 형태를! 불상 본체 뒤에 달린 화염(火焰)의 광배(光背), 그 활활 타오르는 불길 하나하나를 만들려면 온 신경을 집중시켜야 해! 그런데 노망든 어른이 아침에 와서는 그 반대로 광배가 본체보다 너무 작다는 거야! 크다, 작다, 크다, 작다…… 이러다간 내가 미치고 말겠어!

함이정   미안해요, 여보. 그 정도로 심한지는 몰랐어요.

동 연   출입금지야, 오늘부터!

함이정   네……?

동 연   더 이상 그 어른을 내 작업장에 들어오게 해서는 안 되겠어!

조숭인   못 들어오게 한다구요, 할아버지를요?

동 연   그래! 절대 출입금지야!

조숭인   원래 그곳은 할아버지 작업장이었는데요?

함이정   아버지를 금지시키면…… 몹시 슬퍼하실 거예요.

동 연   슬퍼해도 하는 수 없지!

조숭인   아침에 오셔서 너무 크다고 말씀하시면 그건 작다는 뜻이구나, 저녁에 오셔서 너무 작다고 하시면 그건 크다고 생각하세요. 그럼 아버지는 할아버지 때문에 미치지는 않으실 겁니다.

동 연   너, 지금 나한테 말장난을 하는 거냐?

조숭인   아뇨.

동 연   아니면 뭐냐?

조숭인   아버지를 웃겨 드리려구요.

동 연   나를 웃겨……?

조숭인   네. 아버지는 언제나 긴장해 계시거든요. 때로는 웃음이 필요해요.

동 연   (조숭인의 얼굴을 뚫어지게 노려본다.) 네가 분명 내 아들이냐?

함이정   왜 그런 말을 하시죠?

동 연   생긴 건 나를 닮았는데, 하는 짓은 전혀 나하곤 달라!

함묘진, 휠체어 바퀴를 힘겹게 굴리면서 들어온다. 그의 얼굴은 안면 근육의 마비로 일그러지고 두 손은 심한 경련을 일으킨다.

함묘진   동연아! 동연아! 너는 크게 만들 건 작게 만들고, 작게 만들 건 크게 만들었다! 부처님 본체가 너무·커! 뒤 광배는 너무 작고! 아주 괴상해! 동연아! 동연아! 넌 괴상한 걸 만들었구나!

동 연   날 매정하게 생각하지 마! 장인 어른은 출입금지야. 난 작업장 문을 잠궈 버리겠어!

조숭인   아버지, 오해 마세요. 할아버지는 아버지를 웃기려고 그러실 뿐이에요.

동 연   (조숭인의 뺨을 때린다.) 너나 실컷 웃으렴!

동연, 휙 돌아서서 퇴장한다. 함이정은 뺨을 맞은 조숭인을 바라보며 안절부절 못하는 모습이 된다. 조숭인, 침착한 어조로 말한다.

조숭인 걱정 마세요, 어머니. 괜찮아요.
함묘진 나도 괜찮다. (경련을 일으키는 손으로 엉덩이 밑에서 열쇠를 꺼내 보이며) 이것 봐라. 문을 잠궈도 난 열 수가 있어.
함이정 아, 아버지…… 안 돼요!
함묘진 동연이 놈한테만 열쇠가 있는 게 아니야. 나도 있어. 이럴 줄 알고 똑같은 걸 하나 만들어서 감춰 뒀지.
함이정 (함묘진에게 다가가며) 나를 주세요, 그 열쇠는요! 아버진 그 곳에 가실 것 없어요!
함묘진 (휠체어 바퀴를 굴려 뒤로 물러난다.) 싫다! 이건 내 꺼야!
함이정 제발, 아버지!

함묘진, 열쇠를 엉덩이 밑에 감추고 휠체어 바퀴를 굴려 퇴장한다. 함이정이 함묘진을 붙잡으려고 뒤따라간다. 조숭인은 홀로 남는다. 그는 피아노에 가서 건반 위에 두 손을 얹더니, 즉흥적으로 건반을 눌러 쾅쾅, 쾅쾅쾅, 쾅쾅, 폭음을 낸다. 폭음과 폭음 사이에 뚜렷하게 느껴지는 침묵이 있다. 함묘진을 뒤쫓아 갔던 함이정이 빈 손으로 되돌아온다.

함이정 걱정이다, 열쇠를 안 주셔…….
조숭인 어머니, 들어 보세요. 방금 제가 작곡한 거예요.
함이정 느낌이 불길해. 뭔가 좋지 못한 일이 생길 것만 같아…….
조숭인 뺨을 맞고 확실히 결심했죠, 저는 작곡가가 되기로요. (열 손가락으로 한꺼번에 건반을 눌러 폭음을 낸다.) 이 소린 아버지예요. 귀에 들리는 것, 눈에 보이는 것, 이렇게 아버지는 형태로 나타나요. (건반에서 손을 떼며) 하지만 이 침묵은 서연이란 분입니다. 들리지 않는 것, 보이지 않는 것, 그분은 아무 형태가 없어요. (폭음과 침묵을 비교하듯 반복하며) 잘 들어 보세요, 어머니. 소리와 침묵이 내 마음속에서 서로 다투고 있어요.

함이정 그만해라, 숭인아! 듣기 싫어!

조숭인 저도 이런 불협화음은 듣기 싫어요.

함이정 제발 그만해! (조숭인의 두 손을 잡아 중단시킨다.) 넌 아직 음악을 몰라! 피아노 연주를 할 줄도 모르고, 더구나 작곡이란 건 배운 적이 없잖아!

조숭인 아무것도 모른다, 그런 말씀이군요.

함이정 그래!

조숭인 인생이 불협화음이란 건 알아요. 그걸 어떻게 아름다운 화음으로 만드느냐, 그게 앞으로의 문제죠.

함이정, 불안하고 초조한 모습이다. 무대조명, 암전한다. 집과 제작장 사이의 마당. 살구나무 아래에서 조숭인이 작곡법 책을 읽고 있다.

조숭인 "작곡이란 소리들을 일정한 질서에 따라 배열하는 행위이다. 또한 작곡이란 마음속의 느낌을 악상(樂想)으로 가다듬어서, 그 악상을 음악적 형식으로 완성시켜야 한다." 형식……? 그럼 음악에도 형식이 중요하다 그 뜻인가? "작곡은 악보에 의해서 이루어지는데, 악보란 음악의 언어 기호이다. 그러므로 작곡가가 되려면 악보를 쓸 수 있는 능력을 갖춰야 한다. 그리고 아울러, 하나의 작품을 완성하려면, 음악적 법칙에 따른 구성 기술이 필요하다."
맙소사…… 몇 번이나 형식과 법칙을 강조하고 있군! 그
런데 왜 이렇게 형식이 중요하지? 내생각엔 오히려 느낌
이 더 중요할 것 같은데…… 가만 있자, 저기 살구나무
의 가지마다 높고 낮게 살구들이 매달려 있군. 마치 음악
의 음표들처럼…… 난 저 음표만 바라봐도 입에 잔뜩 침
이 고여. 왜냐하면 살구는 시디시다는 느낌 때문이지. 그
러므로…… 살구는 그 형태 이상으로 느낌이 중요해. 그
점을 음악과 비교하면서 좀더 생각해 봐야겠어. (입을 크
게 벌리고 살구가 떨어지기를 기다리며) 난 생각하면서 기다린
다, 잘 익은 음표 하나가 내 입 안으로 떨어지기를…… 아
아…… 더 크게 벌리고…… 아아…….

동연, 제작장 쪽에서 다급하게 함묘진의 휠체어를 밀면서 등장한다.
온몸이 피투성이인 함묘진이 휠체어에 실려 있다. 동연은 살구나무
아래의 조숭인을 발견하고 휠체어를 멈춘다. 함묘진, 열쇠를 손에
쥐고 휠체어 바퀴를 밀면서 불상 제작장으로 다가간다. 무대조명,
제작장 안의 코러스(불상)들을 비춘다. 함묘진은 잠긴 문을 열고 들
어가 한 불상을 건드린다. 한 불상이 쓰러지면서 다른 불상들을 연
쇄적으로 쓰러뜨린다. 함묘진은 그 불상들 밑에 깔린다. 동연, 온몸
이 피투성이인 함묘진을 휠체어에 싣고 나온다.

동 연   큰일났다! 장인 어른이 죽었어!
조숭인   할아버지가 죽다뇨……?
동 연   열쇠로 잠긴 문을 열고 들어왔다가 어떻게 된 모양이야!
         불상들이 쓰러지면서 그 밑에 깔려 있었어!

조숭인　할아버지! 할아버지!

동 연　불러 봐야 소용없다!

조숭인　목이 흔들흔들거려요. 목뼈가 부러졌는지…… 어머니의
　　　　느낌이 맞군요. 그 열쇠 때문에 좋지 못한 일이 생길 거라
　　　　고 하셨죠.

동 연　미리 알았으면 열쇠를 뺏었어야지!

조숭인　어머니는 뺏으려고 했죠. 하지만 할아버진 절대로 그것만
　　　　은 안 주셨어요.

동 연　비켜라. 네 어머니한테 알리러 가야겠다!

조숭인　이런 모습으론 가지 마세요.

동 연　가지 말라……?

조숭인　할아버지는 여기 두고, 아버지 혼자 가셔서 어머니를 만
　　　　나세요. 그리고는 조용히, 부드럽게, 충격을 덜 받도록 먼
　　　　저 위로의 말씀부터 하시죠.

동 연　뭐, 조용히? 부드럽게?

조숭인　네.

동 연　난 잘못 없다! 네 할아버지 잘못이야! 더구나 네 어머니
　　　　의 책임도 커! 이런 일이 벌어질 줄 알면서도 막지 못했
　　　　잖아!

동연, 함묘진의 주검이 실린 휠체어를 앞으로 밀어붙인다. 조숭인은
비켜선다. 함묘진의 휠체어가 멈췄던 곳에 핏물이 떨어져 있다. 조
숭인은 피 냄새를 맡더니 토할 듯한 표정이 된다.

조숭인　비릿해, 피 냄새는…… 토할 것 같아!

죽은 함묘진, 휠체어 바퀴를 굴리면서 들어온다. 그의 등뒤에는 불
상의 화염 광배와 같은 것이 매달려 있는데, 완전히 밀착되지 못하
고 덜렁덜렁거린다.

함묘진　이게 내 몸에 맞질 않아.

조숭인　아, 할아버지…….

함묘진　너무 큰 것 같기도 하고, 너무 작은 것 같기도 하고……
꼭 맞질 않으니 덜렁덜렁 불편하구나.

조숭인　할아버지 목도 흔들거려요.

함묘진　음, 내 목도 그래. 날 보더니 네 어머니가 기절했다. (손에
들고 있는 열쇠를 보여 주며) 숭인아, 난 지금 극락문을 열려
고 간다. 하지만 이 열쇠가 맞을지 걱정이구나. 열쇠가 너
무 큰 건 아닌지, 너무 작은 건 아닌지…… 극락문이 안
열리면 지옥문이라도 열어야지.

죽은 함묘진, 퇴장한다. 그의 부러진 목이 흔들리고 등뒤에 매달린
화염 광배가 덜렁거린다. 조숭인은 걱정스러운 표정으로 함묘진의
퇴장을 지켜본다. 무대조명, 암전한다. 함이정의 방. 허리 높이의 좌
대 위에 황금으로 만든 작고 정교한 석가여래좌상이 놓여 있다. 좌
대 위에 한 코러스가 석가여래좌상의 모습을 취하고 앉아 있다.

동 연　내가 만든 거야. 특별히 당신을 위해 만든 황금 석가여래
좌상이라구.

함이정　(숙였던 고개를 들어올려 석가여래좌상을 바라본다.)

동 연　요즘 당신은 제정신이 아니야. 귀신한테 놀랐는지, 허깨
비한테 홀렸는지, 뒤숭숭해진 마음을 못 잡고 있어. 이 불

상을 잘 봐. 석가여래께서 보리수나무 아래 앉아 깨달음을 얻는 때의 모습이야. 당신도 이런 형태로써 명상을 해. 일체 잡념을 버리고, 흔들리는 마음을 바로잡아. 그럼 앉는 자세부터 고쳐야겠군. 자, 결가부좌로 앉으라구.

함이정 (석가여래좌상을 응시할 뿐 미동하지 않는다.)

동 연 내 말 안 들려?

함이정 네……?

동 연 결가부좌! 결가부좌도 몰라?

동연이 함이정에게 다가온다. 그는 그녀의 다리를 붙잡고 움직여 항마좌 형식으로 만든다.

동 연 결가부좌에도 두 가지 형식이 있지. 왼발 위로 오른발을 올려놓는 걸 길상좌(吉祥座), 이렇게 오른발 위에 왼발을 올려 놓는 건 항마좌(降魔座)라고 해. 항마좌는 마귀의 항복을 받는다 그 뜻이지. (함이정의 팔을 붙잡고 선정인의 형태를 만들며) 손도 그래, 손가짐의 형태에 따라서 의미도 달라져. 왼손을 펴서 다리 위에 놓고, 왼손 위에는 오른손을 포개 놓지. 이렇게 두 손의 엄지손가락들을 서로 맞댄 형태가 선정인(禪定印)이야. 발은 항마좌, 손은 선정인, 이런 형태를 취하고 있으면 온갖 들끓던 마귀들이 항복하게 된다구. 내 말 듣고 있어?

함이정 네…… 듣고 있어요…….

동 연 이럴 땐 숨쉬는 형식이 중요해. 입으로 뱃속 깊이, 숨을 들여마셨다가, 천천히 조금씩 코로 내쉬라구. (단전호흡을 시범해 보이며) 자, 이렇게!

| 함이정 | (동연이 시키는 대로 호흡한다.) |
| 동 연 | 좋아. 이대로 가만히 명상해. |

죽은 함묘진, 덜렁거리는 화염 광배를 매달고 휠체어 바퀴를 굴리며 들어온다. 떨리는 손에 열쇠를 쥔 그는 몹시 낭패한 표정이다.

함묘진	열리지 않아, 극락문이.
함이정	아, 아버지…….
함묘진	지옥문도 열어 봤다. 지옥문도 안 열려. 난 어디든지 들어가서 쉬고 싶은데…… 극락에도 못 들어가고, 지옥에도 못 들어가.
함이정	아버지…….
함묘진	이 열쇠가 너무 큰 탓인지, 너무 작은 탓인지, 아무 문도 안 열려.

죽은 함묘진, 휠체어 바퀴를 뒤로 돌려 물러난다. 함이정은 그를 붙잡으려는 듯 두 손을 뻗어 내젓는다.

함이정	아버지, 어딜 가세요?
함묘진	극락문을 다시 열어 보려고. 안 되면 지옥문을 열어 봐야지.
동 연	왜 또 뭐가 보여?
함이정	아버지가…… 저기, 아버지가…….
동 연	저기 누가 있다는 거야? 분명히 장인 어른은 관에 담겨 땅속에 묻혔어! 스님들이 향불을 피우면서 극락에 가시도록 염불을 외우셨고! 당신도 장례식에 있었잖아!

함이정　그런데 자꾸만 보여요. 극락에도 못 가고 지옥에도 못 가고…….

동 연　그건 당신 마음이지. 당신 마음이 갈피를 못 잡고 오락가락하니까 그렇게 보이는 거라구! 도대체 언제까지 그럴 거야?

함이정　(두 눈에서 눈물이 주르르 흘러내린다.) 미안해요…….

동 연　(함이정을 달래듯이 눈물을 닦아 주며) 울지 마. 난 당신을 사랑해. 지극히 사랑한다구. 그걸 모르겠어?

함이정　알아요, 알아요…….

동 연　안다면서 바보같이…… 당신 때문에 난 일을 못 하고 있어. 주문받은 불상들이 잔뜩 밀려 있는데도, 당신이 이 지경이니 일할 수가 없잖아. (함이정의 얼굴을 붙잡고 입맞춘다.) 당신 입술은 바짝 메말라 있군. 건조한 사막처럼…… 이 조그만 얼굴 속에, 눈은 바다가 되었고, 입술은 사막이 되다니…… 이런 복잡한 상태로는 명상이 안 되겠어! 일어나! 당장 일어나서 저 불상을 향하여 삼천배(三千拜)를 해!

함이정　삼천배를요……?

동 연　오체투지(五體投地)! 얼굴이 바닥에 닿도록, 온몸을 던져서 절 하라구! 그런 형식으로 삼천 번 절을 해봐! 뒤숭숭한 마음도 마침내는 갈피를 잡게 되고, 복잡미묘한 얼굴 표정도 단순명료해질 테니까! (함이정에게 명령조로 재촉한다.) 어서 일어나! 당장 일어나서 시작해!

함이정　(비틀거리며 일어선다.)

동 연　삼천 번은 내가 세어 주지! (구령을 외치듯이) 하나!

함이정　(석가여래좌상을 향하여 오체투지의 절을 한다.)

동 연　둘!

함이정   (엎드린 몸을 일으켜 세워 다시 절 한다.)

동 연   셋! 내가 만든 불상은 완벽해. 반드시 효험이 있다구!

함이정   (힘겹게 몸을 일으켜 다시 절 한다.)

동 연   넷!

함이정   여보…….

동 연   벌써 지쳤어?

함이정   당신은 이만 가세요, 나 혼자 두고…… 당신에겐 일이 있 잖아요.

동 연   혼자 뒤?

함이정   네.

동 연   하지만 내가 없으면 절을 안 할 텐데?

함이정   난 꼭 하겠어요.

동 연   잊지 마, 삼천 번이야! 만약 중단했다간 부처님의 큰 벌 을 받게 돼!

동연, 퇴장한다. 함이정은 일어나서 온몸을 던져 석가여래좌상을 향해 절 한다. 사이. 조숭인이 들어온다. 그는 숫자를 앞당겨 헤아 린다.

조숭인   이천구백구십팔! 이천구백구십구! 삼천!

함이정   숭인아…….

조숭인   삼천배를 다 했어요, 어머니!

함이정   이제 겨우 시작이야.

조숭인   형식에 얽매인 인간이 숫자를 셀 때는 하나, 둘, 셋, 꼼꼼 이 세지만 부처님은 달라요. 자비로우신 부처님은 일, 십, 백, 천, 이렇게 듬성듬성 셈 하시거든요. (엎드려 있는 함이정을 부축해 앉히며) 이미 많은 절을 하셨잖아요. 보현사에 할아버지 장례 치르고 저 유명한 십일면관세음보살께 수없이 절하셨죠. 그랬는데 또 삼천배를 하실 거예요?

함이정 부처님이 내 절은 안 받으셔…… 아무리 절을 하고 빌어도…… 마음이 안정 안 돼.

조숭인 (연민과 고통이 뒤섞인 얼굴로 함이정을 바라본다.) 이러다간 어머닌 죽겠습니다.

함이정 그럴 거다, 나는…….

조숭인 어머니의 어머니, 할머니가 돌아가신 때도 이렇게 충격이 컸던가요?

함이정 그때는…… 내가 어렸었지…….

조숭인 어렸던 그때가 더 슬펐을 텐데, 잘 견뎌내셨잖아요?

함이정 하지만 그때는 동연 오빠도 있었고, 서연 오빠도 있었다. 굉장히 슬펐어도 오빠들이 있었으니까 마음이 안정되었고…… 그런데 지금은 흔들려. 자꾸만 마음이 흔들려서 살 수가 없구나. 숭인아, 어찌해야 좋으냐?

조숭인 어찌하면 좋겠어요, 어머니는요?

함이정 몰라…….

조숭인 잘 생각해 보고 말씀하세요.

함이정 네 생각부터 말해…….

조숭인 내 생각보다는 어머니 생각이 더 중요하죠.

함이정 나는…… 옛날로 돌아가고 싶다.

조숭인 그건 불가능해요.

함이정 동연 오빠도 있고, 서연 오빠도 있으면 난 마음을 잡을 수 있어.

조숭인 어머니가 균형을 잃었다고 판단하신 건 옳아요. 하지만

	옛날로 돌아갈 순 없죠. 뒤가 아니라 앞을 보셔야 해요.
함이정	앞을…… 앞을 보라구……?
조숭인	네. 미래를 바라보면서 마음의 균형을 다시 맞추셔야죠. (함이정을 격려하며) 어머닌 잘 하실 겁니다. 균형이 맞았던 경험을 갖고 계시니까, 그 옛 경험을 살려서 다시 맞추면 될 테니까요. 하지만 저에겐 그런 경험이 없습니다. 어머니가 두 오빠 중에서 한 분에게 기울어진 다음에, 즉 균형이 깨진 결과로 제가 태어났거든요. 그래서 태어나서 지금까지, 제가 경험한 건 모두 형식과 내용이 안 맞는 것들뿐입니다. 제 인생은 정말 어려워요. 이런 맞지 않는 것들을 맞추려고 노력은 해보지만, 경험이 없으니 잘 안 되는 거죠. 그러나 어머니는 쉬워요. 한쪽으로 기울어진 것을, 다른 한쪽으로 옮겨서 맞추면 되거든요.
함이정	너는 마치 나를…… 서연 오빠에게 가라는 듯이 말하는구나.
조숭인	어머니…….
함이정	왜?
조숭인	기쁜 일, 슬픈 일, 어머닌 가리지 않고 저와 의논하셨어요.
함이정	그래, 그랬어. 너하곤 뭐든지 의논했었지.
조숭인	어머니, 서연이란 분을 찾아가세요.
함이정	숭인아…… 내 아들아…….
조숭인	네, 어머니.
함이정	난 너를 두고는 못 간다…….
조숭인	제 걱정은 마세요. 저는 다 컸어요. 아버지 걱정도 하지 마세요. 제가 아버지를 보살펴 드릴 테니까요. 어머니, 어서 가세요!

조숭인, 피아노가 있는 곳으로 간다. 그는 피아노 뚜껑을 열고 건반 위에 손을 얹는다. 마음속의 느낌을 정리하는 듯 잠시 묵상하더니 즉흥곡을 연주한다. 함이정, 조숭인을 바라보고 있다가 뒤돌아서서 퇴장한다. 사이. 동연, 들어온다. 그는 조숭인의 피아노 연주가 의외라는 표정이다.

동 연 피아노를 친다? 숭인이, 네가……?

조숭인 아버진 모르셨어요?

동 연 너의 어머니가 가르쳐 주던?

조숭인 아뇨.

동 연 그럼 누구한테 배웠지?

조숭인 혼자서요. 연주법, 작곡법, 책을 사다가 배웠죠.

동 연 피아노는 여자들이나 할 짓이다. 그것도 심심할 때 가끔씩 치는 거지.

조숭인 저는 작곡가가 될 겁니다.

동 연 뭐, 작곡가……?

조숭인 네. 지금 연주하고 있는 것도 제가 작곡한 거에요.

동 연 내 귀엔 불협화음으로만 들린다. (꾸짖듯이 엄한 태도로 말한다.) 넌 가업을 이어야 해. 내 뒤를 이어서, 세상에서 가장 유명한 불상 제작가가 되어야 한다.

조숭인 전 음악이 불상보다 좋아요.

동 연 너, 제정신이냐?

조숭인 물론 제정신으로 말씀드리는 겁니다.

동 연 (피아노에 다가와서 건반 위에 조숭인의 손이 놓여 있음에도 피아노 뚜껑을 닫는다.) 피아노는 금지한다!

조숭인 (피아노 뚜껑에 눌린 손을 빼내며 아픈 표정을 짓는다.) 아, 아버지…….

동 연 넌 내일부터 작업장으로 나와! 내 제자가 되어 불상 만드는 법을 배워!

조숭인 저는 음악 학교에 가겠습니다.

동 연 음악 학교……?

조숭인 네. 집에서 독학만으로는 안 되겠어요.

동 연 (함이정을 부른다.) 여보, 이리 와 봐! 이놈이 괴상한 소리를 하고 있어!

조숭인 달아나셨어요, 어머니는.

동 연 여보! 이리 오라니까!

조숭인 아버지의 불상 때문이에요. 불상 형태가 너무 완벽했거든요. 아주 잘생긴 미인한테는 말 걸기가 쉽지 않듯이, 너무 잘 만든 부처님께는 마음 통하기가 어려운 거죠. 아무리 절을 해도 받아 주지도 않고, 그러니까 어머니는 그만 견디다 못해 도망가셨어요.

동 연 도망가기는, 그럴 리 없어. (석가여래좌상 앞으로 가서 주위를 둘러본다.) 어떻게…… 어떻게 된 거냐? 너희 어머닌 삼천 배를 안 하고 어딜 간 거야?

조숭인 돌부처님한테 갔어요. 형태를 무시하고 그냥 아무렇게나 돌을 주워 만든 부처님한테로요.

동 연 돌…… 부처……?

조숭인 네.

동 연 설마…… 서연이 그놈에게……?

조숭인 음악 학교엔 기숙사도 있겠지만, 저는 집에서 통학할 겁니다. 그래야 아버지 밥도 해드리고, 빨래도 해드릴 수 있죠. 아버지는 오직 불상 만드는 일에만 전념하세요.

동 연 뭔가 큰 오산을 했군! 그 무책임한 놈이, 아무것도 못하는 그 무능한 놈이, 네 에밀 행복하게 해줄 것 같아? 더구나 그놈은 거지야! 돈 한 푼 없이 떠돌아다니는 거렁뱅이라구!

조숭인 글쎄요, 설마 굶어 죽기야 하겠어요?

동 연 네 에민 화냥년이야! 나하고 결혼해 살면서도 언제나 그놈을 그리워하고 있었어!

동연, 분노를 삭이지 못한 채 퇴장한다. 하반신 마비 증세가 나타난다. 그의 걸음이 부자연스럽다. 무대조명, 어두워진다. 허공에 가득히 별들. 들판. 황량한 바람소리. 함묘진, 지칠 대로 지친 모습으로 휠체어 바퀴를 굴리면서 어둠 속을 지나간다. 그의 등뒤에 매달려 덜렁거리는 화염 광배는 야광의 푸른빛을 낸다.

함묘진 피곤하다, 피곤해…… 극락문도 안 열리고, 지옥문도 안 열려. 어디든지 들어가 쉬고 싶은데 이 빌어먹을 열쇠가 맞질 않아…… 혹시나 맞을까 해서 저 문으로 갔다가, 역시나 맞지 않아 이 문으로 되돌아오고…… 이 문에서도 안 맞아 다시 저 문으로…… 왔다갔다 하고 나면 하루의 낮과 밤이 바뀐다고. 그래도 밝은 낮에 극락문을 열려고 갈 때는 덜 피곤한데. 어둔 밤에 지옥문으로 갈 때는 녹초가 될 만큼 지쳐버려. 언제까지 이 짓을 해야 하나…… 백 년 동안? 천 년 동안? 아니면 영원토록……? 맙소사, 피곤하군…… 정말 피곤해…….

함묘진, 중얼거림을 멈추고 어둠 속을 응시한다.

함묘진	누가 또 있군. 왔다갔다 하는 자, 나 이외에도 또 있어. (어둠 속을 향해 묻는다.) 누구요, 거기? 도대체 누가 이 밤중에 들판을 헤매고 다녀?
함이정	(소리) 아버지?
함묘진	아버지라니……?
함이정	(소리) 아버지의 음성인데요?
함묘진	잘 안 보인다, 가까이 오렴!

함이정, 함묘진 앞으로 가까이 다가온다.

함묘진	그래, 너로구나! (함이정을 유심히 살펴보며 혀를 찬다.) 쯧쯧, 네 꼴이 그게 뭐냐? 야윈 몰골에, 남루한 옷이라니…….
함이정	아버지, 서연 오빠를 보셨어요?
함묘진	서연이를……?
함이정	네.
함묘진	서연이는 왜 찾아?
함이정	보셨거든 말씀해 주세요. 난 꼭 만나야 해요.
함묘진	그럼 넌 동연이한테서 쫓겨나 서연이한테로 가는 거냐?
함이정	사람들 말로는, 서연 오빠 이 들판에 있다는군요. 여기저기 들길을 떠돌아다니면서 돌부처를 만들어 놓는대요.
함묘진	그렇다고 너마저 정처없이 들판을 헤매다니냐?
함이정	난 많이 봤어요. 길가에 세워진 돌부처들요. 하지만 서연 오빠 못 만났어요.
함묘진	글쎄…… 그동안 뒤만 쫓아다닌 것 아니냐? 돌부처 있는 길에서 못 만났거든, 돌부처 없는 길에서 기다려라. 그래야 만날 수 있지, 이미 지나간 길을 뒤쫓아다녀 봤자 헛수

고 할 뿐이다.

함이정   그렇군요, 아버지! 서연 오빠 만나려면 지나간 길이 아닌, 지나갈 길에서 기다려야 한다는 걸 몰랐어요!

함묘진   피곤하다, 피곤해…… 벌써 새벽닭이 우는구나!

장닭들이 홰를 치면서 울어댄다. 함묘진, 그 소리에 쫓기듯이 휠체어 바퀴를 굴리면서 나간다. 함이정, 그를 부른다.

함이정   잠깐만요, 아버지.

함묘진   시간 없다! 해 뜨기 전에 난 지옥문까지 가야 해!

함이정   내가 극락문을 열어 드릴게요!

함묘진   (휠체어를 멈추고 뒤돌아본다.) 네가 어떻게? 맞는 열쇠라도 가졌느냐?

함이정   열쇠는 없지만 마음은 있어요!

함묘진   마음……?

함이정   내 마음이 극락을 느끼면 극락문이 열리고, 지옥을 느끼면 지옥문이 열려요! 난 서연 오빠를 만나면 극락을 느낄 거예요! 그때, 극락문이 활짝 열릴 때, 아버진 그 안으로 들어가세요!

함묘진   쯧쯧, 너무 장담하진 말아라! 네가 극락을 느낄지 지옥을 느낄지는 두고 볼 일이다!

함묘진, 다급하게 서둘러 퇴장한다. 차츰차츰 먼동이 떠오른다. 함이정은 나뭇가지 지팡이에 몸을 의지한 채 자신이 서 있는 길을 바라본다.

함이정 새벽의 여명 때문일까…… 아니면 내 마음의 느낌 때문일까…… 넓고 넓은 들판은 아직 어둠 속에 묻혀 있는데, 오직 한줄기 이 길만이 환하게 밝아 오네. 숭인아, 숭인아, 내 아들아, 너에게 이 광경을 보여 주고 싶구나. 여기저기 헤맬 때는 길과 마음이 따로따로 나눠지더니만, 이제 멈춰 서서 기다리는 이 길은 내 마음과 하나로 이어졌다. (눈을 감고 두 팔을 벌리며 떨리는 목소리로 말한다.) 가만히 눈을 감고 있어도 나는 느껴. 이 길을 지나가는 모든 움직임을 예민하고 섬세하게…… 사람들이 지나간다. 가축들이 지나가고, 아주 조그만 벌레들도 지나가…… 다가온다…… 서연 오빠가 다가온다…… 서연 오빠가 돌부처를 만들며 다가온다…….

무대조명이 바뀐다. 조숭인, 이동식 식탁을 밀면서 들어온다. 그는 동연의 방을 향해 외친다.

조숭인 아버지, 아침식사하세요!

동 연 (소리) 먹고 싶지 않다, 아무것도!

조숭인 그래도 드셔야죠!

동 연 (소리) 너나 혼자 먹어라!

조숭인 어서 나오세요! 그렇지 않으면 나오실 때까지 외칠 거예요!

동 연 (소리) 알았다! 조금 후에 나가마!

조숭인 지금이오, 지금!

동연, 휠체어를 타고 등장한다. 밤에 잠 못 이룬 듯 부시시한 모습이다. 그는 이동식 식탁 앞에 멈춘다.

조숭인 오늘 아침엔 죽을 끓였어요.

동 연 죽이라고……?

조숭인 네. 식욕없는 아버지를 위해 특별히 끓인 겁니다. (이동식 식탁을 가리키며) 이 식탁 기억나시죠?

동 연 (의자에 앉아서 식탁을 바라본다.) 음, 이건…….

조숭인 할아버지가 쓰시던 거예요.

동 연 그랬었지.

조숭인 어머닌 이 식탁에 음식을 차려서 할아버지께 드렸죠. 저도 사용해 보니까 편리한데요.

동 연 (침묵한다.)

조숭인 어서 식기 전에 드세요.

동 연 (마지못해 숟가락을 들고 죽을 떠서 먹으며) 요즈음엔 맛을 모르겠다, 뭘 먹어도…….

조숭인 (동연이 쥔 숟가락이 흔들리는 것을 바라본다.) 아버진 손을 떠시는군요.

동 연 이 죽 역시 짠 건지, 싱거운 건지…….

조숭인 조심하세요. 흘려요.

동 연 잠을 못 자서 그래. 어젯밤 뜬눈으로 지샜는데…… 어둠 속에서 네 에미가 보이더라.

조숭인 저도 봤어요.

동 연 너도 봤어?

조숭인 네. 할아버지와 무슨 말씀을 하던걸요.

동 연 숭인아.

조숭인 네?

동 연 너, 내 가업을 이어라. 작곡인가 뭔가 제발 그 쓸데 없는 짓은 걷어치우고, 불상 만드는 법을 배워.

조숭인 아버지에겐 제자들이 있잖아요?

동 연 제자들이야 있지. 하지만 다 바보 같은 놈들뿐이야!

조숭인 왜요?

동 연 그놈들은 골이 비었는지 똑같은 형태로만 만들어!

조숭인 아버지도 똑같게 만드시잖아요.

동 연 난 오직 완벽한 형태가 가장 완벽한 내용이라고 제자들에게 가르친다! 그러나 그놈들은, 그 바보 같은 놈들은 그게 무슨 뜻인지 알아듣지 못해. 그저 기계적으로, 기계적인 정확한 솜씨로 열 개, 스무 개, 똑같은 형태만 만들어. 숭인아, 그런데 넌 그놈들과는 달라. 뭔가 생각을 하고, 고민도 하거든. 네가 불상을 만들면 곧 대가가 될 거다. 대가가 되어야 돈도 벌고 명예도 얻어. 음악은 어떠냐? 네가 음악으로 성공할 것 같으냐?

조숭인 아뇨⋯⋯. 그래도 저는 평생 음악을 할 겁니다.

동 연 난 전혀 음악이란 걸 모른다만, 듣는 귀는 있어. 네가 작곡했다는 것들은 모두 시끄러운 불협화음뿐이야. 듣는 사람만 고통스럽다구.

조숭인 작곡한 저는 더 괴로워요.

동 연 물론 너도 괴롭겠지!

조숭인 소리와 침묵이 서로 다투기만 해요. 그 둘을 조화시킬 방법이 있을 텐데⋯⋯.

동 연 음악 학교에서는 그런 방법을 안 가르쳐 주나?

조숭인 이론은 많이 가르쳐 줘요. 화성악이라든가, 대위법 등을요. 하지만 제가 작곡하고 싶은 음악은 그런 이론으로는 안 되는 것인가 봐요. 소리 속에 침묵이 있고, 침묵 속에 소리가 있는…… 가장 아름다운 음악…… 극락의 음악을 만들고 싶어요.

동 연 (숟가락을 식탁 위에 소리 나게 내려놓으며) 그건 불가능해!

조숭인 그만 드시려구요?

동 연 불가능한 짓에 네 인생을 낭비하지 말아라!

조숭인 남기지 마시고 다 잡수세요.

동 연 넌 참 이상한 놈이다! 어렸을 때부터 그랬어! 생긴 모습은 날 닮았는데, 하는 짓은 엉뚱했지! 지금도 그래! 모습만 봐서는 내 아들인데, 말하는 거나 생각하는 건 내 아들이 아냐!

조숭인 저는 아버지의 아들이에요.

동 연 네가 하는 짓은 서연이라는 놈을 꼭 닮았어!

동연, 호주머니에서 편지봉투를 꺼내 식탁 위에 올려놓는다.

동 연 이거, 어제 받은 편지다.

조숭인 무슨 편지인데요?

동 연 읽으면 알게 돼.

동연, 휠체어 바퀴를 밀며 퇴장한다. 조숭인은 편지봉투를 집어서 속지를 꺼내 읽는다.

조숭인 "존경하는 선생님께 삼가 문안 올립니다. 소승은 송덕사 주지로서, 불상 주문하는 일로 선생님을 찾아뵈었기에 기억하실 것입니다." 송덕사……? 언젠가 들은 것도 같은데…… "다름이 아니오라, 며칠 전 소승은 송덕사 불자들과 더불어 방생법회에 쓸 물고기들을 가지고 들판 가운데의 저수지를 향해 가고 있었지요. 그런데 놀랍게도 미치광이를 만났습니다. 그 미치광이란 선생님과 동문수학했던 자인데, 소위 돌부처를 만들어 이곳 순박한 촌민들을 현혹시켜 온갖 어리석은 짓을 저지르게 합니다." 아, 그분이군! 서연, 그분이야! "그 미치광이가 세워 놓은 돌부처에게 빌었더니 아들을 낳았다는 아낙네가 있는가 하면, 늙은 부모의 고질병이 치유되더라는 무식한 농사꾼, 울화가 치밀 적에 돌부처에게 하소연 하고 나면 가슴속이 후련해진다는 청상과부, 심지어 지나가는 소나 말도 돌부처 앞에서 걸음을 멈추고 절을 한다는 둥, 이런 헛소문 때문에 저희 송덕사의 피해가 이만저만이 아닙니다." 하하, 이것 참 재미있군! "각설하옵고, 소승이 알려드리는 사실은 그 미치광이가 혼자 헤매 다니면서 그 짓을 하더니만, 이제는 선생님의 부인과 짝이 되어 소위 돌부처를 만든다는 것입니다." 어머니야. 어머니가 그분과 함께 계셔…….

무대조명, 전환된다. 텅 빈 무대 바닥에 구불구불 기다랗게 길을 나타내는 조명이 비춰진다. 들판. 초라한 누더기를 입은 야윈 모습의 서연과 함이정이 길을 따라 걸어온다. 그들은 돌을 주워서 길가에 돌부처를 세운다. 큰 돌을 주운 사람이 그 위에 얹어 머릴 삼는다. 바람소리, 새소리, 개울물 흐르는 소리가 들린다. 그들은 길을 따라서 크고 작은 돌부처들을 세워 나간다. 코러스(불상)들, 돌부처가 되어 길을 따라 아무렇게나 늘어선다. 돌부처들이 장난치며 웃는다.

천진난만한 모습이다.

함이정 난 배고파요. 오빠는요?

서 연 배야 늘 고프지.

함이정 우리, 감자 먹어요.

함이정, 돌부처 밑에 놓인 감자를 집는다. 두 명의 코러스(돌부처)가 삶은 감자를 손에 들고 와서 함이정에게 내민다.

함이정 오빠는 두 개, 나는 한 개…… 누군가 삶은 감자를 돌부처 님 앞에 놓아 두었군요.

서 연 (함이정 옆에 앉아 감자를 먹는다.) 맛있구나, 맛있어. 부처님 잡수실 걸 훔쳐먹으니까 맛있는 거야.

함이정 (웃으며) 네, 꿀맛이에요.

서연, 감자를 먹다 말고 숨이 막힐 듯한 기침을 한다. 매우 쇠잔한 기침이다. 함이정의 얼굴에서 웃음이 사라지고 울먹이는 표정이 된다. 사이. 간신히 기침을 진정시킨 서연, 함이정에게 감자 하나를 되돌려 준다.

서 연 나는 한 개, 너는 두 개…….

함이정 오빠가 더 먹어요. 오빠는 몸도 약하고…….

서 연 난 이제 못 먹어.

함이정 오빠…… 서연 오빠…….

서 연 왜……?

함이정 오빠가 죽으면 나는 어떻게 하죠?

서 연 어떻게 하기는…….

함이정 오빠가 없으면 난 슬플 거예요.

서연, 다시 기침을 한다. 함이정은 안타까운 표정으로 서연의 기침이 멎기를 기다린다.

함이정 오빠, 서연 오빠…….

서 연 언젠가…… 스승님을 찾아갔더니…… 동연이와 네가 결혼했더라. 숭인이란 총명한 애도 낳았고……. 그날 동연이는 나한테 그랬지, 다시는 돌아오지 말아라……. 그때 나는 지칠 대로 지쳐 있었어. 세상은 온통 부처의 형상으로 가득 차있는데…… 부처의 마음은 보이지 않고……. 후회되더라…… 불상을 만들면 이 고생은 면할 수 있는 것을 왜 망설이는가…… 그래서 스승님께 되돌아갔었는데…….

함이정 동연 오빠가 야박하게 내쫓았죠. 난 그냥 보기만 하였고…….

서 연 동연이가 날 내쫓은 건 참 잘 한 거지. 오히려…… 그렇게 해주었기에 나는…… 다시 돌아설 수 있었어……. 난 들판을 헤매 다녔다. 마음이 텅 빈 듯 허전하고…… 무엇으로 채워야 할지 알 수는 없고. 그랬는데…… 어느 해 겨울이었다. 흰눈이 내리더라. 어찌나 많이 내리는지…… 하늘도 하얗고 땅도 하얗더니만…… 천지가 흰 공백으로 텅 비더라. 나는…… 나는…… 그 텅 빈 공백이 무섭고 두려워서…… 네 이름을 불렀다……. 부르고…… 또 부르고…… 목이 터져라 너를 불러서 그 공백을 가득 채웠는데…… 이듬해 봄…… 눈 녹는 봄이 되니깐…… 돋아나는 풀잎이며 피어나는 꽃송이가…… 모두 네 모습이더라. 난 기뻤다……. 참으로 기뻐서…… 난 여기가 극락이라는…… 표시를 해두고 싶었어. 그래서…… 돌을 주워…… 부처를 만들었지…….

함이정 하지만 오빠…… 어젯밤엔 바람이 세게 불었죠. 아침 해 뜰 때 보니까, 돌부처님 머리가 하나도 남지 않고 모두 떨어졌어요.

서 연 나도 봤다. 부처님 형상이 없어졌다고 부처님이 없어졌겠냐?

함이정 오빠, 서연 오빠…….

서 연 왜?

함이정 나 좀 꼭 안아 줘요.

서 연 (함이정을 껴안고 등을 다독거린다.) 울지 마라. 어린애도 아닌데.

함이정 어렸을 땐 두 오빠와 행복했어요. 아무것도 모르면서 행복했었죠. 하지만 지금은 다 알아요. 기쁨도 알고, 슬픔도 알고…….

서 연 그래…… 모르면서 행복했으니, 알고서는 더 행복해야지.

서연과 함이정, 일어선다. 돌부처를 만들면서 길을 따라간다. 물 흐르는 소리가 점점 가깝게 들려온다. 조명, 개울물의 흐름을 나타낸다.

함이정 개울물이에요, 서연 오빠. 여기서 길은 끊겼어요.

서 연 (개울가로 다가가서 두 손으로 물을 떠서 마시며) 너도 마시렴. 목마를 텐데…….

함이정 (서연 곁으로 가서 개울물을 바라본다.) 물 위에 비춰 보여요, 우리 얼굴이…… 얼굴 뒤엔 구름이…… 구름 뒤엔 하늘이……. (물을 떠서 마신다.) 물이 맑고 시원해요.

서연, 장난스럽게 개울물을 마치 눈덩이처럼 뭉치는 동작을 한다.

함이정 오빠, 이쪽으로 나와요.
서 연 (개울물을 건너가며) 난 이제 저쪽으로 간다.
함이정 서연 오빠…….
서 연 넌 나중에 건너와.
함이정 (손을 흔든다.) 그래요, 오빠…… 먼저 가요. 나는 나중에…….

서연과 함이정, 잠시 개울물 양쪽에서 서로를 바라본다. 조숭인이 피아노 앞에 앉아 건반을 두드리며 작곡중이다. 개울물 건너쪽, 눈부시도록 밝아진다. 때를 놓치지 않으려는 듯 함묘진이 다급하게 휠체어 바퀴를 굴리면서 들어온다. 그는 피아노 옆을 지나 개울물을 건너간다. 코러스(돌부처)들, 개울물을 건너가는 서연을 배웅하듯이, 따라가듯이, 마중하듯이, 서연과 함께 어우러져 춤을 추며 간다. 개울 저쪽, 눈부시도록 빛이 밝다. 함묘진이 다급하게 휠체어 바퀴를 굴리며 들어온다.

조숭인 할아버지, 어딜 그렇게 급히 가세요?
함묘진 극락문이 열렸다! 극락문이 열렸어!

함묘진, 휠체어에서 일어난다. 그는 서연의 뒤를 따라 빛 안으로 들어간다. 무대조명, 변화한다. 동연, 등장한다. 그는 조숭인에게 다가와서 전보 용지를 내놓는다.

동 연 송덕사 주지스님이 전보를 보내 왔다. 서연이가 죽었다는구나.

조숭인 (손가락 하나로 낮은 음 건반을 길게 누른다.) 어머니는요……?

동 연 네가 직접 가서 봐라.

조숭인 (일어나서 피아노 뚜껑을 닫는다.) 네, 아버지.

동 연 넉넉히 주마, 서연의 장례 비용은.

무대 천장 위에서 천막이 펼쳐지며 내려온다. 깊은 밤. 하늘의 반짝이는 별들. 보름달. 구름. 들판의 천막. 좌우 양쪽에 놓인 촛대에서 타오르는 촛불. 촛대 뒤에는 서연의 시신이 안치된 검소한 목관(木棺)이 놓여 있다. 소복을 입은 함이정, 평온한 표정으로 다소곳이 앉아 있다. 바람소리, 풀벌레 울음 소리…… 조숭인이 들어온다.

조숭인 저예요, 어머니. 숭인이가 왔습니다.

함이정 (일어나 반갑게 조숭인을 맞이하며) 어서 오렴!

조숭인 (관 앞으로 가서 두 번 절 한다.)

함이정 숭인아, 오늘 밤 네가 꼭 올 것 같더라.

조숭인 (관을 바라보며) 이분이 저의 정신적 아버지셨죠.

함이정 음…… 그동안 넌 어른이 다 됐구나.

조숭인 제 육신의 아버지가 저를 보내셨어요. 장례 비용에 쓰시라고 두툼한 봉투를 주시더군요. (조의금 봉투를 꺼내 함이정에게 내민다.) 받으세요, 어머니.

함이정 (잠시 머뭇거리다가 조의금 봉투를 받는다.) 고맙다. 하지만 장례는 걱정없어. 오늘까지 사흘째, 밤샘이 끝나면 내일은 화장(火葬)을 할 거고…… 그분이 여기 들판에 뿌려 달랬어. 마을에는 친절하신 분들이 많아. 촛대, 향로, 그리고 이 천막도 빌려 줬다. (무엇인가 재미있다는 듯 얼굴에 웃음이 떠오른다.) 어제는 송덕사 스님들이 오셨지. 그런데…… 우습더라. 그분 살아 게실 땐 미치광이라고 싫어하던 스님들이, 어찌나 열심히 목탁 치고 염불을 외우시는지…… 마치 그분을 어디론가 멀리 쫓아내듯 하더구나.

조숭인 (함이정의 웃는 얼굴을 바라보다가 묻는다.) 어머닌 행복하세요?

함이정 왜……?

조숭인 슬픈 얼굴이 아니어서요.

함이정 응, 난 행복해.

조숭인 저는 괴롭습니다.

함이정 아직도 괴로워?

조숭인 네.

함이정 저런, 안됐구나…….

조숭인 제 마음속엔 여전히 두 분의 아버지가 다투고 있거든요.

함이정 숭인아…… 내 아들아…….

조숭인 두 분 아버지의 다툼 때문에 저는 상처를 입고…… 언제나 괴로워하죠.

함이정 너한테도 반드시 행복한 때가 올 거야. 네 속에서 다투는 두 분의 싸움이 끝나고 극락이 되는…….

조숭인 제 육신의 아버지는 지금도 어머니를 용서 안 해요. 어머니가 집을 나가신 후에, 아버지는 분노에 떨면서 이렇게 말씀하셨죠. "네 에미는 그놈에게 갔다! 나하고 결혼해 살면서도 서연이라는 그놈을 그리워하고 있었어!" 그리고는 이런 말씀도 하셨어요. "넌 이상한 놈이다! 육신은 나를 닮았는데, 생각하는 건 꼭 그놈을 닮았어!" 저는…… 그런 말이 듣기 싫었어요. 이 세상의 그 어떤 욕설보다 더 듣기 싫었고 그러면서도 저는 듣기 좋았습니다. 이 세상의 어떤 칭찬보다 그분을 닮았다는 소리가 듣기 좋았죠. (무릎걸음으로 목관에 다가가서 어루만진다.) 제 정신의 아버지를 만나 뵙고 싶었어요. 아버지가, 육신의 아버지가 그토록 미워했던 분을 만나 보고 싶었는데…… 유감이군요. 이제는 살아 계시지 않으니…….

함이정　그분의 느낌은 살아있어.

조숭인　느낌이라면…… 기억 같은 것인가요?

함이정　이상하게 들려도 웃지는 마라. 저기 들판의 뒹구는 돌들을 봐도 그분이 느껴지고…… 흐르는 물, 들려오는 바람소리, 난 뭐든지 그분의 살아있는 느낌을 느껴. (얼굴을 붉히고 웃으며) 너한테는 웃지 말라 해놓고 난 웃는구나. 그래, 너도 웃어라.

멀리서 새벽을 알리는 송덕사의 종소리가 들려온다. 마치 그 닭울음 소리가 "동연아! 서연아!" 하고 부르는 것 같다. 무대, 막이 내린다.

― 막.

들판에서

· **등장인물**
  형
  아우
  측량기사
  두 명의 조수
  여러 사람들

· **장소**
  들판

· **무대**
무대 뒤쪽에 들판의 풍경을 그린 커다란 걸개 그림이 걸려 있다. 샛노란 민들레꽃, 빨간 양철지붕의 집, 흑백 얼룩무늬 젖소들이 그려진 들판 풍경은 동화책의 아름다운 삽화를 연상시킨다. 만약 극장이나 대강당이 아닌 교실에서 이 연극을 공연할 경우, 걸개 그림 대신 칠판에 여러 가지 색분필로써 들판 풍경을 그려서 사용한다.
이 연극의 소도구들은 조립식 벽, 전망대이다. 교실에서 공연할 때는 조립식 벽은 책상으로, 전망대는 의자로 대용할 수 있다. 소품들인 민들레꽃, 말뚝, 총은 실물의 형태와 비슷하게 만들 필요가 있다.

막이 오른다. 형과 아우, 들판에서 그림을 그리고 있다. 형은 오른쪽에서, 아우는 왼쪽에 이젤을 세워 놓고 수채와 물감과 붓을 사용한다. 그들은 즐거운 표정으로 휘파람을 불거나 노래를 부른다. 형, 아우에게 다가와서 그림을 쳐다본다.

형 야. 멋진데! 아주 멋지게 그렸어!

아 우	경치가 좋으니까 그림이 잘 그려져요.
형	넌 정말 솜씨가 훌륭해.
아 우	형님 솜씨가 더 훌륭하죠.
형	아냐. 난 너만큼 잘 그리지 못하는걸.
아 우	(형의 그림이 있는 곳으로 와서 감탄한다.) 형님 그림도 멋있어요!
형	오, 그래?
아 우	네. 푸른 들판, 시냇물과 오솔길, 샛노랗게 피어 있는 민들레꽃, 한가롭게 풀을 뜯는 젖소들…… 참 아름답고 평화로운 풍경이군요.
형	난 아직 집은 못 그렸어. 그런데 너는 벌써 우리가 사는 집까지 그렸구나. 들판 한가운데 빨간색 양철지붕과 하얀 연기가 피어오르는 굴뚝…….
아 우	난 이곳에서 평생토록 형님과 살고 싶어요.
형	나도 너와 함께 행복하게 살고 싶어.

형과 아우, 다정하게 포옹한다.

형	우리의 이런 광경을 돌아가신 부모님이 보실 수만 있다면…….
아 우	분명히 저 하늘 위에서 바라보고 계실 거예요.
형	정말 고마우신 부모님이시다. 이렇게 좋은 곳을 우리 형제에게 물려주셨으니!

형, 주위에 피어 있는 민들레꽃을 꺾어서 아우에게 내민다.

형	들판에 피어 있는 이 민들레꽃에 걸고서 맹세하자. 우리 형제는 언제나 사이좋게 지내기로.
아 우	그래요. (민들레꽃을 꺾어 형에게 내밀며) 이 민들레꽃이 우리 맹세의 증인이에요.

형과 아우, 흐뭇한 표정으로 민들레꽃을 주고받는다. 그들은 각자의 그림 앞으로 되돌아간다.

형	난 이제 집을 그려야겠다.
아 우	나는 저 파란 하늘과 햇님을 그리겠어요.

형과 아우, 열심히 그림을 그린다. 측량기사와 두 명의 조수가 등장한다. 측량기사는 삼각다리가 달린 측량기를 세워 놓고 조준경을 들여다보면서 조수들에게 손짓으로 신호를 보낸다. 측량기사의 앞에는 한 명의 조수가 눈금이 그려진 표지봉을 들고 서 있다. 측량기사의 뒤쪽에서는 다른 조수가 측량이 끝난 지점마다 말뚝을 박고 밧줄을 맨다. 측량기사와 조수들은 형과 아우 사이를 나누어 놓는다.

형	(성난 모습으로) 여봐요! 여봐요!
측량기사	(태연하게) 우리 말씀인가요?
형과 아우	(측량기사에게 다가간다.) 당신들, 지금 뭘 하고 있는 겁니까?
측량기사	측량하고 있죠, 보시다시피.
아 우	여긴 우리 땅이에요. 왜 함부로 들어와서 말뚝을 박고 줄을 쳐요?
측량기사	(조수들에게 명령조로 말한다.) 자네들, 뭘 해? 어서 땅 주인들

께 인사드려!

한 조수　안녕하세요!

다른 조수　오늘 날씨가 참 좋군요!

측량기사　아 참, 제 소개도 해야죠. 저는 측량기사입니다.

형　우린 측량을 부탁한 적 없어요. 잘못 알고 온 모양인데, 어서 우리 들판에서 나가요!

측량기사　우린 실습하러 온 겁니다.

형과 아우　뭐…… 실습 왔다구요?

측량기사　네. 오늘은 날씨가 화창해서 조수들을 데리고 야외실습을 나왔어요. (눈을 가늘게 뜨고 들판을 둘러보며) 그냥 버려 두기에는 아까운 땅이군요! 공장부지로 개발해서 팔거나, 주택지로 나눠 팔면 큰 돈을 벌겠어요! 그런데, 왜 이렇게 화를 내시죠? 우릴 보자마자 고함 지르고, 삿대질까지 하다니 너무 심한 것 아닙니까?

형　(아우에게) 우리가 너무 심했나……?

아 우　글쎄 말입니다……?

측량기사　내 조수들이 측량 경험이 없거든요. 그래서 실습을 나온건데, 아무 설명도 없이 말뚝을 박아대니까 화가 나셨나 봐요.

아 우　그 말이 맞아요. 미리 알려 주셨더라면, 우린 기꺼이 허락했을 겁니다.

측량기사　두 분께선 안심하고 그림이나 그리세요.

형　그런데 실습이 끝나면 저 말뚝들은 어떻게 할 거죠?

측량기사　걱정 마세요. 우리가 다시 뽑을 테니까.

아 우　줄은요?

측량기사　물론 줄도 걷어 가야죠. (조수들에게) 자, 저 앞에 표지봉을 저쪽에 세워! 그리고 뒤에서는 말뚝을 박아!

측량기사와 조수들, 작업을 진행하면서 퇴장한다. 형과 아우 사이에는 일직선의 밧줄이 허리 높이만큼 매어져 있다. 형과 아우는 그림을 그리면서도 신경이 쓰이는지 말뚝과 밧줄을 바라본다.

아 우 형님, 너무 걱정하지 마세요. 측량실습을 끝내면 그들이 치운다고 했으니까요.

형 그들이 잊고서 그냥 가면 어떻게 하지?

아 우 그럼 우리가 치워 버리죠.

형 하긴 그렇구나. 난 괜히 염려했다. 그런데, 지붕 그릴 빨간색 물감 좀 빌려 주겠니?

아 우 이리 와서 가져 가세요.

형, 밧줄 앞에서 어떻게 넘어가야 할까 망설인다. 허리 높이의 밧줄을 뛰어넘어 가려다가, 밧줄 밑으로 몸을 낮춰 아우에게 간다. 아우는 빨간색 물감을 형에게 빌려 준다.

형 고맙다.

아 우 부족한 게 있거든 언제든지 건너오세요.

형 (밧줄 밑으로 기어나와서 자기 자리로 되돌아온다.) 너도 건너와. 나한테 있는 거라면 빌려 줄 테니.

아 우 난 하늘색이 모자라요.

형 이쪽으로 와서 가져 가.

아우, 밧줄을 껑충 뛰어서 넘어온다. 형은 아우에게 하늘색 물감을 빌려 준다.

형	불편하구나. 넘어 다니기가…… .
아 우	하지만 재미는 있는데요.
형	재미있다구?
아 우	네. (밧줄을 뛰어넘어 가며) 이것 보세요! 껑충껑충 뛰어서 넘어 다니는 게 재미있군요!
형	옛날 생각이 난다. 우리가 어렸을 때 이런 놀이를 했었지. 가위 바위 보를 해서 이긴 사람은 줄을 넘어갈 수 있지만, 진 사람은 넘어가지 못하는 놀이였어.
아 우	형님, 나도 방금 그 놀이를 생각했어요.
형	우리 다시 해볼까?
아 우	좋아요! 가위, 바위, 보!
형	가위, 바위, 보!

형과 아우, 밧줄을 사이에 두고 가위 바위 보를 한다. 아우가 이긴다. 그는 형 쪽으로 껑충 뛰어넘어 가서 의기양양하게 뽐내며 다니다가 자기 쪽으로 되돌아온다. 아우는 세 번이나 형을 이기고, 똑같은 행동을 되풀이 한다.

형	그만하자, 그만해!
아 우	왜요……?
형	너는 나보다 늦게 한다! 내가 가위면 너는 기다렸다가 바위를 내놓고, 내가 보를 하면 너는 그걸 본 다음 가위를 내놓잖아!
아 우	난 형님과 동시에 했어요!

형	난 그림이나 그려야겠다. (뒤돌아서서 자신의 그림 앞으로 걸어가며) 다시는 너하고는 놀이 안 해!
아 우	형님은 나한테 지더니만 심통이 났군요?
형	네가 날 속이고 이겼어!
아 우	아뇨! 형님이 지금 화를 내는 건 동생인 내가 이겼기 때문이에요. 형은 언제나 이겨야 하고, 동생은 언제나 져야 한다, 그게 바로 형님의 고정관념이죠!
형	미리 경고해 두겠는데, 내 허락 없이는 이쪽으로 넘어오지 말아라!
아 우	그럼 형님도 내 땅에 넘어오지 말아요!

아우, 자신의 그림 앞으로 되돌아간다. 형과 아우는 침묵 속에서 그림을 그린다.

형	가만 있자…… 저건 놀라운 사실인데! (아우를 향하여 소리지른다.) 야, 저기 있는 우리 집을 봐!
아 우	우리 집……?
형	그래!
아 우	우리 집이 어때서요?
형	난 지금까지 우리 집이 들판 한가운데 있는 줄 알았어! 그런데 그게 아냐! 측량기사가 쳐놓은 밧줄을 보라구. 우리 집은 한가운데가 아닌, 약간 오른쪽에 있잖아!
아 우	그렇군요. 우리 집이 오른쪽에 있는데요…….
형	오른쪽은 내 쪽이야.
아 우	형님 쪽에 있다고 우리 집을 형님이 독차지하려는 건 아니겠죠?

형	너는 내 허락 없이는 집에 들어오면 안 돼!
아 우	형님, 저건 우리 집이에요! 우리가 다 함께 사는 집이라구요!
형	네가 있는 곳 그쪽도 우리가 다 함께 살던 땅이었어. 그런데 너는 나를, 단 한 번도 넘어가지 못하게 했다!
아 우	그건 오해예요, 형님. 얼마든지 이쪽으로 넘어오세요!
형	지금은 넘어오라구?
아 우	네, 형님.
형	내가 뭣 때문에 그쪽으로 가야지? (아우를 외면하고 그림을 그리며) 난 집이나 마저 그려야겠다.
아 우	좋아요, 형님은 집을 가지세요. 하지만 나는 젖소들을 갖겠어요.
형	젖소들을 갖는다고?
아 우	저기 들판을 보세요. 젖소들은 지금 왼쪽에, 그러니깐 내 쪽에 있어요.
형	어떻게 모두 네 쪽에 있지?
아 우	내 쪽의 풀이 탐스러워 몰려왔겠죠. 난 가축을 길러서 재산을 모을 겁니다. 그래서 형님 집보다도 더 큰 집을 짓겠어요!
형	집을 크게 짓든 작게 짓든 네 마음대로 하렴! 하지만 가축들은 자유롭게 놔둬! 네 땅의 풀을 다 뜯어 먹으면, 다시 내 땅으로 넘어올 거다!

측량기사와 조수들, 등장한다.

측량기사	어떻습니까, 우리 실력이? 양쪽으로 정확하게 나눠 놓은

측량 솜씨에 놀라셨을 겁니다. (조수들을 칭찬한다.) 자네들, 참 잘 했어! 굉장히 능숙한 솜씨야!

조수들 　고맙습니다, 칭찬해 주셔서.

한 조수 　사실은 우린 이런 일을 여러 번 했거든요.

다른조수 　측량을 한 다음엔 땅을 빼앗았죠. 아주 교묘한 방법으로요.

측량기사 　쉿, 입 조심해!

조수들 　네, 알겠습니다.

측량기사 　(먼저 형에게 다가와서 묻는다.) 측량을 끝냈으니 다음엔 무슨 일을 할까요?

형 　그걸 왜 나에게 묻죠?

측량기사 　우리가 일을 정확히 하려구요. 말뚝과 밧줄을 치워 드릴까요?

형 　아니, 그냥 둬요.

측량기사 　(동생에게 넘어가서 묻는다.) 어떻게 할까요? 당신 형님은 말뚝과 밧줄을 그냥 두라는데요?

아 우 　밧줄은 약해요. 더 튼튼한 건 없어요?

측량기사 　더 튼튼한 거라면……?

아 우 　가축들이 넘어가지 못할 만큼 튼튼한 것이 필요해요.

측량기사 　그거야 철조망도 있고 높다란 벽도 있죠.

형 　(아우를 향해 꾸짖는다.) 너, 지금 무슨 짓을 하려는 거냐?

아 우 　형님은 내 일에 상관하지 마세요! (측량기사에게) 철조망보다는 벽이 좋겠어요. (손을 머리 위로 높이 들어올리며) 이 정도 높은 벽을 쌓아 올리면 아무것도 넘어가지 못하겠죠!

형 　뭐, 높은 벽? 너와 나 사이를 완전히 가로막겠다고?

측량기사 　우리 조수들은 유능해서 여러 가지 부업을 하고 있죠. (조수들은 손짓으로 부른다.) 이리 와! 이분에게 친절하게 설명해 드려!

조수들, 아우에게 다가온다.

한 조수   이런 들판에는 조립식 벽이 좋습니다.

다른 조수   설치하는 시간도 얼마 안 걸리고, 비용도 저렴하죠.

한 조수   그럼요. 벽돌로 쌓는 것만큼이나 튼튼하고요.

다른 조수   품질은 우리가 보장해 드립니다.

아 우   얼마인데요? 난 현금이 없어서…….

측량기사   당장 현금이 없으면 땅으로 주셔도 돼요.

아 우   (망설이는 태도가 되며) 하지만…… 부모님한테 물려받은 땅은…….

측량기사   그래도 땅을 주고 벽을 만드는 게 낫습니다. 가축소들이 저쪽으로 넘어가 버리면 당신만 큰 손해 아닙니까?

아 우   좋아요. 땅 반절을 드릴 테니 벽을 설치해 주세요.

조수들은 벽 공사를 시작한다. 그들은 칸막이 형태의 벽을 운반해 오더니 재빠르게 조립해서 밧줄을 따라 세워 놓는다. 형과 아우 사이는 벽으로 가로막힌다.

형   맙소사, 이런 벽이 생기다니!

아 우   형님 때문이야. 집도 갖겠다, 가축도 갖겠다, 형님의 그런 욕심만 아니었어도, 난 정말 벽 같은 건 만들지 않았을 거야.

형   믿어지지 않아. 동생이 이럴 수가……?

아 우   하지만 마음이 괴로운데…… 형님과 완전히 나뉘어져 살

생각을 하면……. 그래, 벽은 잘못된 거야. 내가 너무 심했어.

형　동생 탓만은 아냐. 내 탓도 있어. 내가 잠시 기분이 상해서, 동생한테 집에 들어오지 말라고 했던 건 잘못이었어. 그런 나를 동생은 얼마나 원망했을까…….

아 우　형님에게 잘못했다고 빌어야겠어.

형　동생에게 미안하다고 말을 해야겠어.

형과 아우, 벽으로 다가간다. 그러나 그들은 잠시 망설인다.

아 우　그러나 형님이 나를 용서하지 않는다면, 난 어떻게 되는 거지?

형　미안하다고 말해도 소용없다면……?

아 우　나 혼자 독립해서 사는 것도 나쁜 건 아닐 텐데……. 좀더 생각해 봐야겠어.

형　그래도 형 체면이 있지, 내가 먼저 말할 수는 없어.

아 우　그림을 그리면서 생각해 보자구.

형　동생이 먼저 말할 때까지 기다리는 게 낫겠군.

형과 아우, 각자의 그림으로 돌아간다. 그들은 그림을 그린다. 맑았던 하늘이 흐려지고, 거친 바람이 불어온다.

형　바람이 거칠게 불어오는군…….

아 우　하늘이 점점 흐려지고 있어.

측량기사, 많은 사람들을 데리고 형의 지역에 등장한다.

측량기사	보세요! 바로 이 들판이 내가 여러분에게 분양해 드릴 땅입니다!
사람들	굉장히 넓은데요!
한 사람	난 공장을 짓고 싶어요.
다른 사람	상점은 어디가 좋을까요?
또 다른 사람	우선 주택가부터 짓고 봅시다.
사람들	그런데, 벽 이쪽 땅만 분양할 건가요?
측량기사	이쪽부터 둘러보세요. 그리고 저쪽 땅도 보시길 바랍니다.

사람들, 형의 지역을 돌아다니며 살펴본다. 측량기사, 그림을 그리고 있는 형에게 다가간다.

측량기사	아직도 그림을 완성 못했습니까?
형	네. 저 벽 때문에…….
측량기사	(그림을 바라보며) 그림 가운데 벽을 그려 넣는 중이군요.
형	이젠 아름다운 들판이 아니에요. 내 그림도 보기 싫게 됐구요.
측량기사	내가 봐도 그림이 흉칙합니다.
형	그런데 저 사람들은 누굽니까?
측량기사	이 땅을 살 사람들이죠.
형	내 땅을요? 난 절대로 내 땅을 남에게 팔지 않습니다!
측량기사	물론 지금은 그렇죠. 하지만 결국 이 들판은 당신 형제 것이 아니라 내 소유가 될 겁니다.
형	터무니없는 소리 말아요!

사람들, 형의 지역을 둘러보고 퇴장한다. 측량기사는 벽에 다가가서

귀를 기울인다.

측량기사   이상하게 조용한데요. 도대체 저쪽에서 무엇을 하고 있을
까요?

형   나처럼 그림을 그리고 있겠죠.

측량기사   이렇게 조용한 건 의심스러워요. 혹시나…… 저쪽의 동생
이 형님 집에 몰래 들어가려고 땅굴을 파는 건 아닐까요?

형   땅굴을 파면 요란한 소리가 들릴 텐데요?

측량기사   땅 속에서 파는데 무슨 소리가 들리겠어요? (형에게 다가온
다.) 어쨌든 저쪽이 무슨 짓을 하는지 확인해 봐야 합니다.

측량기사, 바지 주머니에서 호루라기를 꺼내 분다. 그러자 조수들이
기다리고 있었다는 듯이 등장한다. 그들은 바퀴가 달린 전망대를
밀면서 들어온다.

형   이건…… 뭡니까?

측량기사   감시용 전망대입니다. 밑에는 이동하기 쉽게 바퀴를 달았
고, 위에는 강렬한 불빛의 탐조등을 장치했죠. 올라가 보
세요. 자동으로 탐조등이 켜지면서, 벽 너머 저쪽을 샅샅
이 볼 수가 있습니다.

형   (망설이며) 글쎄, 이런 것이 필요할까요?

측량기사   이 전망대만 있으면 안심하고 지낼 수 있죠.

한 조수   이쪽에서 안 사셔도 좋아요.

다른 조수   저쪽에 팔면 되니까요.

측량기사   저쪽에서 이런 걸 갖게 된다고 생각해 보세요. 등골이 오
싹해질 거예요.

형	저어……. 가격은 얼마나 합니까?
측량기사	가격은 걱정 마세요. 만약 현금이 없다면 땅으로 주셔도 됩니다.
형	땅은 얼마만큼이나……?
측량기사	많이 달라고는 않겠습니다. 반절만 주세요.
조수들	(전망대를 밀고 나가며) 너무 망설이는군! 저쪽으로 팔러 가겠어요!
형	아니, 여기 둬요! 내가 삽니다!
측량기사	잘 결정하셨습니다. (조수들에게) 이왕이면 벽에 바짝 붙여드려. 올라가서 저쪽을 바라보기 편리하도록 말야.
조수들	네, 그러죠.

측량기사, 퇴장한다. 조수들은 전망대를 벽에 붙여 세워 놓는다. 사람들이 아우의 지역에 등장한다. 그들은 관심있게 그 지역을 둘러본다. 조수들, 작업을 마친 후 퇴장한다. 형은 전망대 위에 올라가기를 망설인다. 측량기사, 아우의 지역에 들어온다.

측량기사	자, 어떤가요? 이쪽도 저쪽만큼이나 좋은 땅이죠?
한 사람	양쪽 다 땅은 좋은데, 저 가로막은 벽이 눈에 거슬려요.
다른 사람	그래요. 저 벽 때문에 누가 집을 짓겠어요?
또 다른 사람	헛걸음만 했어요. 돌아들 갑시다.
측량기사	여러분은 저 벽이 얼마나 훌륭한 관광명소인지 모르시는군요!
사람들	관광명소라뇨?
측량기사	여러분이 이곳에 호텔을 세우면 큰 돈을 벌 겁니다. 어리석은 형제의 싸움을 보려고, 세계 각국에서 관광객들이

몰려 올 테니까요.

한 사람　설마 몰려올 리가…….

측량기사　아뇨, 틀림없이 몰려옵니다. 싸움은 더욱 치열해지면서, 저 벽은 전세계에 널리 알려지게 됩니다. 여러분, 지금 분양할 때 사두세요. 저 벽이 유명해진 다음엔 땅값이 몇 배나 뛸 건 뻔합니다.

사람들　분양 신청은 어디에 해야죠?

측량기사　우리 측량 사무소에 가서 하세요. 선착순 접수니까 일찍 가시는 분이 유리합니다. 그리고, 분양 측량은 우리에게 맡겨둬요. 따로따로, 우리가 정확하게 나눠 놓겠습니다. 자, 그럼 어서 서둘러요! 늦게 신청하면 받아 주지 않습니다!

　　　　　사람들, 측량기사의 말이 끝나자마자 서로 앞을 다투며 달려 나간다. 측량기사는 아우에게 다가온다.

측량기사　안녕하십니까? 그런데 울적한 표정이군요!

아　우　그림이…… 보기 흉해요.

측량기사　그림이, 왜요?

아　우　저 벽 때문에 흉칙하게 됐어요.

측량기사　그건 저쪽의 심보 사나운 형님 탓입니다.

아　우　아뇨. 내 탓이죠.

측량기사　당신은 잘못한 것 없어요.

아　우　어쨌든 이렇게 나눠진 이상, 나도 독립해서 살아야겠어요.

측량기사　잘 생각했습니다. 하지만 당신 형님은 당신을 그냥 두지 않을 거예요.

아 우	그게 무슨 뜻이죠?
측량기사	이제 곧 알게 됩니다. 저쪽의 심보 나쁜 형이 당신 땅으로 넘어올 테니까요.
아 우	형님이……?
측량기사	당신을 쫓아내고, 가축들을 차지할 욕심이죠.

측량기사, 호루라기를 꺼내 분다. 조수들이 검정색 가죽가방을 들고 나온다. 그들은 가방을 열어서 분해 상태의 장총을 꺼내 조립한다.

측량기사	이게 뭔지 알아요?
아 우	총인데요……?
측량기사	아주 성능이 좋은 총이죠. 당신은 이 총으로 벽을 지켜야 합니다.
아 우	벽을 지켜요?
측량기사	(아우의 손에 총을 쥐어 주며) 지금은 외상으로 드릴 테니, 나중에 대금은 땅으로 주세요.
조수들	(가방에서 총탄들을 꺼내 놓으며) 여기 총알이 있어요.
측량기사	당신의 안전을 위해서 아낌없이 쏘세요!

측량기사와 조수들, 웃으며 퇴장한다. 벽의 오른쪽에서 형이 전망대 위로 올라간다. 탐조등이 켜지면서 강렬한 불빛이 벽 너머를 비춘다.

형	아우야! 아우야!
아 우	(강렬한 불빛을 받고 눈이 안 보여서 당황한다.) 누구예요?
형	나다, 나!

아 우	형님?
형	그래! 내가 안 보여?
아 우	왜 그런 불빛으로 나를 비추죠?
형	네가 뭘 하는지 잘 보려구.
아 우	나는 그 불빛 때문에 형님이 안 보여요!
형	그럼 내가 그쪽으로 넘어갈까?
아 우	아뇨! 넘어오지 말아요! 내 눈을 안 보이게 하고 넘어온다니 무슨 흉계죠?
형	난 아무 흉계도 없어. 넘어간다.
아 우	넘어오면 쏩니다! (허공을 향해 위협적으로 총을 발사한다.) 이건 진짜 총이에요.

형, 요란한 총소리에 놀라 전망대에서 황급히 내려온다. 그는 두려움에 질린 모습이 되어 움츠리고 앉는다. 측량기사, 가죽가방을 든 두 명의 조수와 함께 등장한다.

측량기사	저쪽 동생이 미쳤군요, 형님에게 총질을 하다니.
조수들	(웃으며) 완전히 미쳤어요.
형	무서워요…….
측량기사	이젠 동생이 아닌 적이라고 생각하는 게 좋겠어요. 철저히 무장하고 자신을 지켜야지, 가만 있다간 적한테 죽게 됩니다. (조수들에게) 여봐, 이분에게 총을 드려.
조수들	네.

조수들, 가죽가방을 열고 장총의 분해품을 꺼낸다. 그들은 그것을 재빠르게 조립해서 형의 손에 쥐어 준다.

한 조수	손이 떨려서 총을 잡지 못하는데요.
측량기사	꼭 쥐어 드려. 그리고 방아쇠 당기는 법을 가르쳐 드리라구.
다른 조수	(형에게) 잘 보세요. 총 쏘는 건 간단해요.

다른 조수, 형이 쥐고 있는 장총의 방아쇠를 당긴다. 요란한 총소리가 울려 퍼진다. 벽 너머의 아우, 그 소리에 놀라 몸을 움츠리더니 허공을 향해 위협사격을 한다. 놀란 형 역시 반사적으로 총을 쏘아댄다. 하늘에서 번개가 치고 천둥이 울린다.

조수들	(박수를 치며) 아주 잘 하는데요!
측량기사	양쪽 다 정말 잘 해!
한 조수	(하늘을 바라본다.) 그런데 멀쩡하던 날씨가 왜 이 모양이지?
다른 조수	번개가 치고 천둥이 울리잖아?
측량기사	(허공에 손을 내밀며) 이런, 빗방울이 떨어지는데!
조수들	(측량기사에게) 비를 피했다가 다시 오면 어떨까요?
측량기사	그래, 그게 좋겠어. (호주머니에서 수첩과 만년필을 꺼낸다.) 빨리 청구서를 써야겠군. 전망대는 워낙 가격이 비싸서…… 거기에 총값을 추가하고…….
조수들	총알값도 받아야죠.
측량기사	물론이지. 총알도 공짜로는 줄 수 없고…… (수첩의 종이를 뜯어서 형에게 내민다.) 청구서입니다. 보시면 아시겠지만 아주 싸게 드린 거예요. 전망대는 땅의 반절로 계산하였고, 총값은 그 나머지 반절의 반절로 계산했어요.
형	뭐라구요……?
측량기사	당신 땅은 이제 얼마 남지 않았습니다.

조수들　저쪽 청구서는 우리가 전달하죠.

측량기사　(수첩에 청구할 내용을 적으며) 저쪽에서 받아낼 것도 굉장히 많군. (수첩의 종이를 뜯어서 조수들에게 준다.) 어서 갖다줘! 금방 비가 쏟아지겠어!

조수들, 청구서를 받아 들고 퇴장한다.

측량기사　비가 온다고 당신은 집에 가면 안 돼요. 이 벽 앞에서 언제나 총을 들고 지켜야지, 조금이라도 방심했다간 적이 넘어옵니다. 자, 그럼 잘 지키고 있어요!

측량기사, 퇴장한다. 번개가 치고 천둥이 울리면서 비가 쏟아진다. 형과 아우, 비를 맞으며 벽을 지킨다. 긴장한 모습으로 경계하면서 벽 앞을 오고 간다. 그러나 차츰차츰 걸음이 느려지더니, 형과 아우는 벽을 사이에 두고 멈춰 선다.

형　어쩌다가 이런 꼴이 된 걸까…… 아름답던 들판은 거의 다 빼앗기고…… 나 혼자 벽 앞에 있어…….

아 우　내가 왜 이렇게 됐지? 비를 맞으며 벽을 지키고 있다니…….

형　부모님이 꾸짖는 거야, 저 천둥소리는…….

아 우　빗물이 눈물처럼 느껴져…….

형과 아우, 탄식하면서 나뉘어진 들판을 바라본다.

형　아아, 이 들판의 풍경은 내 마음속의 풍경이야. 옹졸한 내 마음이 벽을 만들었고, 의심 많은 내 마음이 전망대를 만들었어. 측량기사는 내 마음속을 훤히 알고 있었지. 내가 들고 있는 이 총마저도 그렇잖아, 동생에 대한 내 마음의 불안함을 알고는 갖다 줬어. 마치 나 자신의 분신처럼, 그는 내가 바라는 것만을 가져다 줬던 거야.

아 우 난 이 들판을 나눠 가지면 행복할 줄 알았어. 형님과 공동 소유가 아닌, 반절이나마 내 땅을 갖기를 바랬지. 그래서 측량기사가 하자는 대로 했던 거야. 하지만 나에게 남은 건 벽과 총뿐……. 그는 나를 철저히 이용만 했어.

형 처음엔 실습이라고 했지. 그러나 실습이 아니었어……. 나중엔 동생을 죽이고 싶었어. 벽 너머에 있는 동생이 밉고, 총까지 쏘는 동생이 미워서 죽여 버리고 싶었어. 하지만 동생을 죽인다고 내 마음이 편해질까? 아냐, 더 괴로울 거야……. (총구를 자신의 머리에 겨눈다.) 차라리 내가 죽는 게 낫겠어…….

아 우 이젠 늦었어……. 너무 늦은 거야……. 벽이 생겼던 때, 바로 그때 내가 형님께 잘못했다고 말해야 했어. 하지만 이제 형님은 내 말이라면 뭐든지 믿지 않을 테고……. 나 역시 형님 말을 믿지 못해……. (고개를 숙이고 흐느껴 운다.) 이래서는 안 돼, 안 되는데 하면서도……. 어쩔 수가 없어…….

형 들판에는 아직도 민들레꽃이 피어 있군. (총을 내려놓고 허리를 숙여 발 밑의 민들레꽃을 바라본다.) 우리가 언제나 다정히 지내기로 맹세했던 이 꽃…….

아 우 형님과 내가 믿을 수 있는 건 무엇일까……. 그것이 단 하나라도 남아 있다면 좋을 텐데……. 그렇군, 민들레꽃이 남아 있구나! (총을 내던지고 민들레꽃을 꺾어 든다.) 이 꽃을 보니까 그 시절이 그립다. 형님과 행복하게 지냈던 시절이 그리워.

형　벽 너머 저쪽에도 민들레꽃은 피어 있겠지……

아 우　형님이 보고 싶어.

형　동생 얼굴이 보고 싶다.

　　형과 아우, 그들 사이를 가로막은 벽을 안타까운 표정으로 바라본다. 비가 그치면서 구름 사이로 한줄기 햇빛이 비친다.

형　하지만 내 마음을 어떻게 저 벽 너머로 전하지?

아 우　비가 그치고, 산들바람이 부는군.

형　저 벽을 자유롭게 넘어갈 수만 있다면……. 가만 있어 봐. 민들레꽃은 씨를 맺으면 어떻게 되지? 바람을 타고 멀리 멀리 날아가잖아?

아 우　햇빛이 비치니까 샛노란 민들레꽃이 더 예쁘게 보여.

형　난 이 꽃을 꺾어서 벽 너머로 던져 주겠어. 동생이 이 민들레꽃을 보면, 진짜 내 마음을 알아줄 거야.

아 우　형님에게 이 꽃을 드려야겠어. 벽 너머의 형님이 이 꽃을 받으면, 동생인 나를 생각하겠지.

　　형과 아우, 민들레꽃을 여러 송이 꺾는다. 그들은 벽으로 다가가서 민들레꽃을 던져 준다. 형은 아우가 던져 준 꽃들을 주워 들고 반색하며, 아우는 형의 꽃들을 주워 들고 기뻐한다. 그들은 벽을 두드리며 외친다.

아 우　형님, 내 말 들려요?

형　들린다, 들려! 너도 내 말 들리냐?

아 우　들려요!

형　우리, 이 벽을 허물기로 하자!

아 우　네. 벽을 허물어요!

무대조명, 서서히 암전한다. 다만 무대 뒤쪽의 들판 풍경을 그린 걸개 그림만이 환하게 밝다. 막이 내린다.

— 막.

수전노, 변함없는

- **등장인물**
  아버지
  아들
  늙은 하녀
  천문학자
  자선병원 원장
  중년 부인
  소녀

- **시간**
  어느 날 아침

- **장소**
  아버지의 집

침실. 눈을 감고 반듯하게 침대에 누워 있는 아버지, 전혀 움직이지 않는다. 사이. 늙은 하녀가 조심스럽게 방문을 연다. 그녀는 물이 담긴 놋대야와 수건을 들고 방 안으로 들어온다.

늙은 하녀 얼굴을 씻어 드릴까요?

아버지 (침묵)

늙은 하녀 손은요?

아버지 (침묵)

늙은 하녀 얼굴도 손도 씻기 싫으시면 발은요?

아버지 (침묵)

늙은 하녀 죽은 체하시는군요. 아침마다 이런 장난을 즐기시다니……

아버지   싫어! 일어나기 싫다구!

늙은 하녀   사람들이 기다리고 있는걸요.

아버지   싫다니까!

늙은 하녀   그럼 사람들에게, 주인님께선 임종하셨다고 말할까요?

아버지   (상반신을 벌떡 일으켜 세우며) 안 돼! 난 살아있어!

늙은 하녀   어젯밤에도 대문은 잠갔었죠. 창문 역시 꼭꼭 닫았구요. 하지만 어떻게 들어오는지 모르겠어요. 날이 새면 집 안은 사람들로 가득해요.

아버지   정말 귀찮군. 날 만나 봤자 아무 소용 없을 텐데……

늙은 하녀   주인님, 그들을 나무라진 마세요. 돈 많은 주인님을 뵙고 사정을 말씀드리면, 뭔가 받아 갈 수 있으리라 믿는 거죠.

아버지   (이불을 걷어올려 발을 내밀며) 발이나 씻어 줘!

늙은 하녀   네. 주인님.

늙은 하녀, 이불 밑으로 나온 아버지의 발을 놋대야에 담아 정성스럽게 씻어서 수건으로 닦는다.

늙은 하녀   얼굴은요?

아버지   얼굴은 그냥 둬.

늙은 하녀   하지만 몇 년째 안 씻으셨는데…… (앞치마의 호주머니에서 손거울을 꺼낸다.) 거울을 보세요. 그럼 얼굴이 얼마나 더러운지 아실 거예요.

아버지   (거울을 받아 얼굴을 비춰 본다.) 언제 봐도 변함없군, 내 몰골은! 누렇게 찌든 낯짝, 썩은 생선 눈깔 같은 두 눈, 흐물흐물 늘어진 코, 움푹 패인 뺨과 텅 빈 구멍의 입……

늙은 하녀   아직 시체는 아니에요.

아버지	물론 시체는 아니지. (거울을 돌려주며) 솔직히 말해 봐. 내가 얼마나 더 살 것 같아?
늙은 하녀	백 살은 더 사시겠죠. 천 살, 만 살도 가능하구요.
아버지	아주 인심이 후해졌군. 예전에 내가 일 년만 더 살아도 짜증을 내더니…….
늙은 하녀	그땐 제가 주인님의 아내였거든요. 재산을 상속받으려면 하루라도 빨리 돌아가셔야 할 텐데…… 어찌나 기다리기가 지루한지 견딜 수 없었어요. 그렇지만 지금은 백 년이든 천 년이든 마음 편해요. 이젠 주인님의 아내가 아니라 하녀니까요.
아버지	그래, 스스로 하녀가 된 건 잘 한 거야.
늙은 하녀	저한테 봉급 주실 걱정은 하지 마세요.
아버지	그런 걱정 안 해.
늙은 하녀	한 번도 주신 적이 없으니 받을 생각도 안 하죠.
아버지	잘 생각했어. 그게 마음 편한 거라구.
늙은 하녀	네, 주인님.
아버지	그럼 나가 봐. 기다리는 사람들더러 들어오라고 그래.
늙은 하녀	아침식사는요?
아버지	사람을 만나 식욕을 돋운 다음 먹기로 하지.
늙은 하녀	네, 주인님.

늙은 하녀, 조심스럽게 문 밖으로 나간다. 아버지는 침대 밑을 향해 말한다.

아버지	그만 나오너라, 내 아들아. 거기 숨어 있는 걸 내가 안다.
아 들	(침대 밑에서 기어나온다. 손에 칼을 쥐고 바들바들 떤다.) 아버

지…….

아버지 그래, 잘 잤냐?

아 들 전혀 못 잤어요.

아버지 왜?

아 들 아버지…… 제가 잠 못 자는 이유를 아실 텐데요.

아버지 쯧쯧, 그 칼 내려놔. 찌르지도 못할 걸 들고서 바들바들 떠는 꼴이 가엾구나.

아 들 제발 대답 좀 해주세요. 언제쯤이죠? 도대체 언제 아버지의 재산을 물려주실 거예요?

아버지 오늘은 어떠냐?

아 들 오늘? 농담이시겠죠!

아버지 물론 농담이지.

아 들 (절망적인 표정이 되며) 오, 아버지…….

아버지 하지만 내가 죽는 순간 모든 재산은 네 것이 된다. 이건 확실한 진담이야.

아 들 농담이든 진담이든 아버지는 절대로 죽으실 분이 아니에요!

아버지 글쎄, 나도 영원히 죽지 않기를 바란다만…….

아 들 (칼로써 자신의 목을 찌르려고 한다.) 차라리 제가 죽는 게 낫죠!

아버지 아니다, 아냐. 난 너도 죽지 않기를 바란다.

아 들 (칼을 바닥에 내던지며 주저앉는다.) 미치겠어요, 아버지!

아버지 느긋하게 기다려라, 미치지 않으려면. 넌 어찌 그렇게 성미가 조급하냐? 네 에미를 봐라. 네 에민 마음 편히 살려고 하녀가 됐다.

아 들 그렇다고 저 역시 하인이 될 순 없죠!

아버지 맞아. 그게 바로 네 불면증의 원인이구나. 부부지간이란 싫으면 남남이 될 수 있어. 하지만 부자지간이란 싫어도 남남이 될 수 없거든. 아버지와 아들이란 그래서 불편한 관계라구.

아 들 아버지, 제가 몇 살인 줄 아세요?

아버지 몰라.

아 들 올해 일흔일곱 살이에요!

아버지 일흔일곱 살…… 그래서?

아 들 이 나이가 되도록 저는 기다리기만 했어요. 거지처럼 빈 손으로, 완전히 무일푼 신세로 기다린 거죠. 저는 하고 싶은 일이 많았어요. 그런데도 아버지는 저를 도와주지 않았죠. 공부를 해서 석사, 박사가 되고 싶어도 학비를 안 주셨고, 사업을 하려고 해도 밑천을 안 주셨고, 심지어 결혼을 하겠다는데도 돈 한 푼 안 주셨어요.

아버지 쯧쯧, 미련한 놈 같으니! 그건 몽땅 모아 두었다가 너를 주기 위해서다!

아 들 거짓말, 거짓말이에요!

아버지 나에겐 아들이라곤 너 하나뿐이다! 그런데 뭘 의심해? 법률적으로나 관습적으로, 나의 모든 재산은 유일한 상속자인 네가 물려받게 되어 있어!

아 들 오, 아버지…….

아버지 안심해라, 안심해! 네가 상속받을 재산을 난 단 한 푼도 축내지 않겠다!

아 들 고맙군요, 아버지.

아버지 고마워해라, 진심으로. 너도 알겠지만 하루에도 수백 명의 사람이 몰려온다. 그리고는 이런 사정, 저런 사정, 온갖 사정을 다 늘어놓는다. 어떤 사정은 눈물 없이는 들을 수 없고, 또 어떤 사정은…… (방문 두드리는 소리가 들린다.) 이런, 벌써 누가 들어올 모양이구나!

아 들 (바닥에 놓여 있는 칼을 집어들며) 만약에 아버지, 그 누구든 아버지한테서 돈을 받아 가는 자가 있다면 난 이 칼로 죽여버리겠어요!

늙은 하녀 (조심스럽게 문을 열고 말한다.) 주인님, 들여보낼까요?

아버지 음, 들여보내!

아 들 나를 살인자로 만들지 마세요!

아버지 그건 걱정할 것 없다. 난 아무리 사정 해도 동전 한 닢 안 줄 테니까.

열린 문으로 천문학자가 들어온다. 그는 전화번호부보다 몇 배 더 두터운 원고뭉치를 들고 오느라 무척 힘들어 한다. 아들은 그를 험악한 표정으로 노려보면서 나간다. 아버지, 침대에서 일어나 천문학자를 반갑게 맞이한다.

아버지 어서 오시오!

천문학자 안녕하십니까! 이렇게 만나 뵙게 되어…… (아버지의 잠옷 차림에 당황한 표정이 된다.) 저, 제가 너무 일찍 들어온 건가요?

아버지 미안하오, 아들놈하고 이야기가 길어지는 바람에……. 그런데 나의 이런 잠옷 차림이 싫은 거요?

천문학자 아뇨, 저는…… 좋습니다.

아버지 그럼 당황 말고 앉으시오.

천문학자, 주위를 둘러본다. 앉을 의자가 없다. 그는 더욱 당황한다.

천문학자　어디에…… 앉을까요?

아버지　(침대를 가리킨다.) 여기 내 침대에.

천문학자　네……?

아버지, 천문학자의 어깨를 감싸안더니 침대로 데려가 앉힌다.

아버지　난 아직 세수도 안 했어. 세수하셨소?

천문학자　네, 했습니다…….

아버지　양치질은?

천문학자　양…… 양치질도 했습니다.

아버지　실례지만, 올해 나이가 몇 살이오?

천문학자　제 나이…… 몇, 몇 살이더라…….

아버지　쯧쯧! 그래 본인 나이도 모르오?

천문학자　아…… 너무…… 당, 당황해서요……. 올해 제 나이가…… 예, 예순, 두, 두, 두 살입니다.

아버지　그럼 내 아들보다 어리군.

천문학자　네……?

아버지　아까 들어오면서 마주쳤던 놈이 내 아들인데, 그 녀석이 일흔일곱 살 먹었지. 그런데도 귀엽고, 순진하고, 어리석고…… 아직 철들려면 멀었어. 물론 내가 이런 말을 하는 건, 당신이 내 손자처럼 느껴지기 때문이오.

천문학자　손, 손자……? 그, 그럴 리가…….

아버지　왜 가족처럼 느껴진다는데 불만이오?

천문학자　아, 아, 그게 아니라…….

아버지　(침대에서 일어나며) 말을 분명히 하구려! 원래 더듬는 버릇이 있소?

천문학자 아, 아닙니다……. 더, 더, 더듬지는…….

아버지 더듬는데 뭘 그래?

천문학자 갑, 갑, 갑자기…… 당, 당황, 당황해서요. 딸꾹, 딸꾹질이…….

아버지, 침대맡에 있는 놋쇠종을 들어서 흔든다. 방문이 열리며 늙은 하녀가 들어온다.

늙은 하녀 부르셨어요, 주인님?

아버지 (천문학자를 가리키며) 이 사람에게 물 한 잔 갖다 줘. 내가 보기엔 심한 말더듬이 같은데, 자긴 딸꾹질이라고 우기는군!

늙은 하녀 어디 제가 보죠.

늙은 하녀, 천문학자에게 다가와서 살펴보더니 앞치마의 호주머니에서 가위를 꺼내 들고 양날을 벌려 위협적으로 휘두른다.

늙은 하녀 딸꾹질 그만해! 자꾸 딸꾹 하면 양쪽 귀를 싹둑, 싹둑, 잘라 버리겠어!

아버지 (천문학자를 바라보며 묻는다.) 이젠 어떻소?

천문학자 괜…… 괜찮, 괜찮습니다.

늙은 하녀 그것 봐요. 딸꾹질엔 물보다 아주 무섭게 하는 것이 약이죠.

늙은 하녀, 가위로써 자르는 시늉을 몇 번 더 한 다음 퇴장한다. 아버지는 천문학자 곁에 앉는다.

아버지	마음 편히 갖구려, 편안하게. 마치 자상한 할아버지를 만난 손자처럼. 그래, 나를 찾아온 용건이 뭐요?
천문학자	저, 저의 논, 논문이…… 완, 완성…….
아버지	논문이 완성되었다?
천문학자	네. 평, 평생을, 연구, 연구한…… (가져 온 원고뭉치들을 침대 위에 올려놓는다.) 보, 보시, 보십시오! 제, 제 인생이…… 모 모두, 이, 이, 원고에, 담, 담겨 있, 있습, 있습니다!
아버지	오, 굉장하구려! 뭘 연구했는데?
천문학자	천, 천, 천문학…….
아버지	천문학이라면 저 하늘의 별들을 연구했단 말이오?
천문학자	저, 저는, 이, 이, 이 원고들을, 출, 출판하고, 싶, 싶, 싶습니다.
아버지	천천히, 천천히. 말 딸꾹질이 더 심해지는군.
천문학자	천, 천문학책은, 대, 대중, 소설과는, 달라서…… 몇, 몇, 특수한, 학, 학자들, 이, 이외엔, 읽, 읽는 사, 사람들도 없, 없고…… 출, 출판사, 그, 그, 그 어떤 출판사도 손, 손, 손해 볼 짓은, 안, 안 하고…… 그, 그래서…… 자, 자비, 자비출판을, 해 해야 할, 처, 처지, 처지입니다…….
아버지	스스로 자비출판을 해야 한다? 듣고 보니 딱한 처지구려.
천문학자	저, 저, 저 같은 가, 가난한, 천문, 천문학자, 천문학자들은…… 대, 대개, 자, 자비출, 판을, 엄두, 엄두도 못, 못 내고…… 결, 결국은 부, 부자, 부자들의, 후, 후, 후원금, 후원금을 얻, 어, 서, 출, 출판하, 하는데, 그, 그럴 때, 때는, 책, 책의, 맨 앞, 앞장에…… 후, 후, 후원자 이, 이름을, 큼, 큼, 큼, 큼직하게…….
아버지	큼직하게, 이름을?

천문학자 네, 네. 후, 후원, 후원자로서도, 명, 명예, 명예로운, 일, 일
이지요.

아버지 참으로 영광이겠소!

천문학자 (원고뭉치 중에서 첫 부분을 펼쳐든다.) 여, 여, 여기, 보십시오.
이, 이, 이렇게, 첫 장에, 미, 미리, 써, 써놨는데요⋯⋯
출판비, 비용을, 부, 부담해, 주신 분, 분께, 감, 감사의,
뜻으로, 이, 이, 이 책을, 바, 바칩니다⋯⋯.

아버지 나에게 바친다? 진정 나에게?

천문학자 그, 그렇습, 그렇습니다.

아버지 오, 이 귀한 걸 나에게 주다니! (천문학자의 등을 두드리며) 난
감동했어. 역시 당신은 내 가족, 나의 귀염둥이 손자야!

천문학자 흔, 흔, 흔쾌히, 받아, 주셔서, 감, 감, 감사합니다!

아버지, 천문학자의 원고뭉치들을 나꿔채듯 들고서 방 가운데로 걸
어 나온다. 그리고 의자 대신 원고뭉치 위에 올라앉는다.

아버지 그런데 얼마요? 출판 후원금은 얼마나 바라는지?

천문학자 그, 그, 글쎄요⋯⋯ 여러 대학, 대학이라든가, 도, 도, 도,
도서관, 기, 기증본을, 따, 따로, 좀, 찍고, 나머지, 일, 일
반 서, 서점 판, 판매용은 약, 약간⋯⋯ 그, 그, 그 정도이
니까, 비, 비용은, 많, 많이, 들, 들지, 않습, 니다.

아버지 (잠시 생각한다.) 하지만 비용을 조금 절감할 방법은 없소?

천문학자 대, 대, 대학과, 도, 도서관에, 기, 기증할 책, 책은, 고,
고, 고급, 양, 양장본에, 제, 제, 제목은, 금박으로, 찍, 찍
어야, 품위가, 있습, 있습니다. 서, 서점, 서점 판, 판매용
은, 금, 금박이, 필, 필요없, 없겠지요.

아버지 글쎄, 좀더 절감할 방법은?

천문학자 아, 아, 아쉽지만, 판, 판, 판매용은, 그, 그만두고, 기, 기, 기증본만, 만들, 만들기로 하, 하, 하지요.

아버지 뭘 만든다고?

천문학자 기, 기, 기증본이오.

아버지 아니, 잘 궁리하면 완전히 절감할 방법도 있을 것 같은데?

천문학자 완, 완전, 절, 절, 절감이라면……?

아버지 아예 출판을 안 하는 거지. 그럼 단 한 푼도 필요없거든. 고맙소, 천문학자. 비록 출판 못할 원고이긴 하지만 당신의 성의를 봐서 고맙게 받아 뒀소. 그럼 이만 안녕히 가시구려.

천문학자 안, 안, 안녕히, 라뇨?

아버지 (손가락으로 방문을 가리킨다.) 이젠 돌아가란 말이오.

천문학자 그, 그럼, 내, 내 논문을, 돌, 돌, 돌려, 주, 주세요!

아버지, 침대맡으로 달려가 놋쇠종을 집어들고 흔든다. 늙은 하녀가 문을 열고 묻는다.

늙은 하녀 부르셨어요, 주인님?

아버지 문 밖에 내 아들이 있겠지?

늙은 하녀 네.

아버지 그놈을 들여보내.

아들, 방 안으로 들어온다. 아버지가 방 가운데 있는 원고뭉치들을 가리킨다.

늙은 하녀　이것들을 가져 가 태워라!

천문학자　태, 태, 태워, 태워요?

아버지　실수 없게 잘 태워. 한 장도 남기면 안 된다!

아　들　네, 아버지.

아들, 원고뭉치들을 갖고 나간다.

아버지　며칠 전엔 법률학자가 왔더군. 국가의 기본이 되는 헌법에 관한 연구라던가…… 그걸 잔뜩 짊어지고 왔었지. 그런데 그게 한 줌 잿더미가 되는데 5분 30초가 걸렸어.

천문학자　맙, 맙, 맙소사…… 잿, 잿더, 잿더미…….

아버지　약간 시간이 더 걸렸던 건 그 뭐였더라…… 영혼인가 영원인가에 대한 어떤 종교가의 명상록이었어. 그걸 완전히 태워버리는데 7분 20초가 걸렸지.

천문학자　죄…… 죄…… 죄, 죄악, 죄악입니, 죄악입니다!

아버지　죄악이라니?

천문학자　천, 천벌, 천벌을, 받을, 짓, 짓이라, 구, 구요!

아버지　내가 천벌을?

천문학자　그, 그, 그렇습니다!

아버지　너무 심한 말을 하는군. 저 하늘을 보구려. 당신의 천문학 연구가 얼마나 심오했는지는 모르지만, 그까짓 연구 논문이 없어진다고 저 하늘의 별들이 사라지겠소?

천문학자　내, 평, 평생, 평생을…… 보 보 보상하시오!

아버지　그래, 보상은 해주리다. 하지만 당장은 안 되고, 내가 죽은 뒤 재산을 상속시키는 형태로 주겠소. (침대맡에 놓은 종이와 펜을 집어들고 몇 자 적더니 천문학자에게 내민다.) 내 유산의 상속권을 인정하는 증서요. 이제 당신은 내 손자로서 엄청난 재산을 상속받을 권리를 가졌소. 어서 받구려. 그리고 조심하시오. 당신 원고를 태우러 나간 녀석에게 이 증서를 들키지 않도록. 그놈은 시기심이 대단해서 당신이 이걸 받은 줄 알면 필사적으로 빼앗으려 할 거요.

천문학자, 아버지가 내민 종이를 받더니 찢어 버릴 자세를 취한다.

아버지　그런 어리석은 짓 마오. 당신만 손해야.
천문학자　으…… 으흑…… 절, 절, 절망입니다!
아버지　당신에겐 희망이 있소.
천문학자　무, 무, 무슨 희망……?
아버지　나 죽기를 기다리는 희망. 그 희망을 굳게 가지시오.

방문이 열린다. 아들, 수북히 재가 담긴 커다란 쟁반을 두 손으로 받쳐들고 들어온다. 천문학자는 엉겁결에 종이를 구겨서 호주머니 속에 집어넣는다.

아 들　아버지, 3분 46초 걸렸습니다.
아버지　겨우 3분 46초?
아 들　네. 완전히 재가 되는데 5분도 안 걸렸죠.
아버지　수고했다, 내 아들아.
아 들　이 사람을 데리고 나갈까요?
아버지　그래라.

천문학자, 아들에게 잡혀 질질 이끌려 나간다. 늙은 하녀가 열린 문으로 얼굴을 내밀고 아버지에게 묻는다.

늙은 하녀 다음 사람을 들여보낼까요?
아버지 (침대로 돌아가 정색을 하고 앉는다.) 난 준비됐어.
늙은 하녀 (문 밖에서 복창하듯이) 다음 사람, 들어가요!

자선병원 원장, 들어온다. 그는 야윈 얼굴과 마른 체구의 금욕적인
사십대 남자이다.

병원장 안녕하십니까, 어르신?
아버지 누구시더라……?
병원장 자선병원 원장입니다. 새로 취임했지요. 제 18대 원장님
이 작고하셔서, 제가 제 19대 원장이 됐습니다.
아버지 축하하오! 축하하오!
병원장 뭘요. 자선병원 원장이란 골치 아픈 직책입니다. 여기저
기 다니면서 돈을 얻어야만 가난하고 병든 이들을 보살
필 수 있으니까요. 저, 어르신! 단도직입적으로 말씀드리
겠습니다. 제 18대 원장님께 약속하셨던 자선 기금을 내
놓으십시오!
아버지 자선 기금? 그런 일이 없을 텐데?
병원장 (호주머니에서 구겨진 종이를 꺼내 내민다.) 여기, 이렇게 증서가
있잖습니까?
아버지 (종이를 받아 적힌 내용을 힐끗 쳐다본다.)
병원장 제 18대 원장님께 어르신이 직접 써주신 겁니다.
아버지 이건 분명 내 친필이야.
병원장 인정하시는군요, 어르신.

아버지	(침대에서 일어나 병원장에게 다가간다.) 하지만 이 증서의 내용을 잘 보구려. 삼십만 평의 토지, 일곱 채의 건물, 그리고 황금 일백오십 근을 기증한다 했는데, 그 모든 것은 내가 죽은 뒤에 주겠다는 조건이 붙어 있소.
병원장	물론 저는 그 내용을 알고 있습니다. (호주머니 속에 잔뜩 들어 있는 구겨진 종이들을 꺼내며) 이렇게 똑같은 증서들이 수두룩하니까요. 제 17대, 16대, 15대, 더 거슬러 올라가 14대, 13대…… 그러나 유감스럽게도 그분들은 아무것도 받지 못한 채 작고하셨습니다.
아버지	(슬픈 표정으로 애도의 뜻을 나타내며) 정말 유감이오. 내가 죽고 그분들이 살아있어야 했는데…….
병원장	저희 자선병원에선 하루에도 수십 명씩 죽어 갑니다. 의료시설은 부족하고, 약은 모자라고, 심지어 환자들은 먹을 것이 없어 굶는 경우가 허다합니다.
아버지	정말, 정말, 유감이오. 그들처럼 죽지 못해서.
병원장	(아버지를 노려본다.) 어르신!
아버지	왜 그러오?
병원장	제가 어르신을 찾아온 이유를 모르시겠습니까?
아버지	모를 리 없지. 빨리 죽어 달라 부탁하러 온 것 아니오?
병원장	아, 아닙니다! 아니에요! 어르신의 죽음에 대해서는 아예 기대하지 않습니다. 그러니 영원토록, 영원무궁토록 사십시오! 다만 살아 계실 때 주시길 바랍니다. 삼십만 평의 땅이 아닌 단 삼십 평도 좋습니다. 일곱 채의 건물 중에서 단 한 채도 좋고, 황금은 십분의 일, 심지어 백분의 일만 주셔도 감사하겠습니다!
아버지	그건 불가능하오.

병원장	왜 안 된다는 겁니까? 기증이란 살아 계실 때 하셔야 칭송을 받습니다. 죽은 다음 기증은, 풍족하게 살다가 남은 것을 주는 것이니 생전 기증보다는 의미가 훨씬 못합니다.
아버지	쯧쯧, 나를 오해하고 있군. 당신은 내가 풍족하게 사는 줄 아는 모양인데, 그건 착각이오. (자기 자신을 가리키며) 나를 보구려. 나는 이 파자마 한 벌로 평생을 살아왔소. 이 세상의 그 어떤 검소한 사람도, 잠잘 때 입는 파자마 이외에 외출복 한 벌쯤은 더 있을 것이오.
병원장	도대체 이해할 수 없군요. 그토록 부자이신 분이 파자마 한 벌이라뇨?
아버지	부자의 재산이란 그렇소. 어느 규모를 넘어선 재산은 소유자의 의지와는 상관없이 저절로 커가는 법이오. 은행에 예금한 돈은 매일매일 이자가 늘어나고, 세를 준 건물에서는 달마다 임대료가 들어오고, 곡식 심을 땅에서는 해마다 몇 배의 수확이 불어나고, 그 이자와 수확과 임대료가 더 많은 예금을 하게 되며, 더 많은 땅을 사들이게 하며, 더 많은 건물을 짓게 하며…….
병원장	(냉소적인 태도로써) 그래서 어르신, 재산 자랑만 하실 겁니까?
아버지	나는 두렵소.
병원장	두렵다니요?
아버지	자꾸만 커지는 내 재산이 두렵단 말이오. 그건 스스로, 자신을 확대하고 증식시키는 법칙을 갖고 있소. 그런데 내가 그 법칙을 어긴다면, 그러니까 내가 내 재산 중에서 조금이나마 빼내 쓴다면, 그것은 즉각 반발해서 성장을 멈

추고, 급속히 자신을 소멸시켜 버릴 거요.

병원장　설마 그럴 리 있겠습니까? 갖고 계신 재산의 일부를 저희 자선병원에 기증하셔도, 불어나는 재산이 그 일부의 빈 자리를 채울 텐데요?

아버지　아니오, 아냐. 나는 하루아침에 거지가 된 부자들을 많이 보았소. 그들 역시 당신 같은 생각을 했던 거야. 조금 빼 내 쓴들 무슨 탈이 나겠느냐…… 하지만 재산이란 커나 갈 때 가만 둬야지, 잘못 건드렸다간 보복을 당하게 되어 있소. 아마 당신의 자선병원에도 그런 인물이 몇 명 있을 거요. 부자였다가 순식간에 거지가 된 자들…… 솔직하게 대답하구려. 설마 없다고 잡아떼는 건 아니겠지?

병원장　글쎄요…… 있긴, 있습니다…….

아버지　그것 보시오. 난 결코 그런 비참한 꼴을 당하고 싶진 않소.

병원장　하지만 어르신, 정 그러시다면 땅도 포기하고, 건물도, 황금도 포기하겠습니다. 다만 약간의 현금을 주십시오. 당장 돈이 필요합니다! 환자들을 위해 약과 음식을 살 수 있도록, 얼마라도 좋으니 지금 곧 주십시오!

아버지　여보시오, 자선병원 원장.

병원장　네, 말씀하십시오!

아버지　내가 내 재산을 처분할 수 있는 때는 나 죽은 다음이오. (침대맡의 종이를 집어 사후 기증할 것들을 적는다.) 신임 원장, 당신에게는 전임 원장보다 두 배로 올려 주겠소. 즉, 삼십만 평의 토지를 육십만 평으로, 일곱 채의 건물을 열네 채로, 그리고 황금도 두 배 올려 삼백 근을! (종이를 병원장에게 내민다.) 받구려. 이 모든 건 나의 사후에 정확하게 양도될 거요.

병원장 맙소사! 이번에도 전임 원장들처럼 이걸 받아 가라구요? 이따위 종이 한 장을 받아 가면 현금을 기대했던 저희 자선병원 사람들은 실망이 클 겁니다!

아버지 하지만 원장, 이거나마 안 받아 가면 그들의 실망은 절망으로 변할 거요. 어서 받아 가시오. 이젠 두 배가 됐다고, 희망이 두 배가 됐다고 그들에게 말해 주구려.

병원장 (아버지가 내민 종이를 나꿔채며) 정말 고맙군요, 어르신.

아버지 그럼 잘 가시오.

병원장 하루 속히 어르신의 장례식에 참석할 수 있기를 빕니다.

아버지 내 걱정 말고 당신이나 걱정하시지. 창백하고 비쩍 마른 게 얼마 못 살 것 같소.

자선병원장, 분노의 시선으로 아버지를 노려보다가 휙 돌아서서 방문을 향해 걸어간다. 그가 방문 앞에 이르기도 전에 벌컥 그 문이 열린다. 아들, 잔뜩 성난 태도로 들어온다. 병원장은 아들과의 부딪침을 겨우 모면하고 고개를 흔들며 퇴장한다.

아 들 아버지! 아버지!

아버지 왜 그러느냐, 넌?

아 들 아버진 약속을 어겼어요! 방금 나간 그놈에게 엄청난 재산을 주셨잖아요!

아버지 난 준 것 없다.

아 들 문 밖에서 다 엿들었어요! 땅 육십만 평, 집 열네 채, 황금 삼백 근! 제 귀로 확실히 들었다구요! (문 밖으로 나간 병원장을 뒤쫓아가려고 하며) 제가 그놈을 붙잡겠어요! 붙잡아서 그놈이 받은 걸 뺏어 와야죠!

아버지 쯧쯧, 넌 참 마련하구나. 난 아무것도 주지 않았고, 그는 아무것도 받질 못했어.

아 들 아뇨! 저를 속이지 마세요!

아들 다급하게 뛰어나간다. 그러나 열린 방문 앞에 두 팔을 벌리고 서 있는 늙은 하녀에게 가로막힌다.

늙은 하녀 쫓아갈 것 없다. 네가 착각한 거야.

아 들 비키세요, 어머니!

늙은 하녀 어리석기는! 죽은 다음에 준다는 약속은 아무 소용 없는 거란다. (아버지에게 대신 사과하듯이) 죄송해요, 주인님. 주인님의 아들이 영민하지 못한 건 제 탓이에요. 저의 우둔한 피가, 에미로서의 제 피가 반절은 섞여 있거든요.

아버지 그래. 저놈이 미련한 건 내 탓이 아냐.

늙은 하녀 (방 구석을 가리키며) 조용히 저리 가! 에미 체면에 먹칠한 놈! 저 구석에 가서 무릎 꿇고 두 손 들어!

아 들 어머니…….

늙은 하녀 어서!

아들, 울상을 짓고 구석으로 간다. 그는 무릎을 꿇고 두 손을 든다.

늙은 하녀 주인님, 다음 사람을 들여보낼까요?

아버지 쯧쯧, 못난 놈. 무릎 꿇어!

아 들 예뻐요! 아름다워요!

아버지 입 닥쳐! 넌 벌 받는 걸 잊었느냐?

아 들 (무릎 꿇고 두 손을 든다.) 으…… 으…….

아버지   (중년 부인과 소녀를 번갈아 바라보다가 중년 부인에게 시선을 두며)
그런데 낯설지 않군. 부인을 언제 어디서 봤었더라……?

중년 부인   삼십 년 전이에요. 그때 제 나이 열여섯 살, 어머니가 이
방으로 데려왔었죠. 그리곤 이렇게 말했어요. "얘야, 인사
드려라. 이 세상에서 가장 돈 많은 어른이시다." 이젠 어
느덧 제가 낳은 딸이 열여섯 살 됐어요. (소녀에게 말한다.)
얘야, 인사드려라. 이 세상에서 가장 돈 많은 어른이시다.

소 녀   (수줍음과 두려움으로 어쩔 줄 모른다.)

중년 부인   인사해, 어서. 겁 먹지 말고.

소 녀   (아버지에게 고개 숙여 절 한다.)

중년 부인   그런 점잖은 인사는 안 받는 어른이시란다. 치마를 걷어
올리고 너의 날씬한 두 다리를 보여 드려.

소녀, 부들부들 떨면서 치마를 걷어 올린다. 아들은 찬탄과 고통이
뒤섞인 신음을 질러댄다.

아버지   좀더 높이 올리렴. 그래, 그래…… 참 어여쁜 다리구나.

중년 부인   제 다리도 예뻤었죠.

아버지   아마 그랬을 거요.

중년 부인   (소녀에게) 얘야, 네 가슴을 보여라. 아주 자랑스럽게 뽐내
면서, 이 어른이 탐내도록. 네 가슴에 매달린 두 개의 보
물을 살짝 꺼내 보여 드려.

아버지   부인의 기억이 틀림없소. 다리 다음에 가슴을 보여 줬
었지.

중년 부인   어머니가 시키는 대로 저는 했었고, 지금 제 딸에게 똑같
이 시키고 있죠. (소녀에게) 얘야, 잘 들어. 이 에미는 빚이

많단다. 네 애비는 너를 임신시킨 뒤에 달아나 코빼기도 안 보였지. 나 혼자 너를 길렀어. 오직 너에게 희망을 걸면서, 온갖 멸시와 가난과 고통을 견뎌냈단다. 이 에미의 소원은, 네가 이 어른께 잘 보여서 이 어른의 애첩이 되는 거란다. 그럼 이 어른은 너를 아름답게 길러낸 보답으로 내 빚을 모두 갚아 줄 거구, 장모가 된 나에게 여생을 편안히 보낼 수 있도록 해주실 거야.

아버지   아, 한마디도 틀리지 않는군. 삼십 년 전 이 방에서 부인의 어머니가 했던 말 그대로구려.

중년 부인   어떻게 잊겠어요, 그때를? 제가 가슴을 보여 주자 어른께선 냉담한 반응이셨죠.

아버지   참 매력적이었어. 하지만…….

중년 부인   그리고는 어머니와 저를 내쫓았어요. 매몰차게, 한 푼도 주지 않고.

아버지   난 공짜인 줄 알았소.

중년 부인   저는 반드시 딸을 낳아 다시 오리라 다짐했었죠. 그 모욕을 갚으리라, 어금니를 꽉 악물었어요. 그리곤 온갖 정성과 심혈을 기울였죠. 저보다 매력적인, 아름다운, 이 세상 최고의 걸작품을 만들려고요. (소녀에게) 뭘 하고 있니? 더 이상 꾸물거릴 필요없다. 너의 가슴으로 이 어른을 녹여 버려!

소녀, 떨리는 손으로 윗옷의 단추를 풀어 가슴을 보여 준다. 아들, 신음을 지르며 무릎걸음으로 다가온다.

아 들   아버지, 제발 저도 보게 해주세요!

아버지	저리 가! 바보 녀석!
아 들	전 못 보면 죽어요!
아버지	보면 넌 죽는다!
아 들	보면 죽는다면서 아버진 왜 보는 거냐구요!
아버지	난 봐도 안 죽어. (소녀에게) 얘야, 그만하면 됐다. 너의 아름다운 가슴을 여며라.
아 들	(보지 못한 실망 때문에 머리카락을 쥐어뜯으며) 전 미칠 거예요! 미쳐서 죽고 말아요!
아버지	(부인에게) 정말 최고의 걸작이오.
중년 부인	겨우 다리와 가슴만 보여 드린걸요. 제 딸은 이 세상의 노래란 노래는 다 배웠고, 춤이란 춤은 다 익혔죠. (소녀에게 지시한다.) 노래를 불러라. 춤을 춰. 네 노래에 이 어른의 정신이 혼미해지고, 네 춤에 이 어른의 숨통이 막힐 거다. 어서, 노래해! 춤을 춰라!
아 들	(환성을 지르며 손뼉을 친다.) 불러요, 노래를! 춤을 춰요!
아버지	(소녀에게 제지의 손짓을 한다.) 가만 있거라, 가만히. 너는 멈춰 있는 것만으로도 충분히 아름답다.
중년 부인	왜 못 하게 하죠? 설마 이번에도 우릴 내쫓을 건가요?
아버지	유감이지만 그렇소. (소녀에게) 얘야, 나를 원망하진 말아라. 네가 노래하면 나는 듣겠고, 네가 춤추면 나는 보겠다. 그러나 공짜로 듣고 볼 뿐, 난 결코 동전 한 닢 내놓지 않을 거다.
아 들	아, 인색한 아버지!
아버지	인색해서가 아냐, 이 바보 자식아! 동전 한 닢이 아까워서가 아니라, 나 자신이 달라질 수 없기 때문이다! (중년 부인에게) 옛날이나 지금이나 난 변한 게 없소. 이 사실을

부인이 알았더라면, 딸을 데리고 오는 헛된 짓은 안 했을 거요.

아 들 (벌떡 일어나 외친다.) 불러라, 불러! 아름다운 노래로써 아버지를 녹여 버려! 춤을 춰라, 춤을! 매혹적인 춤으로 아버지를 죽여 버려!

중년 부인 어서 불러라! 어서 춰!

소녀, 멈칫멈칫하더니 간신히 입을 연다. 흐느낌인지 노래인지 불분명한 소리가 입에서 잠깐 흘러나오다가 멈춘다. 춤추는 손과 발, 몇 번 움직이더니 곧 굳어 버린다. 중년 부인과 아들은 경악한다.

중년 부인 왜…… 멈추는 거야?

아 들 어떻게 된 거예요?

중년 부인 굳어 버렸어, 온몸이!

아버지 쯧쯧, 안됐군. 나의 변함없음에 질려서 그렇게 된 모양이지. (망연자실하게 서 있는 아들에게 소리지른다.) 야, 이 얼빠진 녀석아! 정신 차려!

아 들 네…… 아버지…….

아버지 저 여자들을 문 밖으로 데려가!

아 들 네, 아버지…….

아들, 소녀를 어깨에 들쳐업고 나간다. 중년 부인이 울면서 뒤따라간다. 잠시 사이. 늙은 하녀가 바퀴 달린 이동식 식탁을 밀면서 들어온다.

늙은 하녀 차라리 오지 않았더라면 좋았을 텐데……. 에미의 욕심이 딸을 망쳐 놨군요.

아버지 나는 언제나 나, 한순간도 변함없거든!

늙은 하녀 잘 하셨어요.

아버지 바보 같은 것들이 그걸 몰라!

늙은 하녀 아침식사를 가져왔는데요.

아버지 아직 식욕이 없어.

늙은 하녀 그래도 드세요. 잡수시고 기운을 내셔야죠. 문 밖엔 많은 사람이 기다리고 있는걸요.

늙은 하녀. 수저를 들고 그릇에 담긴 음식을 떠서 아버지의 입에 넣어 준다. 한 숟가락, 두 숟가락…… 아버지는 받아먹는다. 막이 내린다.

— 막.

이강백 희곡전집 6

초   판 1쇄 발행일   1999년 2월 5일
초   판 5쇄 발행일   2010년 6월 21일
개정 2판 1쇄 발행일   2023년 3월 20일

지 은 이   이강백
만 든 이   이정옥
만 든 곳   평민사
            서울시 은평구 수색로 340 〈202호〉
            전화 : 02) 375-8571
            팩스 : 02) 375-8573
            http://blog.naver.com/pyung1976
            이메일   pyung1976@naver.com
등록번호   25100-2015-000102호
ISBN   978-89-7115-083-2   04800
정   가   14,000원

이강백
李康白

일천구백칠십일년부터 이천이십일년까지의 희곡 작품 모음